良宸吉嫁 2

葉沫沫 著

文創風 806

風文創 806

目錄

第十六章 對弈

寺廟的齋堂有為貴客預留的小房間，陸寧幾人路過齋堂大廳的時候，剛好遇見了陸宣。

「妹妹們也過來用飯嗎？」

陸宣是從她們身後突然出現，倒把正在跟凝洛介紹齋堂的陸寧嚇了一跳。

陸寧不滿地向陸宣飛眼刀。「就不能先招呼一聲再說話？」

凝月鼓起勇氣笑著向陸宣問好。「陸公子！」

陸宣對她微微點頭，卻轉頭向凝洛笑道：「凝洛什麼時候到的？」

他本來對這寺廟的齋飯並不感興趣，無肉無酒的不知道有什麼好吃的，可到了過堂的時間又不得不出來用些，不然這兩日的時光也是難熬。

晃晃悠悠地從房間出來，走到齋堂附近，他一眼就看見凝洛的背影，這才忙加快腳步追上來，直追進齋堂才趕上。

凝洛聽他問話，當著陸寧的面也不好不答，只淡淡地回道：「和妹妹一起到的。」

陸寧聽凝洛答得古怪，不由看了凝洛一眼，心中便暗暗稱奇起來，她這二哥從來都是被她那些姊妹們眾星捧月般圍著，人長得英俊瀟灑，嘴巴又抹了蜜似地會哄人，怎麼到凝洛這裡卻好像不喜？

陸宣見凝洛答話，只顧著滿心歡喜，根本就不在意凝洛答非所問，或者說，他根本就不在意凝洛何時到，只要她現在出現這裡，正跟他說話，那就夠了。

說話間幾人已經走進雅間，陸寧拉著凝洛入座，凝月厚著臉坐在陸寧另一側，陸宣則萬分自然地坐在凝洛旁邊。

「你不跟大哥一起吃嗎？」陸寧看陸宣也坐了下來，不由問了一句。

「大哥正和方丈論禪，說是不來齋堂用飯了。」陸宣一邊答著話，一邊為凝洛面前的杯子斟茶。

陸寧已經習慣陸宣對姑娘家的體貼與周到的照顧，看陸宣幫凝洛斟滿之後又為自己斟，便打趣道：「沒想到大哥一介武夫還有一顆禪心！」

陸宣幫陸寧斟好，順勢又幫凝月也倒上，凝月惶恐地雙手扶住茶杯。「謝謝陸公子！」

陸宣像是沒聽見一般，自顧跟陸寧說道：「他哪裡有什麼禪心，不過是那方丈出家前好像是個海邊打漁的，估計他論不了多久的禪，就會引著方丈跟他講大海了！」

陸寧忍不住笑了起來。

凝洛心中卻道：原來如此，原來陸宸一早就對海戰有所涉獵。

陸宣又看向凝洛，方才陸寧問起大哥，凝洛都插不上話，可不要冷落了姑娘才好。

「聽凝洛方才講，妳還有個妹妹？」陸宣笑得讓人如沐春風。「怎麼不帶妹妹一起過來用齋？」

凝月方才正沈浸在陸宣親自為她斟茶的喜悅中，陸宣修長的手指握著壺把，將茶壺微微下傾，襯得手部線條更加好看迷人。

凝月的一顆心撲通撲通的。原來陸宣早就注意到她了，他是不是有意最後一個為她斟茶呢？就好像母親宴客時那樣，先顧著尊貴的客人，然後是家中地位高的父親等等，最後才是她。

她曾經問過母親為何最後才給她，母親解釋說，那是因為她是母親最親密的人。就好比兩夫妻待客，做妻子的肯定要先給客人斟酒，最後才給自己的丈夫，正因為是自己人夠親密，所以不在意是最後一個被照顧到。

凝月又想到方才在齋堂遇上時，陸宣看她的那一眼，雖然只是匆匆一眼，可看起來好像別有深意呢！在她看來，畢竟只有看到中意的人，才不敢一直緊盯著細看呀！

這麼想著，凝月的臉就微微紅起來，正不自覺地抬手去摸臉，凝月耳邊便響起陸宣那句「怎麼不帶妹妹一起過來用齋」。

凝月像是臘月天被人兜頭澆了一盆冷水，一下連心都似乎被凍上了。

原來，陸宣根本不知道她，甚至不知道她是凝洛的妹妹。

陸寧聽了陸宣的問話，兀自在一旁發笑。「二哥哥，我這邊這位便是凝洛的妹妹！」

陸宣驚訝地向凝月看過去，只見凝月正低著頭不知在想些什麼，只尷尬地笑了笑。「失禮了。」

陸宣看不到凝月暗暗咬牙的表情，看不見她縮在衣袖中緊握的拳頭，他只是心裡有些納悶，凝洛那樣的美人怎會有這麼一位不引人注意的妹妹。

有小沙彌將齋菜端了進來，陸陸續續擺在桌上七、八樣，才雙手合十低頭道：「施主請慢用！」

待到那小沙彌出去，陸宣才向凝洛笑道：「寺廟中的齋飯多淡而無味，妳將就用些，不然這兩日遊玩也撐不下來。」

陸寧習慣了陸宣向姑娘獻殷勤，卻忍不住揶揄道：「也就你覺得齋飯不好吃吧？這家寺廟的齋飯可是出了名的，有多少人打著上香的名義來這裡吃齋呢！」

陸宣自是不理會，拿起凝洛面前的碗盛起羹來。「我看這蔬菜羹倒是看著清新可口，凝洛嚐嚐。」

凝月在對面看得心裡發苦，為什麼陸宣那樣的男人也只會看姑娘的長相，難道他都看不出凝洛穿得不好、戴得不好，整個人看起來窮酸得很嗎？

凝洛還偏偏一副不愛搭理的樣子，這更讓凝月怒火中燒，在那樣的貴公子面前裝什麼清高？她才不信凝洛能一直繃住，只要陸宣一不理她，她肯定就慌了。

可惜陸宣捨不得不理凝洛，凝月眼睜睜看著陸宣殷勤地給凝洛挾菜，凝洛卻連碰都不碰，陸寧好像對這一切全然不在意，還跟凝洛談論哪道菜好吃、哪道菜名字有意思。

唯有她是個沒人理的，坐在那裡不知道吃入口中的齋菜是什麼滋味，只看著陸宣那張迷人的臉不斷對著凝洛說些什麼。

她覺得心裡的嫉恨要把她那顆心都焚成了灰，一餐齋飯難熬得像過了幾十年，她強忍著才沒在飯桌上哭出來。

可當凝月回屋歇息的時候，想到方才的一幕幕還是忍不住哭了，偷偷地側躺在床上，背對著收拾東西的丫鬟，無聲地流淚。

原來嫉妒令人這麼難受。她在陸家初見陸宣便心生愛慕，也曾藉機故意在他面前停留，想要在壽宴那日的眾姑娘中給陸宣留下一點點印象。

凝月握著拳暗暗地想：這個世界上要是沒有凝洛就好了！

在房中略歇了歇，陸寧喊凝洛去院子裡下棋。他們住的這排客房與前面的禪房之間隔了小院，小院中卻有一棵高大的榕樹，占據大半空間。

那榕樹正值花期，絨朵一樣的花正綻放在枝頭，遠遠看去猶如一片紅雲。

那樹下擺放著一張石桌，另圍了四張石凳，在有些悶熱的午後，自是一個清涼的去處。

陸寧讓丫鬟擺上棋盤要與凝洛下棋，凝洛也覺一壺淡茶、一盤棋的時光和這寺廟無比相稱，也撚子與陸寧談笑起來。

陸宣不知又從哪裡冒了出來，自然又是跟在凝洛身邊，在陸寧幾次三番提醒他「觀棋不語真君子」之後，他總算放棄對棋面上的指點，轉而同凝洛聊起別的。

「凝洛姑娘很愛下棋嗎？」陸宣笑著向凝洛問道，雖然凝洛面對他總是冷著一張臉，可他見了她就忍不住笑。

凝洛捏了一顆棋子在手中，雙眼緊盯著棋盤，對陸宣的詢問充耳不聞。

「可曾研讀過什麼棋譜？」陸宣毫不介意，繼續向凝洛問道。

凝洛伸手落子，陸宣緊盯著她的動作。他看著那隻纖細白皙的手，怎樣以食指中指夾棋，其餘三指微微翹起，然後手臂緩緩前伸，指尖向下放棋子，又與扶著衣袖的左手一起收回來。

這樣一個簡單的動作，看在陸宣眼裡也是優雅迷人、別有一番風情，待會兒定要陸寧讓出位子，他非得親自與凝洛手談一番不可。

陸寧也全神貫注地與凝洛下棋，根本沒聽到她那二哥在說什麼，何況也不是與她說的。

「這是什麼香味如此芬芳？」陸宣繼續向凝洛發問。「凝洛姑娘用的什麼熏香？」凝洛被他唸得不耐煩，卻皺眉向陸寧道：「陸公子是妳故意放在這裡，亂我心神好讓妳贏棋的？」

陸寧正拿著棋子深思，聽凝洛似是同她講話，便拉長語調發出一聲帶著疑問的「嗯」，她是真沒聽到凝洛在說什麼。

倒是陸宣在一旁笑。「凝洛真會說笑。」

且說陸宸從客房出來，便見陸宣湊在凝洛身旁不停地說些什麼，當下就是一個皺眉。

他不知道自己弟弟是如此孟浪，不過看著那個專心下棋的纖細背影，本要離開的他卻是挪不動腳步了。

陸宸冷眼旁觀一番，只覺陸宣一直在對凝洛講話，凝洛卻不回應半句，顯然是對陸宣很不耐煩，他這才鬆開了緊皺的眉頭。

又見陸宣抬頭向陸寧說了句什麼，也沒見陸寧回應，旁邊的凝洛則淡淡地瞥了陸宣一眼，神情中是忍耐和不喜，嫣紅削薄的唇微微抿著，好像下一刻再不能忍。

「陸宣！」陸宸沈聲喚了下。

他這一出聲，在場的三個人全都看向他。

凝洛聽到他的聲音，動作略一猶豫，也回頭看他。

黑白分明的眼睛清澈好看，掃過他時，好像沒做停留，又好像多打量了那麼一眼。

陸宸被凝洛的目光一掃，覺得心裡生出許多不自在，動作也有些僵硬了。

只是凝洛也就看了那麼一眼，對他禮貌地微微頷首，之後就低頭繼續看棋子了。

陸宸心中略有些失落，不過還是對陸宣道：「你過來，與我將老夫人交代的事去辦了吧！」

陸宣面上閃過疑惑，當然是極其不情願，他想繼續留在這裡看凝洛，但是兄長有令，又不得不聽，仍是站起身，低頭向凝洛笑道：「失陪了，我去去就來！」

凝洛已轉回頭看向棋盤，此時是連搭理都不想搭理陸宣了。

這種人，你給他三分顏色他就開染缸，趁早遠離。

「我怎麼不知道老夫人還交代了什麼事？」陸寧卻納悶了，正打算詳細問問，誰知道卻看見陸宸的目光正定定地凝視著自己身旁。

順著他的目光看過去，大哥看的竟然是凝洛？

凝洛烏髮披肩，兩肩纖弱，坐在這石凳上，有沈魚落雁之態。

陸寧心念一動，又看了凝洛一眼，只見她纖細的手輕輕抬起，渾然不覺地落了棋，才輕聲道：「該妳了！」

陸宣和陸宸雙雙離開，陸寧卻若有所思，下棋也下得心不在焉，最後果然輸了四子。

凝洛也覺察到陸寧前後的變化，數完棋不由向陸寧笑道：「妳果然是故意派了妳二哥來煩我，他一走妳卻不能好好下了。」

陸寧見凝洛提起陸宣的神色坦然自若，就像說陸寧輸棋是因為太陽太大一樣平常自然，倒不像對她那二哥有什麼特別的情緒。

這好辦了，二哥從來不缺姑娘圍繞，她那大哥卻沈迷於書本、船隻、武器之中，並不見喜歡姑娘，如今既然給她發現大哥的心事，她少不得要推大哥一把，促成好事。

「去我屋喝茶吧！」陸寧起身邀請道，腦中卻想著怎麼能將陸宸和凝洛往一塊兒湊。

寺廟這處院子的客房大小基本相同，就連房中的佈置也並無二致。

陸寧一盞茶只吃了一口便向凝洛笑道：「妳等我一下！」說完竟起身施施然離開

了。

凝洛也並未放在心上，只獨自品著茶，看著牆上的禪語在心裡暗暗琢磨。

正想得出神，外面就有腳步聲由遠及近，轉過頭去，卻見陸寧帶著陸宸出現在門口。

陸宸墨髮藍袍，沈穩篤定，面上也沒太多表情。

「方才的那盤棋，越想越覺輸得不甘心。」陸寧拉著陸宸往房間內走。「請了個救兵來，咱們復盤。」

凝洛起身向陸宸見過禮。

陸宸忙拱手。「姑娘有禮了。」

他在陸寧和陸宣面前兄長氣派十足，但是在凝洛這裡，卻是半點氣勢沒了，說話都覺得拘謹小心。

凝洛倒是沒多想，只是對陸寧笑道：「方才妳我不過是消遣，誰又曾去記那棋局呢？復盤說得容易，如何復？復哪一步？」

卻說陸宸當時找了個藉口將陸宣支下山，自己則獨坐房中研究船隻，心裡不時想著那個坐在石頭桌子旁邊的纖細背影，不覺心頭迷亂，這時候陸寧卻在門外喊著「大哥在嗎」，也不等回答就急衝衝地推門進來。

陸宸剛放下筆還來不及問她有什麼事，便被她不由分說地拉著來到她房間，直到此時他才明白陸寧要做什麼。

竟是要他與凝洛下棋？

他看了一眼正與陸寧說笑的凝洛，不覺手心中微微有汗滲出來。

凝洛向陸寧提的幾個問題，陸寧根本毫不在意，她才不關心方才的棋局是什麼樣呢，只要把陸宸拉來，管他什麼棋局誰輸誰贏呢！

「那就不復盤。」陸寧鬆開陸宸，走到凝洛面前按著她的肩頭坐下去。「重新來一局！」說著轉身又拉過陸宸，同樣按在桌旁的凳子上。「把棋盤拿來！」

話音剛落，有丫鬟端著剛收拾好的棋盤棋子呈上來。

凝洛見狀倒也不推辭，只向陸寧一笑。「卻不知我若輸了又應該找誰來報仇呢？」

陸宸眸光落在旗子上，凝洛那婉轉輕柔的聲音入耳，心頭微亂，他默不吭聲。

陸寧見那二人已開始落子，又轉身親自焚了一爐香，那是她慣愛用的香，可以靜氣安神，但願大哥可以靜下心來，好好跟人家姑娘聊幾句。

轉過頭，見那二人落子的速度漸漸慢下來，陸寧不由又替陸宸擔心起來。

她這位大哥一向正直受禮，她讓他代為下棋，他該不會就真的全心下棋想著贏人家姑娘吧？

正在發愁，忽聽得凝月在門外向下人問道：「陸姑娘在房裡嗎？」

陸寧生怕凝月進屋來壞了氣氛，忙向那二人扔下一句「我看看凝月要做什麼」，便三步併兩步走到門口，一把拉開門走出去，又馬上將門在身後掩上。

「找我有事？」陸寧的兩手在身後拉著門，好像生怕凝月闖進去似的。

凝月剛得到陸寧在的回答，正要推門而入，卻見陸寧猛地開門出來，倒嚇了一跳。凝月拍了拍心口，深吸了一口氣才問道：「妳要出去？」

「不出去呀！」陸寧仍拉著背後的門，她才不讓凝月冒出來煞風景。

凝月見陸寧沒有與凝洛在一起，心中倒是很高興，不由帶了幾分討好的笑容。「咱們去前邊抽個籤好不好？」

陸寧本能地想反駁，可一想起她正打算找個藉口讓大哥與凝洛獨處，而且這樣還能把凝月支開，便點頭笑道：「好呀！」

凝月簡直難以置信，她原想陸寧會推辭，畢竟之前她只給凝洛下了帖子，凝月雖不願承認，可也會暗暗猜想陸寧不願與她一起玩了。

可陸寧那樣痛快地答應與她一同去求籤，這讓她聯想到，只有關係特別好的姑娘之間才會分享這些小秘密小心事吧？

「那……」凝月猶豫地試探著。「要不要叫上凝洛？」

陸寧剛鬆開門打算同凝月前行，聽了這話差點又一步退回去，忙擺手道：「叫她做什麼，咱們兩個去吧！」

凝月聽了這話，簡直懷疑自己是在作夢，她才不可能真心想要帶上凝洛，只是看陸寧答應她如此痛快，忍不住冒了一次險。

果然她才是先認識陸寧，先同陸寧來往的人，凝洛怎麼可能只見了陸寧一次就在陸寧心中有了分量？

凝月方才因為陸宣而受打擊的心總算恢復了一些，連步履都變得輕盈了。

在屋子裡，此時只剩下凝洛和陸宸獨處了。

凝洛不免暗暗咬唇，心想：陸寧啊陸寧，妳就這樣把我給扔下？

凝洛抬手落了棋子，不由抬眼看了看陸宸，只見陸宸正捏著棋子對著棋盤思考，眉心微微皺著，深眸越發深邃，鼻梁更顯得高挺。

他是正人君子，斷然不會對自己有什麼非分之想，凝洛倒是不擔心這個，只是覺得如今的境況有些尷尬罷了。

偏偏這個時候，陸宸突然抬眼看向她，倒是把她的目光捉住。

她心中一慌，趕緊垂下眼簾，故作鎮靜，但心裡已經是亂作一片。

眼前的人不是別人，是陸宸。

前世她與陸宸並不相熟，為何陸宸會去她的墳前上香呢？是因為愧疚？他是會因為親人做錯事，而對苦主心生歉疚的人？

還是說，他僅僅是對她有所憐憫？憐憫她不明不白地跟在陸宣身邊，最後又不明不白地死去？

正看著棋盤走神，耳邊突然一聲「凝洛姑娘」，讓她猛然回過神來。

陸宸看她清澈的雙眼帶了一絲迷茫看向他，一時間覺得雙耳發熱，卻只得硬著頭皮迎著那目光道：「該姑娘落子了。」

凝洛恍然，忙一面拿起棋子，一面向陸宸抱歉地笑了笑。

「陸大少平日裡很愛下棋？」凝洛盯著棋盤發問，她發現除了知曉陸宸日後會權傾朝野，對這個人本身她實在是知之甚少。

陸宸聽凝洛隨意問起他的愛好，一時間竟是面紅耳赤，右手在棋罐中無意識地撥弄了幾下棋子，才答非所問地說道：「姑娘不要叫我陸大少吧……」

這個稱呼不那麼順耳，總讓他有種這個人玩世不恭的感覺。

凝洛又是帶著歉意地笑了笑。「我不知道你不喜歡，那我叫你……」

「陸宸，」陸宸生怕凝洛再說出什麼讓他覺得生分的稱呼，忙打斷凝洛的話。「或者，妳可以跟著陸寧叫『大哥』。」

凝洛看著陸宸，見他這麼說著的時候，雙眼中似有星辰一般，不知為何心中就生出一陣感動。「這個，我卻不好——」

這樣太過親近了。

陸宸卻道：「姑娘何必見外，妳和陸寧是至交好友，難道叫我一聲大哥有這麼難？」

凝洛垂下眼，想想他還給自己的那釵子，只憑這一點，自己是不好和他生分，當下恭敬地道：「好，陸宸大哥！」

陸宸聽了這話，微怔了下，有些無奈，但也就隨她去了。

他是心裡恨不得和她親近，但是到底姑娘家，矜持也是有的，只能慢慢來了。如今她肯叫他陸宸大哥也可以，來日方長。

一時沈吟間，想到凝洛之前的問題，陸宸回答道：「我們兄妹幾個都愛下棋的。」

凝洛不知怎麼回事，卻由這話想到了陸宣，她前世好像並未與陸宣下過棋，更不知道他愛下棋。

在陸宣身邊的那些年，她就像是他的收藏品，又像是他養的寵物一般，回到家溫存一番就是他給她的陪伴。

陸宸面對凝洛卻想要說更多。「小時候我們幾人在一起玩耍，也是常有爭執，有時候還會打起來。老夫人認為下棋能使人平心靜氣，便請了先生專門教我們下棋，沒有功課的時候也不太許我們玩鬧，下棋卻是不管的。」

陸宸望向凝洛。「好在我們幾個對下棋都還算有興趣，所以從那以後確實也少了許多爭執打鬧。」

凝洛忍不住拿著棋子微笑。「那你有沒有想過，少了爭執打鬧，也許並不是因為下棋，而是因為你們兄妹都長大一些的緣故？」

陸宸一愣，也不由隨著凝洛一起笑起來，而凝洛那張俏臉飛上的兩抹粉色，不免讓他有些看癡了。

凝洛只覺他眸光灼燙，一時突然笑不出來了，羞得低下頭去，看著棋局，轉移話題道：「方才同陸寧下棋，一開始我覺得她段位高過我，後來竟莫名贏了她，也是奇怪。」

陸宸看著棋局，心裡在想著剛才她笑的樣子，她笑起來很好看，讓人忍不住想……不過他到底是忍下了，口中隨意說道：「她從來都是那個樣子，人明明聰明得很，就是懶得用心，偶爾用一次心都能輕鬆贏過我，卻總愛心不在焉的。」

凝洛見他語氣中不乏寵溺，難免對陸寧心生羨慕。「有你這樣的哥哥疼愛，她哪裡還需要處處用心？」

從前陸宸打聽凝洛的時候，也聽說凝洛生母一早就仙逝了，論起親兄弟姊妹，凝洛是一個也沒有。

當陸宸在當鋪門口看見凝洛時，就猜想她日子過得艱難，如今她一臉嚮往地感嘆陸寧有人疼愛，不免皺眉，心裡隱隱泛疼。

這樣的姑娘，應該被人捧在手心裡疼，怎麼至於受這種罪？

凝洛見陸宸表情有些沈重，知道或許是因為身世，使得自己又成為人家可憐的對象，便故意微笑著問道：「如果陸宸大哥的弟弟妹妹們犯了錯，你會代他們受罰嗎？」

她對前世為她上香的陸宸好奇，卻無法找前世那個人問起，便隨口問了這麼一句。

陸宸見她只是嫣然一笑，又想起方才雖有羨慕的神情卻並無傷感，不由得想到老太太壽宴那日，他曾見她帶著怎樣凜然的神情，威脅過落入湖中的繼妹。

她嬌小的身軀裡，從來都蘊藏著他想不到的堅強吧？

「我為什麼要代他們受罰？」他收了心神，認真回答凝洛的問題。「既是犯了錯，受罰便是應該。如若我代他們受罰，他們又如何認識到自己犯了錯，如何能記得以後不再犯同樣的錯？」

凝洛聽了他這番論斷，不由贊同地點點頭，看來陸宸並不是會一味袒護弟弟妹妹的人。

陸宸見凝洛那低頭間的風貌，竟是嫵媚動人，不由又覺得喉嚨發乾、心跳加速，索拈起棋子，往方才早已想好的位置落了下去。

凝洛見他落子，也捏著棋子盯著棋盤凝思起來。

陸宸見凝洛專注棋局上，忍不住抬起頭，不動聲色地凝視著她。她生得粉腮勝雪、朱唇若丹，夾著棋子的手輕輕地以手背抵住下巴，這樣的她，彷彿一幅畫，美不勝收。

凝洛好不容易落下棋子，又去提陸宸的棋子，陸宸見狀也幫著她提，一不小心手指碰到了她的手背。

男人的手指骨很硬，碰到那嬌軟纖細的手，陸宸感覺到了柔膩，凝洛卻覺得手上一疼。

陸宸猛地縮了一下手，心頭微震，可是抬眼看凝洛，卻仍是毫不在意地提完最後一顆放到他的棋罐中，彷彿根本沒這回事一般，便咬了咬牙，繼續下棋。

他還留了一顆棋子在手中，眼睛看向棋盤，手卻不自覺地摩挲那顆棋子。光滑、微涼，像方才他觸碰到的手，只是缺少了那種細膩柔軟。

想到方才那一瞬的觸感，陸宸又覺呼吸艱難，皺著眉頭，嚴肅地望著棋局。

凝洛看著陸宸落子提子，不由笑起來。「你這般下棋不累嗎？」

陸宸一愣，看著凝洛稱得上一笑百媚的容顏。

凝洛見他似是不解，便留著那抹笑解釋。「凝洛棋藝不精，方才贏了陸寧不過是僥倖，和陸宸大哥的這盤棋，十手之後我便知不是對手。可再往後，只要我細細想來，你總能留個不起眼的破綻給我。」

凝洛看向陸宸，不知怎麼就覺得有些感動，至於她是不是感動於陸宸不著痕跡地讓棋，她自己也不太清楚。

陸宸看著凝洛，他確實是在偷偷讓棋給凝洛，好讓她最後不要輸太多，畢竟他下棋這麼多年，大刀闊斧地去贏一個姑娘家也不合適，何況這個姑娘還是凝洛。

他自認讓棋沒有那麼明顯，沒想到還是被凝洛看出來，甚至被她說破，便也笑了。

「我從來不會去贏陸寧，至於妳，自是一樣。」

凝洛看陸宸這麼說，心中更添幾分感動，當下向棋盤上擺了兩子。

她既然已經看出陸宸有意讓她的心思，這局棋便沒有繼續下去的必要了。

陸宸看著凝洛投子認輸的動作，倒是有些意外。

凝洛卻笑得坦然。「陸宸大哥的好意，我心領了，反正最後總是輸，倒不如現在認了。」

陸宸頓時明白她的意思，這姑娘光明磊落，並不像陸寧一樣貪贏，當下大方地拱手。「是我小看了姑娘！」

凝洛看著面前這個陸宸，竟無法與前世那個權傾天下、去自己墳前上香的人聯結起來，一時輕笑道：「沒有，如果陸宸大哥真的贏我幾十子，我怕是會輸哭了的！如今這樣，只是故作姿態罷了。」

陸宸看她言語竟透出幾分調皮，有了小女孩情態，也不由笑起來。

「凝洛姑娘能看出讓棋，可見也是十分聰慧之人。」陸宸由衷讚嘆。

凝洛笑著搖頭。「我不過是有點小聰明，擔不起『聰慧』二字。倒是陸大哥，是有大智慧的，只看下棋便能看出格局之大。」

陸宸被凝洛誇讚，心中自是十分受用，口中卻道：「姑娘過謙了，能識破讓棋投子認輸，這般氣度也是一般人沒有的。」

凝洛笑意更甚，索性拿帕子遮了半面，陸宸看她笑得雙肩微微發抖，不由也跟著笑。「很好笑？」

凝洛努力忍住笑，看著陸宸道：「你我二人非要這般互相吹捧嗎？」

陸宸想想方才的情形，確實覺得二人的對話有些幼稚，他往日並不是這樣的，只是在凝洛面前，竟喜聽她那幾句誇讚，也是好笑。

陸寧不是很喜歡抽籤解讀籤文這些，一來她並沒有什麼迷茫而想要得到指點的事，二來她覺得那些籤文都說得含含糊糊，根本不足以取信。

若不是怕凝月去打擾了凝洛和陸宸，她才沒什麼耐心看著凝月虔誠地抽籤然後讀籤文。

可看到凝月找到對應的籤文取下，陸寧到底好奇地湊過去一同看起來。

「君占會恐無成事，義氣相投事可通，若在秋冬方可望，如逢春夏事多憂。」

「看起來不像是個吉籤，」陸寧毫不留情地指出，甚至還撇了撇嘴。「妳求了什麼？」

凝月自然也覺得不夠好，可到底存著僥倖道：「也還是有變數的。」

陸寧看凝月將那籤文折了幾折、攥在手心裡，忍不住揶揄道：「我的那些姊妹們，來廟裡求籤無非是問姻緣，妳該不會也是吧？如今正值夏日，看這籤文卻不是好時機呢！」

凝月卻是笑了笑，看著陸寧。「妳不求一支？」

「我不，」陸寧答得乾脆，臉上的神情甚至有幾分驕傲。「我沒什麼可求的。」

凝月卻被陸寧的表情刺傷，陸寧這種天之驕女，自然是要什麼有什麼，便是姻緣也有強大的家族在背後給她安排一個好的，哪像她，有那麼多求而不得的東西。

方才求籤的時候，她心裡想的是凝洛，如果說她是一株需要陽光的小草，那凝洛在她眼裡就是一塊擋了陽光的石頭，唯有將那石頭除去，她才能如她所願恣意生長。

讓凝洛嫁給那個窮秀才也好，生病死掉也好，總之她是懷著讓凝洛消失在她眼前的心思求籤文。

卻並不是個好籤，唯有那句「義氣相投事可通」讓她存了一絲念想，卻又不解能與誰「義氣相投」。

「妳既不抽籤，那麼要回去嗎？」凝月看著陸寧的臉色問道，好不容易陸寧跟了她來求籤，最後卻不抽，顯然是不喜歡這個。

陸寧想到她房中的大哥和凝洛，自然是搖頭不肯，又想不到與凝月能做些什麼打發時間，索性也走到案桌前。「那我也抽一支好了！」

凝月見她這般卻有些不解，她明明說無所求卻又在她提出離開的時候要求一支，這種侯門小姐的心思還真是難測。

看陸寧有些敷衍地抽了籤，凝月便上前幫著她找籤文。取下之後，看凝月湊在她身邊，陸寧大大方方地將籤文展開到二人中間一起讀起來。

「求婚占之十分宜，官鬼妻財兩見之，更喜媒人多助力，定教舉案得齊眉。」

陸寧讀完籤文不由一笑。「倒有幾分意思。」

凝月心中卻發酸，憑什麼陸寧隨便抽個籤都能抽得比她好？她明明什麼都有了，卻還能好上加好，可見就連老天也愛錦上添花，不懂雪中送炭。

「妳求的是姻緣嗎？」凝月忍住心裡的酸意問道。

為什麼陸寧就能生在陸家，而她生在沒什麼根基的林家？

陸寧也學著凝月的樣子將籤文折起來，口中卻道：「難道我就不能求別的？看起來是個上上籤，不管求什麼都能成吧？」

陸寧的語氣讓凝月更覺心中不爽，不由說道：「籤文上寫的可是『求婚占之十分宜』，若妳求的不是那個，想來也未必能成。」

凝月一般都愛順著陸寧的話，陸寧也習慣了凝月的恭迎奉承，這突如其來的反駁倒讓陸寧詫異了一下，繼而臉色沈了沈。

「妳就那麼見不得別人好嗎？」陸寧心中不悅。

凝月見陸寧這般，頓覺自己方才真是發了昏，忙賠著笑說道：「俗話說『謀事在人』，我是怕妳抽了這好籤便不再用心籌謀了！」

陸寧聽她說得雖然牽強，可細想之下也勉強有幾分道理，不再與她計較了。

二人又在山門外四處望了望，陸寧心中覺得無聊得很，很想回去看看陸宸和凝洛怎麼樣了，可一時又想不到藉口甩開凝月。

「阿寧！」

陸宸的聲音突然在身後響起，陸寧忙轉回頭見只有陸宸一人，不由皺起眉。「大哥？」

「妳怎麼回事？」陸宸走過來，語氣中頗有些不苟同。「妳……」

「大哥！」陸寧忙在陸宸說出與凝洛有關的話之前打斷他。「我要去找凝洛了，有事以後再說！」說著，一側身從陸宸身邊跑進院子裡去了。

凝月看了看陸宸嚴肅的臉，忙低頭匆匆行了一禮，也向著陸寧的方向追過去了。

陸宸不由搖頭嘆息，陸寧什麼時候做事這麼魯莽了？方才拉著他去跟凝洛下棋，就那麼把他和凝洛留在屋裡，陸寧自己卻不見了蹤影。如今也不聽他把話說完，又丟下朋友自己跑了。

另一廂，凝洛才回到自己房間不久，便見陸寧風風火火地推門進來，不由笑著發問：「這麼半天妳是跑去哪裡了？」

陸寧見凝月就在身後跟著，也不好多說。「凝月喊我過去抽了個籤。」她本想問問凝洛方才跟大哥的棋局如何，又礙於凝月在場，只得傻笑一聲。「我倒抽了個好籤。」

凝洛見她似是有話不能說、又想說些什麼的樣子，忍不住也笑了起來。「那要恭喜妳了！」

凝月自然不知道那兩個人在笑什麼，又不甘心被冷落，也笑著插話。「方才遠遠地看著後山上似乎開了許多花，不如去採摘一把放入瓶中？」

「是了！」陸寧向凝洛點點頭。「那後山如今看著極美，咱們去遊玩一番！」

雖然陸寧這話是對著凝洛說的，但凝月心中也是不乏欣喜，她今天的提議屢屢得到陸寧的肯定，可見在陸寧心中，她也是能排得上號的朋友。

有了這個想法後，凝月之前存在心裡的不舒服也稍稍散開了些，回頭喚丫鬟拿了一件披風，她跟陸寧、凝洛二人出了寺廟，去了後山。

第十七章　後山遊玩

陸寧被腦中的想法弄得心癢癢，總想找機會問問凝洛，可凝洛渾然不覺，真的欣賞起路旁的那些野花來，還說著哪幾種顏色搭起來比較好看之類的話。

陸寧看了一眼緊緊跟在一旁的凝月，終於忍不住附和著凝洛的話，拉著她快步向前。「是呀！那邊顏色漂亮，我們去採一些！」

剛和凝月拉開距離，陸寧便壓低聲音問：「剛才妳和我大哥誰贏了？」

凝洛也不知這麼一個尋常的問題，陸寧為何問得這麼神秘，不由也跟著壓低聲音。「陸宸大哥贏了呀！」

「妳們在說什麼？」凝月幾步趕了上來，陸寧拉著凝洛說話的樣子讓她心中再次不舒服起來。

陸寧皺了皺眉，將湊在凝洛旁邊的身子也稍稍收正些。「沒什麼。」

凝月見她答得冷淡而且毫無解釋之意，竟覺心頭火起，腳下一頓便怨恨地瞪了凝洛的背影一眼。

方才凝洛不在，陸寧和她抽籤玩的時候明明不是這樣的！

陸寧一定是偷偷跟凝洛說她抽到凶籤的事，說不定還會編排她是為了姻緣，而凝洛此刻臉上那抹若有似無的笑，必定是嘲笑她尋不到好親事。

越想越是怒火中燒，凝月就那麼落後半步惡狠狠地看著前面二人的背影許久，心頭升騰起無數雜亂的想法。

那二人卻渾然不覺，各自都忍不住採了幾朵花在手中，又不時地望望周圍景色，尋找開得更嬌豔的花。

凝月覺得自己被拋棄了一般，或者說被那兩個人完全遺忘了。不，凝月在心中否定了自己，她根本就是被那兩個人無視了，徹底地無視。

凝月看著仍不時湊在一起低語幾句的凝洛和陸寧，不覺間將手中的那朵薔薇撕了個碎爛。她又回頭看了一眼來時的小路，已經因為她們走得太遠而看不真切了，至於寺廟……

凝月望了望寺廟的方向，已經隱入鬱鬱蔥蔥的樹木和山腰的雲霧繚繞中。她再次看向凝洛的背影，嘴邊不覺冷冷一笑，直接邁步奔著陸寧而去。

凝月從那些花草叢中撥出一條小路來，走到陸寧身旁拉了她一把，低聲道：「我有話對妳說。」

陸寧皺眉，剛想要說什麼，凝月已經以手掩唇，湊在陸寧耳邊說了些什麼。

凝洛正採了一朵花直起身，就看見陸寧聽了凝月的話，一臉尷尬的神色。

陸寧下意識求助般地望向凝洛，像是要問什麼話似的，卻再次被凝月堵住話頭。

「妳還想讓所有人都知道啊？」

凝月仍是湊在陸寧耳邊，倒顯得二人很親密。

凝洛不免心生疑惑，開口向陸寧問道：「怎麼了？」

「沒什麼！」答話的卻是凝月，她一把將陸寧拉到身後，像是護著她似的，臉上的表情也是遮遮掩掩。「我和陸寧去那邊看看，一會兒就回來，妳先在這裡等一等。」

凝洛自然是不聽她的，只向陸寧道：「那一起去吧！」

誰知陸寧臉上的神色也很是耐人尋味，帶了一絲窘態勉強向凝洛笑道：「妳先在這裡等吧，我和凝月過去看看就回來。」

「是呀！這一片花還多些，妳先幫著採一些。」凝月故作尋常的笑，總讓凝洛覺得心裡不踏實。

凝洛見陸寧確實不想她跟著，便點頭道：「那小心腳下，快去快回！」

凝月已經迫不及待地拉著陸寧離開，陸寧卻回過頭有些抱歉地向凝洛喊了一句。

「我很快就回來。」

凝洛微笑著向她擺擺手，倒不怎麼擔心陸寧。

畢竟凝月巴結還來不及，又怎麼可能對陸寧做出不利的事。

凝洛看了看周圍，又向前走了兩步摘下一朵不知名的野花，那野花靠近花蕊處泛著淡淡紫色，外緣花瓣卻是白色。花朵只有棋子大小，在凝洛腳下的土地成片盛開著，凝洛想著，可以多採一些點綴在花束中，又彎下腰去。

山中的時光似乎流逝特別慢，凝洛不過採了一小捧野花卻覺得好像過了很久。她轉頭望向陸寧和凝月離去的方向，卻只見一片半人高的草木、或粗或細的樹，並沒有什麼人影出現在那裡。

一時間，凝洛耳邊只有風聲和風吹過草木的聲音，她心中突然一陣慌，卻仍然站在原處不敢動。

萬一陸寧找回來再錯過她呢？

可是越有這種想法，越覺得心焦起來。凝洛踮起腳向遠方望了望，終於忍不住循著陸寧離開的方向走去。

走了一段，凝洛終於忍不住喊道：「陸寧？」

在這寂靜的山林裡，她不敢太大聲，只輕輕試探了一聲，回應她的卻只有風聲。

凝洛又向前走了幾步，提高些聲音向著遠方喊道：「陸寧！」

卻驚起一片鳥群四散飛起，嚇了凝洛一跳。

好不容易等四周平靜下來，她也穩了穩心神，這才繼續向前走去，只是這次她卻不敢出聲了。

凝洛順著自認為正確的方向走了好久，卻半個人影都沒看見，除了一條飛速鑽入草叢的小蛇嚇得她差點癱下去，她感覺不到周圍有什麼人煙痕跡。

好像整個世界一下就變得死氣沈沈，凝洛抬頭看了一眼天色，灰青色的天空讓人覺得壓抑，她只覺心口悶悶的，卻努力打起精神讓自己保持清醒。

也許陸寧已經回去找她了，畢竟太陽似乎都落下大半。

這麼想著，凝洛又轉回身順著來路走去。

走到太陽只留一牙紅色邊緣在天邊的時候，凝洛終於絕望地發現她迷路了，不但找不到和陸寧分開的地方，也找不到回寺廟的路了。恐慌一絲絲從心頭蔓延上來，慢慢地將她包裹住。

凝洛突然覺得山風涼了起來，不由抱住雙臂四顧茫然。

她想到凝月方才離開時的眼神，想到凝月神秘兮兮湊在陸寧耳旁說話的樣子。原來這次凝月是以陸寧做棋子，引她入了局。

重生之後她已經處處防著杜氏和凝月，就怕一個不小心重蹈前世的覆轍。如今她還是落入凝月的陷阱，甚至這個陷阱都不用凝月費什麼心思。

想到凝月和前世，凝洛心頭泛起茫然，她在這漸漸漫上來的夜色中只覺得難以呼吸，一顆心緊緊縮成一團。

前世的記憶突然湧上來，當時她中了杜氏和凝月的詭計，孤立無援地落到陸宣手中，好像周圍也是這般黑暗，黑得好像是她失去了視覺，陷入一片無法感知的虛無中。

這片後山平日人煙稀少，不管是遊玩還是打獵砍柴，人們好像都不大愛往這邊來，因此這片山連一條像樣的路都沒有。

凝洛跌跌撞撞地前行，不知身在何處，也不知要往何處去，她好像被心中的恐懼攝去了心神，連思考的能力都沒有，莫說冷靜下來了。

草叢裡的蟲鳴和什麼活物「嗖」的一下在草木中穿行而過的動靜，讓凝洛心中那根叫做害怕的弦越繃越緊，她沈浸在這輩子又要像前世一樣的想法中無法自拔，直到聽到身後若有若無的腳步聲。

凝洛猛地停了下來，凝神去聽後面的動靜。

她之前一直沈浸在鋪天蓋地的恐慌中，竟不曾覺察到後面的聲音，如今再聽只覺那腳步聲離她不過半丈，甚至連落地的聲音都帶著不懷好意！

凝洛僵立在當場，大氣也不敢出，只聽著身後的腳步越來越近。

要跑嗎？

凝洛緊繃的心思冒出這個想法。她望著前方的黑暗，不知道能跑向哪裡，也沒把握能跑過身後的人。

她不自覺地握緊了拳，這才發現之前採的那一小捧花還在手中。

凝洛努力克服腿軟的感覺，好讓自己別癱坐下去，待到腳步聲走到身後，她猛地轉身揚起那捧花就朝那人劈頭蓋臉地砸過去。

一雙大手握住她的雙手，耳邊響起那個低沈的聲音。「冒犯了，姑娘別怕，我是陸宸。」

陸宸的聲音好像有能安撫人心的魔力，凝洛那顆因恐慌而狂跳不止的心突然就安靜了一下。

腦中緊繃著的那根弦突然就斷了，她一下就撲入陸宸的懷中。

陸宸的出現像是黑暗中的一絲光亮，凝洛瞬間覺得眼前沒那麼暗了，她甚至能看見手中那一小捧花，因為她的鬆手而紛紛散落的樣子。

過度的驚嚇讓她在意識到來者是陸宸的時候，不假思索地就撲了過去，她來不及思考太多，在她積累了兩世的恐懼中，陸宸是唯一向她伸出手的人。

找到凝洛比陸宸預想中要順利，當他看到前面那個走得失魂落魄的身影，便覺心頭一緊，腳下也不覺加快了速度，只是沒敢出聲喊她。

這樣的夜裡，他不能確認自己猛然出聲會不會嚇到她。

而他的這一舉動顯然沒得到自己預想中的效果，他看到前面的身影猛地停住腳步，像是覺察到了什麼，待他幾步走過去，凝洛竟猛地轉過身舉著什麼向他兜頭砸過來。

他習武多年，凝洛的這個動作在他看來實在是毫無殺傷力，握住她的雙手時，他甚至還能在心裡詫異一下她手心的溫度。

只是更詫異的事在下一瞬，凝洛撲到他懷裡的時候，他整個人都僵了一下，只覺一顆心像是要跳出來，手還保持著方才握住凝洛雙手的姿勢，也不知道往哪裡放。直到覺察出懷中那個柔軟嬌小的身子好像止不住地發抖，他才緩緩落下雙臂擁住懷中的人。

凝洛控制不住地落下淚來，心中一直盤旋著的那句話，終於可以向人傾訴出來。

「我好怕！」

陸宸聽她聲音似乎都有些顫抖，一時心疼不已，不由又收緊雙臂在凝洛背後輕輕拍了幾下。「別怕，有我。」

他感覺到伏在胸前的凝洛好像是在流淚，又柔聲勸道：「沒事了，凝洛妳別哭！」

他這個時候不再叫她姑娘，而是叫她凝洛了。

凝洛卻被這叫喚引出更多淚水，不知道是不是這樣的夜讓人容易脆弱，驚嚇過後她心中竟全是滿滿的委屈。

想起前世的委屈，再想起她成為一縷幽魂看到陸宸在她墳前的景象，口中不由啜泣地埋怨道：「你為什麼不早點出現？」

如果在前一世能早點遇到陸宸，是不是後來會有不同的結局？

陸宸自是聽不懂這話中的玄機，只當凝洛一人在山林中不知受到多大的驚嚇，想到平日裡總是一副嫻靜模樣的凝洛被嚇成這個樣子，他就止不住心疼。

一隻手在凝洛的肩頭輕撫，陸宸帶著萬分小心想讓她平靜下來。「已經沒事了，妳不再是一個人在這裡了……」

陸宸的聲音放得很輕，好像生怕再次嚇到懷中的人一樣。而懷裡的人似乎還無法從驚嚇中恢復過來，只是緊緊地摟住他貼著他。

正值夏日，二人都衣物單薄，陸宸感受到凝洛貼在他身上，甚至能感覺到凝洛身體某一處的柔軟，他只覺得雙頰發燙，連耳根都熱起來。

還好夜色中看不到相擁的彼此，他想此時一定是面紅耳赤，甚至有些狼狽吧？

「凝洛……」陸宸開口，嗓音卻有些低啞，莫名帶了幾分魅惑的意味。

前幾年老太太也曾想過要給陸宸尋一門親事，男大當婚也是到了該成家立業的年紀，可是陸宸不肯，那時候他就像是個對男女之情一竅不通的莽夫，完全不覺得自己有成家的必要。

老太太也覺得他日後是個有出息的，又能約束自己，晚些成親倒也未嘗不可，便再沒提過陸宸的婚事。

陸宸樂得只與自己的那些兄弟打交道，每日過得逍遙自在，直到那日在街上看到了凝洛，他總算知道了什麼是情動、什麼是相思。

只是他一向內斂，有了喜歡的姑娘也不敢太過外露，能做的也不過在遠處觀望，又或者為她做些微不足道的小事。

如今，在這幽靜的山中，在無邊的夜色裡，溫香軟玉抱個滿懷，讓陸宸心跳加快，臉紅耳赤，呼吸艱難。

他覺得自己在作一個夢，一個午夜夢醒時無法言說的夢。

陸宸的啞聲呼喚，讓凝洛稍稍恢復了一絲神智，待到陸宸胸膛傳來如雷的心跳，凝洛才發現二人竟緊緊地抱在一起。

凝洛鼻息間盡是陸宸身上的味道，似乎混著一點青草的氣味，還帶著些許暖意，卻更覺曖昧。

凝洛臉上一熱，忙從陸宸胸口抬起頭來，方才摟抱在陸宸腰間的雙臂也慌慌張張地放開了。

陸宸只覺懷抱一空，不覺也放開手臂，再看凝洛，卻只見她低著頭，什麼神情卻是看不清了。

陸宸收了收先前的心旌神搖，雖心裡萬分不捨，但還是啞聲道：「我送妳回去。」

凝洛輕輕點了點頭，又怕陸宸在這黑暗中看不到，點過頭又緊跟著應了一聲。

陸宸看著垂首而立的凝洛，輕聲囑咐。「跟我來，小心腳下。」

他有些捨不得就這麼帶凝洛回去，山中寂靜的夜裡，凝洛無助地投入懷中，他至今還記得姑娘家嬌軟的身體在他懷中的那種感覺，彷彿這個世間都為之停滯。

可當凝洛的哭泣停止、從他懷中離開，他便覺得所有的美好都遠去了。

陸宸在前面帶路，聽著後面凝洛的衣裙拂過草木的聲音，很想要同她說些什麼，卻又不知說什麼合適。

夜晚裡，孤男寡女的，生怕她心裡不喜，他只好抿唇不提。

凝洛看著前方陸宸的背影，心中滋味也是難以言喻。方才她是太過驚懼，竟不管不顧地撲到陸宸的懷中，而陸宸竟然也擁住她。

顯然是越了界的，她不想為自己找藉口，不管是因為陸宸前世為她上香，使得她產生的那點好感，還是陸宸為她贖出母親的遺物所欠的人情，又或者是白日裡下棋時二人還算投緣的談話，都不足以成為他們擁抱的理由。

凝洛默默地跟在陸宸身後，之前迷路的恐慌已消失不見，取而代之的是一種置身事外的冷靜。

陸宸出來尋凝洛時天還未黑，因此並未帶什麼照明的東西，如今摸黑走在山路上，他雖靠著敏銳的感官走得還算穩當，凝洛卻多少有些費力。

在凝洛踩到一塊鬆動的山石而險些摔倒時，陸宸飛快地回身扶住她，而凝洛卻很快站穩，不著痕跡地躲開他相扶的手，口中淡聲道：「多謝！」

陸宸聽她聲調有疏遠的意思，忙收回了手，想來是方才冒犯了凝洛，讓她心生不快了。

一直走到山門前看見寺廟的一點光，凝洛才對周圍再次有了感知。跟著陸宸的這一路，她根本不知道自己是往哪裡走，總覺得與她心中認為正確的方向背道而馳。

可她是信陸宸的，所以一言不發地跟在後面，堅定地一路走了過來。

「今日的事，多謝陸宸大哥！」在寺廟前，凝洛停了下來，感激地對著陸宸的背影說道。

陸宸一怔，也停下來回過身，見凝洛雖是真誠地道謝，可眼神與身體無一不在向他展示著疏遠的情緒。

陸宸心中失落無比，口中只得回道：「凝洛姑娘客氣了！」

凝洛看了一眼陸宸，對方的表情倒是平靜無波，她微微屈膝行了一禮便轉身跨進了門。

「凝洛！」

凝洛剛剛走了幾步，便有喚著她名字的身影撲過來。

凝洛忙伸手接住了，陸寧也扶住她的雙臂不停地上下打量，口中說出的話卻有些不能成句。「妳沒事吧？對不起我真不是故意的！我去找妳了，可妳卻不在那裡……」

凝洛看她滿臉歉意，忙打斷了她。「我沒事的。」

雖然她這麼說，陸寧還是一臉歉疚地望著她。「妳不會怪我吧？我要是不走那麼遠就好了，以至於回去的時候，我倆都不確定哪裡才是妳等的地方。」

陸宸見妹妹拉著凝洛說個不停，也不打擾便一個人默默地走開了，只是心中的那份失落卻難以平復。

凝洛眼角的餘光看到陸宸離去，不知怎地覺得那個背影似乎有些落寞。

「……還好妳回來了，萬一妳遇到什麼意外，我……」陸寧說著，眼圈便有些發紅。

凝洛忙拍拍她的手。「沒事了，我好好的呢！話說妳們到底離開去做什麼了？」

凝洛只是隨口轉移了一下話題，不管陸寧為何離開，總少不了凝月的「功勞」。

陸寧聽了這話卻是一頓，臉色也微微發紅，她向兩旁看了看，確定無人之後才湊近凝洛輕聲道：「凝月看錯了，以為我衣裙上蹭了……」

陸寧咬了一下唇，如果不是弄丟凝洛，她才不會跟凝洛說起這事，可如今凝洛受了滿腹委屈回來，她覺得自己應該交代清楚。

「蹭了……葵水……」陸寧紅著臉，聲音越來越低，在凝洛耳邊勉強哼出了那兩個字。

「然後發現不是？」凝洛看著陸寧微笑。

凝月真是好心計，拿這種姑娘家難以啟齒的問題騙走了陸寧。

陸寧低下頭。「我應該再找妳一下的……」

凝洛不忍陸寧自責，她可以想像凝月是怎麼騙著陸寧越走越遠，又騙著她不做尋找而回了寺廟。

陸寧回來沒見到她，心中肯定是慌了，不然也不會這麼晚還等在這裡，倒是那位始作俑者不見蹤影，說不定都已經作上夢了。

「不管怎麼樣，我都好端端回來了，方才一個人在山裡倒也是不曾有過的體驗呢！」凝洛故作輕鬆地向陸寧笑了笑。「不要站在這裡了，不早了，回房歇息吧！」

「對，妳肯定累了，早點歇息。」陸寧在凝洛身旁點頭，倒像個犯錯的孩子。

陸寧將凝洛送到房門口才站住。「好好睡一覺。」

凝洛看著她微笑。「我很好，妳不用再擔心了，也好好睡一覺。」

陸寧想到尋回凝洛的正是陸宸，心裡倒稍稍有些安慰，方才見大哥帶了凝洛回來也沒顧上跟他說話，正好有些不好向凝洛提問的話，可以去問問他。

「那我回房去了。」陸寧向凝洛道別。

看著陸寧走到客房門口才與她相視一笑，然後推門進了自己的房間，凝洛再無法保持方才微笑的模樣，她心中帶著一股氣，簡單地梳洗了一下，然後乾脆俐落地出門，直接走到凝月門口。

見凝月的房中還透著燭光，凝洛一把推開門。

凝月聽到動靜慌忙站了起來，見是凝洛，臉上明顯閃過一絲失望。

「妳回來了？」凝月擠出一絲笑。「沒事就好。」

凝月說話的工夫，凝洛已走路帶風地來到她面前，揚起手朝著凝月的臉上就搧了兩個耳光。

凝洛絲毫沒有留情，那兩掌就好像是帶著她心中的氣憤打下去，打過之後雖然掌心微疼，心中卻舒爽無比。

凝月挨了兩個耳光一時有些發懵，捂著半邊臉就要向凝洛叫嚷。

凝洛卻豎起食指向她「噓」了一聲，凝月看她雖嘴角帶笑，眼神卻是凌厲，不由閉嘴了。

凝洛這才冷笑一聲。「為什麼打妳，妳心裡明白，不用我說，也不需要講道理。」

凝月含淚瞪著凝洛，卻終於心虛地垂下眼簾。她知道她的小把戲，凝洛已心知肚明，挨了這麼兩掌被凝洛教訓得啞口無言。

第十八章　墨寶贈佳人

第二日一早用過齋飯，一行人下山了。

本來按照陸寧的計劃，這一日還要在山上停留半晌，只是前一日出了那樣的事，誰都沒了心情。

陸寧喊了凝洛一同乘她的馬車，凝月總算識趣地沒跟過去。

陸寧對凝月的安分顯然有些不適應，掀起車簾向外望了一眼問道：「她怎麼了？還戴上了面紗？」

凝洛笑得不無嘲諷。「可能是覺得沒臉見人吧！」

定是她前晚打得狠了，凝月怕被人看出來。

陸寧只是隨口一問，她不關心凝月如何，自然也不在意凝洛的回答，看到陸宸在不遠處跨上馬，她才找到自己關心的事。

「我大哥這個人外冷內熱的。」陸寧放下車簾，坐正了身子向凝洛說道。

凝洛不知她為何又突然換了話題提起陸宸，只是笑了笑沒有接話。

「我覺得妳也有些外冷內熱。」陸寧向凝洛湊了湊，一雙眼睛眨啊眨的，倒是空前明亮。

凝洛心中隱隱猜到陸寧的意圖，卻扭過頭捏著帕子打了個哈欠。「昨兒個睡太晚了，我閉眼一會兒，到了叫我。」

陸寧哪裡肯依，忙搖著凝洛的手臂道：「妳回家再睡也不遲，好歹撐著點兒，咱倆說說話，誰知道下一次什麼時候能再見呢！」

凝洛半合著的眸子微微睜開。「琴棋書畫，詩詞歌賦，妳隨便聊，聊別的我可犯睏。」

陸寧也覺得自己一個姑娘家，向閨中密友介紹自家大哥，似乎有些不妥，便放棄了那個想法應了凝洛。

二人熱絡地聊了一路，竟不覺回城的路有多長，待馬車駛到林府門口，凝洛才驚覺自己被陸寧送到了家門口。

「那與我去家中坐坐吧！」凝洛笑著邀請道。

陸寧卻推辭不肯。「今日也沒做什麼準備，貿然上門回去該被老太太說沒規矩，還是改日先送了拜帖再登門的好。」

凝洛知她並不是與自己假意客氣，起身道：「那便多謝陸姑娘相送，我們後會有期。」

陸寧聽凝洛故意說得帶了幾分江湖氣，不由地笑了。「有時候倒真希望自己是傳聞中的江湖兒女，可以快意恩仇。」

凝洛已下了馬車，聽陸寧這麼說，回身道：「妳已經比別人活得瀟灑恣意，若是……」

話還未說完，卻聽杜氏的聲音響起。「怎麼，陸姑娘也來了嗎？」

馬車中的陸寧聞言臉色一變，忙向車夫催促道：「快走！快！」

杜氏聽聞凝月回來，忙出來迎女兒，不承想看到陸府的馬車，一想到陸寧竟來到林府門前，杜氏就忍不住咧開嘴笑著走向馬車。

只是還未能走到馬車前，就見那車夫一打馬，駛著馬車徑直離開了。

杜氏的笑容登時僵在臉上，馬車裡的人不可能沒聽見她的聲音，就這麼堂而皇之地給她吃癟，她心中只覺下不來臺。

杜氏不甘地從絕塵而去的馬車收回視線，卻見凝洛正微笑地站在那裡，不由沈下臉斥道：「貴人都到了門前也不知道請入家中，真是越大越不懂規矩！」

凝洛見杜氏往她身上撒氣，不由笑了笑，然後向杜氏行了個禮，口中喚道：「母親！」然後又接著說道：「想來貴人也不會怪罪我不懂規矩，畢竟我也沒有母親來教。」

杜氏聽了這話登時氣得要死，卻又不好發作，做繼母的不好好教導非自己所出的子女，這簡直是讓人指著脊梁骨罵呢！可偏偏又是她指責凝洛不懂規矩，說到底卻成了她的錯，真真是搬起石頭砸自己的腳。

見凝洛輕飄飄地丟那麼一句氣死人的話便離開，杜氏這才滿面怒容地注意到凝月。

「妳戴個面紗做什麼？」

凝月被凝洛打了兩掌倒暫時收斂了一下，本來是走過來打算勸杜氏先回家再說，卻見杜氏沒好氣地對她嚷，心裡一時也不大痛快。

「在山上曬傷了，沒什麼事我先回去歇著了。」凝月隨口扯了個謊。

杜氏看凝月也自己回家去，心裡堵著一口氣覺得沒處撒，憤憤地自語道：「看看、看看，我連親生的都沒教好！」

凝洛在家歇息了半日，隔天一早便有陸府的人送東西來，說是給林家大姑娘壓驚。

待到賠著笑臉和無數恭維問好的話，送走陸府的人，杜氏看著一大桌的補品嘆道：「到底是名門望族，想得周到，出手也闊綽！」

凝洛看她笑得猶如拿到什麼寶貝似的，也跟著她笑。「還要煩勞母親派個人幫我把東西搬回芙蕖院。」

杜氏登時變了臉色，本來是嘴角向上的笑臉立馬拉得老長，方才陸家那下人好像確實是說給林家大姑娘的，可凝月也上山了呀，憑什麼沒有凝月的分兒？

杜氏緩了緩，才故作莊重地向凝洛道：「雖說陸府是送來給妳壓驚……」杜氏說到這裡停了一下，然後才滿臉疑惑。「壓什麼驚？妳受什麼驚了？」

杜氏問完卻不等凝洛回答，又自顧自地說：「凝月也曬傷了臉，這補品也該有她的一份才對。」說完又生怕不能說服凝洛似地補充道：「再怎麼說，凝月也是陪著陸家人遊玩才曬傷的，他們合該給凝月送點好東西。」

凝月在一旁一直沒吭聲，心中卻不由假想，若是自己在山中迷了路，陸家會不會也送東西來壓驚呢？

只可惜曬傷只是她扯的謊，若是真曬傷，她倒還可以跟母親一道同凝洛爭上一爭，如今凝洛知道她「曬傷」的底細，她倒不知道該說什麼了。

凝洛耐心地聽完杜氏的話，臉上的笑容不變，聲調也仍是淡淡的。「如果母親這邊的人都忙著，那我叫個芙蕖院的小廝來搬吧！」

凝月想勸杜氏算了，可看著那一桌子的好東西又開不了口，索性沈默著，反正若是杜氏有本事從凝洛手裡搶過些什麼，總少不了她的。

杜氏聽了凝洛的話簡直要氣炸，合著她方才說了那麼多，凝洛半句都沒聽進去？

杜氏深深地吸了一口氣，努力讓語氣和表情都平靜些。「我和妳父親年紀都大了，也到了享兒女福的時候了。」

可恨這個凝洛不是她親生的，若是她生的，哪裡用這般旁敲側擊的提醒，費盡心機的暗示？

「母親您還年輕得很！」凝洛笑得很真誠。「父親也是正當年。」

杜氏明知凝洛裝傻卻毫無辦法，只得硬著頭皮繼續道：「從你們小的時候，我就常常告訴你們要孝敬長輩，你們可還記得？」

「記得。」凝洛點點頭。

杜氏心中一喜，只要凝洛認了要孝敬長輩，她總不能真的一點不剩將補品帶走吧？

誰知凝洛又長嘆一聲。「只可惜祖父母去世得早，竟不能等到孫女承歡膝下盡盡孝心的時候！」

凝月抬了抬眼睛，又打量了凝洛一番，什麼時候這個便宜姊姊變成了這樣？好像一點虧也不肯吃，在她的記憶中，凝洛在她和母親面前明明不是這樣的。

見鬼了！

凝月低聲咕噥了一句，卻忍不住抬手摸了摸臉頰，巴掌印早已消退，看起來也不腫了，可不知為什麼還會隱隱覺得疼。

杜氏聽凝洛故意曲解她的意思，恨不能直接說補品留下、凝洛滾開。可她一個做長輩的，到底還要臉面，陸家指名送給凝洛的東西，她總不好開口要。

「尊老愛幼，凝洛也不要忘了關愛弟弟妹妹呀！」杜氏覺得自己的耐心就快耗盡了。

杜氏不滿地看了凝月一眼，心中不由責怪她不幫著說話。

「是了！」凝洛恍然大悟般站起來。「出塵日日讀書正需要補補身子，謝母親提醒，我這就去看看他！」

凝洛向丫鬟們一使眼色，那二人拎的拎、抱的抱，將那一桌補品全都拿在手裡、抱在懷中。

「告辭。」凝洛敷衍地向杜氏施了一禮，帶著丫鬟飄飄然離去了。

杜氏無可奈何，心中又氣又恨，不由抬手一掌拍在桌上，倒把凝月嚇了一跳。

看著像是剛回過神的凝月，杜氏怒從心中起。「妳聾啦？剛才怎麼一句話也不說？妳說說妳，我費了多大力氣才搭上陸家，怎麼一手好牌就被妳給打爛了？」

凝月心中也覺得不平，明明在陸寧見到凝洛之前還好好的，怎麼一下子就變天了呢？

「還有，」杜氏說完不解氣，還朝著凝月嚷嚷。「那陸家怎麼就給凝洛送了補品？妳不是曬傷了嗎？怎麼提都不提妳的事？」

凝月哪裡敢說出實情，雖然杜氏一定不會怪她陷害凝洛，可一定會怪她蠢笨行事不周。

「母親，妳有沒有覺得凝洛變了？」凝月故意帶了幾分神秘，想將杜氏的思緒從補品這件事上引開。

杜氏說得口乾舌燥，喝了一口水才繼續沒好氣地說道：「她這賤蹄子，如今確實是越來越好看了，那張臉不知道怎麼了，越發有光彩，或許就是用了那還玉膏的緣故！」

凝月拿著扇子搧了兩下，不屑地說道：「我不是說她那張臉。」

杜氏頓時明白女兒的意思，略一思索，開口道：「我也覺得她年紀大了，翅膀硬了。」

「能有這麼簡單？」這理由顯然說服不了凝月，她蹙著眉頭。「總覺得她如今越來越有些手段了，我們以後還是要多加小心，從長計議才是。」

杜氏想了想，自然同意女兒的話，母女兩人又商量了一番，這才算完。

這一日，凝洛真的拿了不少補品去出塵那裡。

出塵正在寫字，見了她倒是很高興。

「大姊！」出塵放下手中的筆站起身來。「昨日聽說妳回來，我就打算去找妳，可姨娘說妳需要歇息不許我去，方才我又去了芙蕖院，卻聽說妳去母親房裡了。」
出塵像是憋了一肚子的話，見了凝洛便喋喋不休起來。「山上好玩嗎？母親叫妳去房裡做什麼了？她該不會又挑妳什麼毛病了吧？」
出塵雖然年紀並不大，但是長在姨娘房裡，自小懂事，性子敏感，如今見凝洛被叫到杜氏房中，自然是擔心。
凝洛聽他竹筒倒豆子般一股腦說完，不由笑了。「你到底想問我什麼？總得一個一個來呀！」
出塵頓了頓，像是在心中取捨一般，最後終於拉著凝洛坐下問道：「可是母親又為難妳了？」
凝洛看著出塵，對於一個八歲的孩子來說，他還是有些太過瘦弱，以至於衣衫套在身上都像不合身。這麼瘦弱的一個男孩，前不久連跟她說話都不敢，現在也會主動關心她。
「沒有，陸家送了些東西給我，我去慈心院取了一下。」凝洛笑得很欣慰。
「那就好。」出塵長舒一口氣。「姊姊明日陪我出去吧！」
凝洛正想要將放在桌上的補品推到出塵那邊，又聽他興奮地問：「那山上好不好玩？大姊有沒有看到老虎豺狼什麼的？」

凝洛見狀，知道出塵也是對外面諸多嚮往，只笑道：「出塵也想出去走走？」

出塵卻不甚在意地擺擺手。「寺廟那種地方都是女眷們愛去的。」

凝洛被他逗得發笑。「那什麼地方是你愛去的？」

出塵認真地想了一下卻無果，又想起先前對凝洛的邀請，又道：「我已經跟父親說過明日要上街去買紙筆，姊姊陪我去吧！」

凝洛不假思索地點頭。「好，父親可給了你銀子？」

出塵臉上的興奮之色消失不見，低頭道：「父親讓我找母親拿。」

「母親沒有給嗎？」凝洛看著出塵的反應猜測道。

出塵搖搖頭，只是仍低頭。「給了，只是……買先生說的紙筆怕是不太夠。」說著，抬起頭故作輕鬆地安慰凝洛。「沒關係。我自己也有銀子。」

想到杜氏對他們姊弟的苛扣，凝洛就又想起生母的嫁妝來。杜氏這麼些年從未提過那嫁妝的隻言片語，就連上次的釵子都要得艱難，她若是找不到一點證據，只怕那嫁妝就默默地歸了杜氏。

「先生說要買什麼樣的紙筆？」凝洛不著痕跡地轉開話題。

出塵面有愧色。「我記不清了，先生說我現在用的紙寫字容易湮，筆尖也都禿了，不利於我練字。反正先生會和我們一起去，他知道買什麼紙筆就好了！」

出塵一向對沈占康較為崇拜，當沈占康建議他換紙筆的時候，他就央著沈占康一同前去，省得他不懂裡面的門道再買錯了。

凝洛卻是有些意外，她沒想到沈占康也會去，若兩個人同去，多少有些彆扭了。不過看出塵那期待的樣子，凝洛倒是沒說什麼，總歸不是男女單獨相處，還有一個出塵呢。

翌日，在林府門外看到凝洛和出塵一起出來時，沈占康明顯一愣，眸中泛起一絲喜意，不過那喜意很快便隱下，輕咳一聲，恭敬地向著凝洛拱手。「大姑娘。」

凝洛聽他聲音平靜，看他動作有禮，也淺施一禮，正是中規中矩的模樣。

唯有出塵是雀躍的，向著沈占康深深作了一揖，才直起身子道：「先生，姊姊也陪我前去。」

凝洛和沈占康都是出塵打從心底裡佩服喜愛的人，能有這兩個人陪著，他滿心都是歡喜和滿足。

沈占康看著他淡淡地笑。「好，那我們快去快回吧！」

一路上凝洛在前，沈占康在她身後一步的距離不緊不慢地跟著，出塵一會兒跟在凝洛身旁指著街上的稀罕物什讓她看，一會兒又停一停向沈占康問一、兩個學問的事。

凝洛在前面聽著，出塵煞有介事地和沈占康討論某個字在不同語句中的釋義，嘴角微微揚了上來。

出塵到底年紀小，對什麼接受得都快，自身的改變也快，凝洛看他終於敞開心胸，像個正常的八歲孩子，總算覺得自己重來這一世也做了些什麼。

而沈占康在指教出塵時，偶然間一個抬頭，便看到凝洛唇邊噙著一抹淺淡的笑站在那裡，就那麼望著自己，一時竟覺得面紅耳赤。

他知道她是望著出塵，可恍惚中看過去，他會覺得她的眼睛裡有自己，她也是對著自己笑。

「先生，先生？」

出塵這麼喊的時候，沈占康才知道自己竟然有些出神了，而凝洛也正詫異地看著自己，不免臉紅耳赤，忙收斂了。「走，我過去那邊看看吧。」

出塵和凝洛順著他所指的方向看過去，只見前面是一家裝潢得十分風雅的鋪子，沈占康掩飾地咳了聲，抬頭看著鋪子招牌，忙解釋道：「這家鋪子的文房四寶還齊全些，那些稀少的筆墨紙硯若是這裡沒有，那可說是全京城都難尋了。」

凝洛聞言也抬頭看那鋪子的牌匾，上書「宣墨齋」三字，並未標明是出自何人之手，字體倒是少見的遒勁有力，頗見風骨，當下笑道：「那我們就去看看這家吧。」

沈占康見凝洛並無異樣，只想著她應該是沒發現自己的心思，總算鬆了口氣。

幾人走進這家書齋，一下察覺出店鋪內外的不同。店鋪外是烈日，凝洛手心一直微微有汗，心也彷彿靜不下來似的。

一跨入店鋪，就有涼意撲面而來，讓人對著琳琅滿目的文房四寶不由地生出一分肅穆，生出一分對學問的渴求之心。

凝洛暗暗驚嘆，不由打量這間充滿墨香和涼意的鋪子，直到看見角落裡放置在瓷盆中的巨大冰塊才找到答案。

一家鋪子能做到這種地步，也難怪在這樣炎熱的天氣裡，還有那麼多人在書齋中挑挑選選，絡繹不絕。

出塵也是目不暇給，跟在凝洛身旁新奇地看著各色紙張，待沈占康為他選好宣紙去看毛筆的時候，他又拉著凝洛看起了造型迥異的鎮紙。

「這一塊好漂亮啊！」出塵拿起一塊鎮紙讓凝洛看。

凝洛笑著接過來看了看卻又小心地放下。「確實精巧。」

靠著前世跟在陸宣身邊時長的一點見識，凝洛斷定那雕刻成駿馬外形的鎮紙是雞血石的材質，並不是她和出塵能買得起的。

這店鋪的東家也不知是心大還是不夠惜財，竟將那樣貴重的東西和普通的竹木鎮紙歸置一處。

正暗暗想著，卻聽沈占康低聲道：「出塵，你過來看看這支筆。」

出塵的眼神本來正停在那駿馬鎮紙之上，他一向愛馬，那鎮紙所用的石頭又格外的顏色鮮亮，正是他心目中赤兔馬的樣子，因此他盯著那鎮紙竟捨不得移開眼睛。

聽聞先生呼喚，出塵才忙向沈占康走過去，半路還依依不捨地又回頭望了那鎮紙一眼。

凝洛見他如此喜愛那鎮紙不由地也多看了一眼，可到底沒有詢價的勇氣，也跟著出塵向沈占康那邊走過去了。

沈占康因剛才失態，如今有意彌補，如今見出塵走近，便向他介紹道：「出塵，你看這支湖筆，筆桿為雞翅木所造，光滑細膩。筆尖鋒嫩質淨，是上好的羊毫，如果你能用這支筆練字，必能將腕力練得得心應手，以後不管用什麼筆寫字都能揮灑自如。」

出塵接過那毛筆卻看不出什麼特別，雖然沈占康說的他都信，可還是忍不住道：「先生，我現在所用的筆不也是羊毫嗎？」

沈占康笑了笑，耐心地解釋。「羊毫與羊毫也有不同，這湖筆所用的羊毫產自南方，是那裡特有的羊，而用來製筆的羊毛也格外講究，便是一頭羊身上也未必能挑出一支筆的筆尖來。」

沈占康話音剛落，店鋪的夥計接著笑道：「這位公子是個懂行的，這湖筆產量極少，京城之中也只有我們宣墨齋才有。」

出塵聽沈占康和那夥計說得那樣好，不由對手中的筆多了一分嚮往，抬頭向凝洛道：「這支好，我就要這支吧！」

凝洛微笑著對他點點頭，向那夥計問道：「這支筆多少錢？」

那夥計轉向凝洛笑著答道：「五兩銀子。」

出塵聞言，不由驚訝得張大嘴巴，這絕對超出他能負擔的範圍。他今日出門特意把所有銀子都帶上了，想著買了紙筆，再買些桃花箋送給凝洛。姊姊一直對他那麼好，昨日還送那麼多補品給他，他卻沒什麼可以送給姊姊的，心裡一直有些不安。如今這一支筆那麼貴，莫說桃花箋了，就是全用來買這支筆，他的銀子也是不夠的。

出塵猶豫著伸出手去，想把筆還給正等著他們答話的夥計，他怕是與這筆無緣了。

凝洛心中微酸，她想要問問出塵帶了多少銀子，看看自己身上那些能不能湊一下數。她還沒開口，便感覺有人影從門外跨進來。

來者看見他們幾人一愣，站在門口難以置信地開口。「凝洛姑娘？」

望過去時，只見那人墨色長袍包裹著挺拔的身形，站在那裡出類拔萃猶如松柏一般，臉型剛毅俊美，眼神中卻帶著別樣的溫柔，就那麼望著自己。

凝洛感覺到他目光中的灼燙，只覺一顆心像是漏跳一拍，緩緩向著來人淺施一禮。「陸宸大哥。」

陸宸已經大步走了過來，那夥計看著陸宸便欲張口做出要行禮的樣子，陸宸卻向他一抬手，制止了。

夥計知趣地閉了嘴，安靜地站在一旁。

陸宸看了看一旁的出塵，才向凝洛問道：「過來買東西嗎？這家店是我朋友開的，可以給妳打折。」

凝洛見陸宸打量出塵，也少不得要介紹一番。「這是我家弟弟，林出塵。」「出塵，」凝洛輕拍出塵的肩。「這是陸家的大公子。」

出塵本來因為不能買那支湖筆而有些失落，如今聽這位公子說可以打折，又升出些希冀來。

凝洛為他們二人介紹之後，出塵向陸宸深施了一禮。他並不怕陸宸，雖然陸宸看起來貴氣逼人且嚴肅冷厲的樣子，可方才他跟姊姊說話的聲音，卻不像外表那麼疏遠，倒像是頗為相熟。

凝洛見出塵大方行禮，人也不似從前怯懦畏縮，心中不由再次欣慰，這其中想來也有沈占康教導的功勞吧？

想到沈占康，凝洛才發現不自覺竟冷落了他，忙又向陸宸介紹。「這是家中為弟弟請的西席，沈先生。」

陸宸聞言向沈占康點點頭。

沈占康打量著眼前的陸宸，也微微一笑點頭回禮，心裡卻是多少泛酸，說不上來的滋味；恨自己無能，不能讓凝洛姑娘開懷，又嘆自己區區一介寒酸書生，心裡到底想什麼呢！

這邊見禮過後，沈占康看過去，只見陸宸又扭頭跟凝洛說了些什麼，他只看到陸宸眼中遮掩不住的柔情，和凝洛羞紅的臉，一時心裡越發難受了。

此時的凝洛也是面紅耳赤、窘迫不已，陸宸就站在她身旁，他身上那種特有的氣息若有似無地飄到她鼻端，讓她又想起山中那一晚，她伏在陸宸胸前的情形。

她不敢再看陸宸，只覺耳根發熱不由低下頭去。陸宸的眼神中似乎有難掩的熾熱，直燒得她羞赧。

「幫客人要的東西包起來吧！」陸宸向那夥計吩咐道：「再多送一支筆，前兩日到的那批墨也包上一塊。還有彩墨，配一套包好。」

凝洛再顧不得方才的羞澀，忙抬頭向陸宸擺手道：「這如何使得！只拿我們看好的那些就好。」

陸宸聞言，向凝洛朗聲笑道：「是我特別相熟的朋友，不必在意這些！如若不然，凝洛姑娘如此見外，我倒是要生氣了。」

夥計聽陸宸這麼說，忙回身去打包。

東家真是大方，不過這也沒什麼他說話的餘地，東家要把這店送給那位姑娘，他也只有向那姑娘叫「東家」的分兒。

出塵一聽那陸大公子不但給了一個相當低的折扣，還送了那麼多東西，心中不由得雀躍起來，興奮地望向沈占康，卻見沈占康的眼神，只是輕飄飄地落在陸宸和凝洛之間。

沈占康無法忽視心中泛起的酸意，從知道凝洛向林老爺推薦了他，再到與她有限的幾次相處，不覺間一顆心竟有了難以向外人道的期盼。

他曾與凝洛相談甚歡，也曾在數個相視一笑、繼而擦肩而過的瞬間，猜測凝洛是不是對他有同樣的心思，卻從未曾見過凝洛在他面前粉白的臉頰突然豔若桃花。

沈占康又看向陸宸，陸宸眼中哪裡有別人？有些心思，就算藏在心裡不說也會被眼神出賣的。

沈占康深吸一口氣，索性轉過身去看那些文房四寶了。

待到夥計手腳麻利地包好東西拎到凝洛面前，卻莫名接了陸宸一個不悅的眼神，那夥計心裡一激靈，不由又低頭打量了一眼手中的東西。

包得挺好的呀！怕繩子磨破了紙張，他還在紙卷之外另包了一層紙呢！還有那套彩墨，他也是找了個精美的盒子裝著，看起來很是體面。

「那我們就回家了，謝陸宸大哥，就此別過了。」凝洛向陸宸道別。

陸宸就知道那夥計一拿好東西來，凝洛肯定就要離開，如今聽凝洛這麼說，他還是有些不捨。

姑娘家並不可能輕易出來，就算妹妹和她是至交，也不可能天天約她出來玩，如今恰好碰到了，倒是難得的機會，他還想再和她說說話，可顧慮著她的名聲，到底也沒有藉口挽留。

陸宸開口道：「那彩墨妳作畫用吧，比尋常的彩墨色澤豔麗些。」

沈占康默默地聽著，想著天下動了情的人都是一個樣，明明心中千絲萬縷的輾轉情緒，說出口的卻是毫不相關的話。

一時凝洛望了陸宸一眼，心中自是感激。

而陸宸看著凝洛離開，瞧她那曼妙背影，倒是負手立在門前看了許久，一直到那身影消失在人群中，才悵然若失地踱步回返店裡。

離開了宣墨齋，凝洛心中又想起一事，便向沈占康道：「煩請先生先帶出塵回家去吧，我還有些事，稍後再回。」

沈占康倒不做多想，只是心中確實對凝洛放心不下。「不知姑娘要辦什麼事？如果方便的話，我和出塵陪著妳吧。」

「是呀！大姊，我們一起吧！」出塵也向凝洛說道，在他心裡，大姊現在雖然很厲害，可走在外面還是柔柔弱弱的女子呀。

凝洛自是推辭不肯，拍拍出塵的肩頭道：「都知道你出來買東西了，回去太晚該讓姨娘擔心了！」

見出塵仍要張口說什麼，凝洛忙又加上一句。「我也很快就回去，就在附近，不必擔心。」

第十九章　貴人相助

終於勸說著沈占康和出塵一起回家去，凝洛才舒了一口氣往茶市走去，她在心裡估摸著，如今差不多到了雀舌聲名鵲起的時候，索性去茶市轉轉，探探虛實。

只是茶市上人並不多，端午節過後天氣一日熱似一日，人們也都不愛出來，即使是喝茶也往往在太陽落山後，約三五個好友去茶樓，也不會在這種大晴天頂著太陽出門。

凝洛躲在路旁鋪子的蔭涼裡慢慢轉了一圈，也問了幾家茶鋪的情況，雀舌果然已是千金難求了。

就在這茶市之中，有雀舌的茶鋪極少，尤其是一些小商鋪，若是問有沒有雀舌，對方會先問能不能等，說是已經去黔北調貨，過幾日便能到。

而存有雀舌的那些茶鋪，茶葉的成色卻很一般，畢竟宮中的達官貴人消息靈通，一得知皇上中意雀舌的消息，紛紛將茶市的上等雀舌搶購一空了。

凝洛甚至還遇到了賣給她雀舌的于掌櫃，正在茶樓外的大樹下打著扇子喝茶，這街上最近人煙稀少，他一眼就看見了從一溜鋪子中打聽過來的凝洛。

「姑娘！」于掌櫃還有幾分激動，凝洛離他尚有丈餘便起身招呼。

凝洛走過去笑道：「于掌櫃好生悠閒！」

于掌櫃將扇子隨手扔到一旁桌上。「這個時辰生意冷清。姑娘坐下來喝杯茶？」

凝洛搖搖頭。「謝掌櫃的好意，只是我要回去了。」

她大抵已瞭解行情，不必再轉悠了。

「姑娘那批雀舌怎樣了？」于掌櫃問出他最關心的問題，卻不等凝洛回答便又自顧自地說起來。「若是從前就散出去了，那姑娘可錯失了一個千載難逢的機會；若是還在手中，那姑娘的運氣便來了！」

凝洛答非所問。「掌櫃的一定發了一筆吧？」

于掌櫃聞言卻痛心疾首。「不瞞妳說，我確實也掙到了錢，卻出手太早了，要是能留到現在……」

于掌櫃停了停，然後長嘆一聲才又向凝洛道：「姑娘的雀舌到底還有沒有？剩了多少？姑娘手裡有多少我要多少，價格姑娘來開！」

一想到眼前的這位姑娘當初吃下他那麼多雀舌，他還偷樂了一番，就恨不能自打嘴巴。

凝洛並不想再與于掌櫃繼續打交道，只將上次的謊言拿來搪塞。「掌櫃的忘了？我是替我們東家採買的，買完就交給東家了，並不知後續如何。」

見于掌櫃一臉不死心還要再問，凝洛忙道：「告辭了，祝于掌櫃生意興隆、財源廣進。」

看凝洛飄飄然轉身，于掌櫃不甘地朝她的背影喊道：「姑娘，回去問問你們東家，那雀舌什麼價格我都能收，全收！」

凝洛望著前方淡然一笑，她的雀舌如今不缺買家，更不愁價格。之前囤到貨，現在她終於將那雀舌囤成了京城獨一份，囤成了不再仰人鼻息的底氣。

雀舌出手很容易，凝洛甚至沒有出面，只找人放出消息，便有人在外面競起價來，凝洛挑著價高的賣，賣了個相當不錯的價錢。

掙了一筆錢，心情自然也好了起來，就連走路也覺得像是輕鬆許多。

晨間從慈心院請安出來，凝洛看到出塵在園子裡的樹下讀書，遠遠地站住了。

此季節的這個時辰正是讀書的好時候，凝洛看著出塵搖頭晃腦背誦的樣子，心中就生出許多感慨來。

前世今生胡亂想了一通，凝洛也沒忍心去打斷出塵，悄悄地回了芙蕖院，自然也沒看到離出塵不遠的沈占康。

沈占康看著那抹窈窕的身影漸行漸遠終於消失不見，才輕嘆一聲收回了眼神。

「先生，我方才背的可都對嗎？」出塵仰著臉問沈占康。

沈占康看著出塵點點頭。「都對的，不想你竟能記得這麼快，不愧是……林老爺的兒子。」

他本想說出塵不愧是凝洛的弟弟，那樣冰雪聰明的姊姊，就應該有一位伶俐通透的弟弟，卻到底沒能說出口。

那個名字只在他心中盤旋打轉，卻再捨不得叫出口。

出塵渾然不覺，只高興地點頭。「是先生講得好！先生告訴我那文章是什麼意思，我再去背，很快便能記住了！」

「那我儘量多教你一些吧！」沈占康不覺望了一眼凝洛離去的方向，才背過身走向課室。

所謂「棋逢對手，將遇良才」，能遇到一個聰慧向學的弟子也是他的造化。

趁著早晨還不那麼熱，凝洛帶了丫鬟又去了那間宣墨齋。

她還記得出塵那日在書齋看見什麼都歡喜的眼神，她不曾得到過的寵愛、關心，如果有機會讓出塵感受到，出塵也許會更加開朗自信吧！

宣墨齋的夥計顯然還記得凝洛，凝洛一跨進鋪子他忙迎了上去。

莫說這姑娘的容貌氣度讓人難忘，就是東家那副恨不能樣樣送給姑娘的模樣，也讓那夥計對凝洛記憶深刻。

「姑娘，您看需要點兒什麼？」那夥計雖然陪著笑招呼，心裡卻有些犯難。

他沒有給這位姑娘低折扣的權力，可看東家那天的樣子，他要是收多了錢，只怕他的飯碗不保。

凝洛在書齋看了一圈，最後又停在擺放著各色鎮紙的桌前，出塵那日在這裡看中一塊鎮紙。

那刻成駿馬形狀的雞血石鎮紙果然還在，凝洛輕輕拿起端詳一番，確實是精美無比。

「把這個包起來吧！」凝洛將鎮紙又放在桌上，卻並不問價。

那夥計面上雖笑著，動作卻慢吞吞，心裡苦得不行，誰能告訴他，他要收這位姑娘多少銀子？這可真是難辦啊！

午後，凝洛去了松竹院，出塵像是剛梳洗過，頭髮束得高高的顯得很精神，而宋姨娘在一旁輕輕地磨墨。

見凝洛進門，宋姨娘忙將手中的墨塊放下，臉上似乎還有一些不好意思。「姑娘過來了，我正要讓出塵教我寫兩個字呢！」

出塵也忙放下手中的筆，從書桌後繞出來。「大姊怎麼這個時候來了？外面日頭正烈呢！」

宋姨娘連忙喚人上茶，凝洛被這對母子熱情地招呼著，總算覺得這林家還有歡迎她的地方。

凝洛拿出為出塵買的鎮紙，往出塵坐的方向推了推。「姊姊送你的禮物。」

出塵看那木盒十分精美，雖然笑著去拿，口中卻道：「這麼漂亮的盒子裡，裝的該不會是姑娘家喜歡的東西吧？」

宋姨娘聞言責怪道：「這是怎麼說話！」

凝洛只笑著看出塵打開盒子，然後臉上的表情一下子變得又驚又喜，他忙從盒子裡拿出那鎮紙，一手托著另一手扶著。「姊，妳竟然買了這個！」

宋姨娘也一直看著出塵，見他這副樣子便知凝洛的禮物十分合他心意，又見那駿馬雕刻精巧、鮮紅欲滴，心知那鎮紙價值不菲，又有些過意不去。

「怎麼好讓姑娘破費！」宋姨娘看出塵獻寶似地將那鎮紙拿到她面前，她輕輕接過來，只覺觸感細膩光滑，更讓她心裡沒底了。「姑娘還是多攢些銀子防身，出塵有塊木鎮紙用著便行了，這個……」

宋姨娘雙手捧著鎮紙往凝洛面前送，出塵在一旁只覺心跌到谷底，可姨娘的話沒有錯，大姊以後用銀子的地方也多著呢！

「姊，這鎮紙還是退了吧，我就是看個新奇，它再漂亮也只不過是塊鎮紙，我有一把鎮尺就足夠了！」出塵努力不讓自己對那駿馬鎮紙流露出不捨的眼神，故作輕鬆地勸導凝洛。

凝洛將姨娘的手輕輕推回去。「我有錢了。」

宋姨娘看著凝洛，明顯有些不相信。

凝洛見狀一笑，將姨娘手中的鎮紙拿起又放到出塵手中。「我得了筆銀子，倒不像從前了。」

出塵一向對凝洛的話深信不疑，聽了這句，看了看鎮紙又看了看凝洛。「真的可以送給我？」

凝洛點點頭。「真的！」

出塵大喜，拿著鎮紙湊到凝洛身旁道：「大姊，妳看這鬃毛刻得多像啊！就好像正迎風飄著似的……」

宋姨娘在一旁看著凝洛姊弟說說笑笑的樣子，心中既感動又感激。她沒有追問凝洛如何得了一筆銀子，總歸凝洛是個穩妥的人，她既然不主動說，她也不便細問。

跟了林成川這麼多年，宋姨娘時常覺得這林府的大院空曠陌生得很，即使有了出塵也只是母子在一處相依為命，待到出塵也有自己的院子，她更覺孤寂恐懼，直到凝洛突然像變了一個人一樣出現在她面前。

一向萬事忍讓的姑娘好像一夜之間不見了，面前這位是個主意正又有法子的人，正是她心中林家嫡出大姑娘的樣子。

在松竹院說了一會兒話，凝洛才離開。她需要好好打算一下，如今雖有銀子在手，卻不能坐吃山空，總要讓銀子再生出銀子來才好。

想來想去，凝洛決定用掙的銀子去盤個店鋪。她到底是個姑娘家，拋頭露面出去做什麼生意也不大可能，盤個鋪子收租於她來說是再好不過的選擇。只是這事卻不好假手於人，鋪子的位置大小甚至出讓鋪子的人，都須得她看過才好。

凝洛在幾條繁華的街道上轉了兩日，卻是一無所獲，畢竟城中旺鋪居多，莫說沒幾個肯往外盤鋪子，即便是有，凝洛也不可能及時得到消息。

這一日悠轉到天色漸晚，凝洛折身回家，心裡難免生出些沮喪的情緒，她好不容易聽說有間鋪子要出讓，趕過去的時候卻早已被人捷足先登。不甘之下她只問了問價格，卻發現自己掙的那筆錢還是不夠多。

看來明日要挑一些位置不那麼好的鋪子看看，只不過位置不好的話，又怕不好收租。

正一面思量著一面往林府走，忽聽得身後有馬蹄聲傳來，凝洛並未在意，只向道旁挪了幾步，將路讓得更寬些。

那馬蹄聲卻在她身旁慢了下來。

「凝洛？」

凝洛回過神，下意識地循聲抬頭望去，卻見陸宸正端坐於馬上望著她。

陸宸正背對著斜陽，凝洛的視線望過去卻像是那一人一馬周遭散發出光芒一般。馬上的人紫袍玉冠，眼中卻有讓凝洛無法直視的灼熱。

陸宸跳下馬，走到凝洛身旁。「沒有乘馬車？」

不知道為什麼，凝洛覺得二人之間似乎比從前更多了一分熟稔，雖然她不知那種感覺是從何而來，可當下二人的相處方式卻很讓人舒服。

「我想要盤一間鋪子，走路更方便些。」凝洛也不繞彎子，與牽著馬的陸宸並肩前行。

陸宸點點頭。「可找到了中意的？」

凝洛總是與他認知中的「姑娘」不同，以往他所知道的姑娘，除了陸寧便是親戚家的，又或者陸寧的那些姊妹，她們無一不是衣食無憂、錦衣玉食，他就以為姑娘大都是那般心思單純、不知人間疾苦的性子。

陸寧名下也有鋪子，可那是家中長輩代為置辦或直接轉到她名下的，她何曾像凝洛這樣一個人為安身立命而奔波。

看到凝洛緩緩地搖頭，臉上的神情帶了幾分失望，陸宸覺得心口難受，恨不得將她臉上的失望抹平了。

「想要找一間什麼樣的，我打聽這種事到底比妳方便些。」陸宸這些年結交了不少人，在人脈上至少是不愁的。

凝洛盯著地上的影子，想了一下才答道：「我手頭上銀子並不多，卻也不想就這麼坐吃山空。」

陸宸了然，看向凝洛。「這樣吧！妳今日回去，明日也不必急著出來，我先請人幫忙打聽，若有適合的，再接妳出來相看如何？」

凝洛找不到推辭的理由，唯有感激地望向陸宸。「如此便煩勞陸宸大哥了！」

「我不過舉手之勞，總比妳漫無目的地奔波要好。」

看著凝洛輕輕點頭，鬢角的幾縷碎髮被風吹得微微飄動，陸宸只覺心頭一漾，正想著要說些什麼，見凝洛又轉過頭來。

「陸宸大哥上馬吧，我再走幾步就到家了。」

陸宸望了望前方，又掃了一眼周遭，雖然路上行人並不多，但他們這樣並肩而行還是有些顯眼了。

「今日回去好生歇息，明日等我消息吧！」陸宸拽住韁繩，看著凝洛自是不捨。

「路上小心！」凝洛又往道旁閃了一下身子，看陸宸索利地翻身上馬。

陸宸又望了凝洛一眼，凝洛也微笑著點點頭，他這才打馬離去。

凝洛在原地站了片刻，重生之時，她只想著此生再不與陸家有任何瓜葛才好，誰知陸宣的哥哥一再對她出手相助，倒叫她不好擺出不相往來的架勢。

也罷，總歸這陸宸和陸宣是完全不同的兩個人，只要她不再重蹈前世的覆轍，只要她自己是越來越好，就不必糾結太多了。

陸宸的消息來得比凝洛預想的還要早一些，隔日剛過了巳時不久，有門房傳來消息，說外面有人請大姑娘出去。

凝洛本已收拾妥當，如今得了消息便戴著冪籬出府，出了門便有一名慈眉善目的嬤嬤等在那裡，見凝洛出來，忙上前行了一禮然後說道：「姑娘請隨我來。」

凝洛由那嬤嬤指引著穿過一條小巷，才見陸宸正牽馬等在巷子口，旁邊還停了一輛精緻的馬車。

「還不曾正式去府上拜訪，因此不好直接等在門口，也只有煩勞妳多走幾步了！」

陸宸臉上帶著歉意。

凝洛感念他想得周到，自然不覺得多走幾步路有什麼，口中只是道謝不提其他。

那嬤嬤在二人說話的空檔又向陸宸行了一禮，口中道：「大公子若是沒有別的吩咐，那我先行回府了！」

陸宸點點頭。「有勞嬤嬤。」

待那嬤嬤離去，陸宸方解釋道：「我打聽到一處不錯的鋪子，只是稍嫌遠些，妳先上車，我這就帶妳過去。」

凝洛當下也不多問，等到在馬車上坐定，她才發現這車中竟十分涼爽。她只稍稍一側臉便看到了角落裡的冰盆，心中一時覺得莫名熟悉。

還不及細想，只聽陸宸在車外道：「我們出發吧！」

而後馬車便緩緩前行起來。

凝洛微微掀起車簾一角向外望了一眼，卻是向著出城的方向，雖然心中微詫，卻因著對陸宸莫名的信任而並未多問什麼。

收回了視線，凝洛猛地想起那冰盆的花紋是在哪裡見過了，竟是與宣墨齋放冰的瓷盆如出一轍！

再想到陸宸那日幾乎半賣半送地塞給他們那麼多東西，那日那夥計看到陸宸時的欲言又止，一切也都明白了。

凝洛一直覺得陸宸並不是慷他人之慨，那日在書齋送了那麼多東西給她，她還曾暗自猜測陸宸會在她離開後，將店裡虧空的銀子補上，原來那店便是陸宸的。

城外並不乏小一些的城郭，又均在進城的路旁，因此也是熱鬧非凡並非荒涼之地。凝洛不由為陸宸的想法所折服，她因生在城裡的緣故，所看到的也只有城中那些店鋪，竟未考慮過城外的這片天地。

陸宸帶凝洛來到他所說的鋪子前，才向凝洛說道：「這東家原也是我的朋友，只是並非京城人士，如今要離京回鄉，這京城的家產也要變賣一番了。」

說話間已有一位長者迎了出來，向陸宸抱拳道：「陸爺！」

陸宸忙向那人回禮。「張叔多禮了！」

「快快請進！」被陸宸喚作「張叔」的人忙向屋裡讓。「咱們屋裡說話！」

「這位便是陸爺說的那位朋友？」張叔看向正摘下冪籬的凝洛，心裡也是暗暗稱奇，他認識陸宸多年，也是頭一次見他身邊跟了一位女子。

陸宸聽他發問，介紹著二人認識。

張叔這才笑著向凝洛道：「這鋪子當年還是陸爺幫著我盤下來的，這麼多年也是養活了一家老小。」

「如今我那些兒女都大了，在家鄉將生意做得風生水起，不捨我和內人背井離鄉討生活了！」

張叔說起兒女臉上盡是自豪的神情，凝洛見狀便笑道：「張叔好福氣，兒女都是孝順的，如今回鄉盡可含飴弄孫、盡享天倫了！」

張叔聽了凝洛這話更是笑得合不攏嘴，又看了一眼陸宸才說道：「不是我誇口，這條街上我這鋪子開得最紅火，當然也是陸爺當年眼光好，如今再由陸爺幫著盤出去，真是再好不過！」

陸宸聞言笑道：「張叔為人本分，生意卻做得靈活，哪裡有不紅火的道理！」

張叔臉上的笑容一直未收。「陸爺謬讚！」

「把我那上鎖的匣子拿過來。」張叔向著身後的小廝吩咐了一聲。

小廝聞言轉身去了裡間，不一會兒抱著一個木匣走出來交給了張叔。

張叔拿出鑰匙，一面開鎖一面道：「既是陸爺的朋友，那一切都好說了，房契地契都在這裡，我連契約都寫好了，只要談妥了價格寫上，妳我簽字畫押便可。」

凝洛接過張叔遞過的契約，口中問道：「不知張叔打算盤個什麼價？」

張叔卻又是哈哈一笑。「我並不指著這筆銀子發財，不過是將多年營生交給願意交付的人。我原想讓姑娘出價，看這情形姑娘怕是也不好開口，既然陸爺在，咱們少不得要托他做個中，這價錢由他來定吧！」

陸宸不想這差事竟落到他頭上，看著正等他發話的二人問道：「真要我來定？」

凝洛望著他微笑點頭，張叔也是連連頷首。「你最合適不過。」

說沒有一絲為難是不可能的，陸宸在心中衡量著，既不想凝洛多花銀子，也不想讓張叔吃了虧。

他對這附近的鋪面倒是還有些瞭解，取了個折衷的數說出口，誰知那二人竟一個嫌高一個嫌低了。

陸宸登時哭笑不得，因為嫌高的竟是賣家張叔，嫌低的卻是要出錢的凝洛。

「我也是有生意的，也見過別人做生意，卻還從未見過二位這樣的。」陸宸搖頭苦笑，這是他們都將他當自己人，生怕他虧待了另一方吧！

最後那二人又各自謙讓了一番，好不容易才談妥了價格簽了契約。

凝洛知道張叔是看在陸宸的面子才給她低價，而張叔承了陸宸許多年的情也有意藉此還上一些，總之三人都很滿意最後的結果，皆大歡喜。

事成之後，張叔又執意請二人去酒樓吃酒，陸宸二人自是再三推辭，誰知最後盛情難卻也只得隨同前往。

宴席之上，凝洛才知道這位張叔當年是為了兒女才來京城謀些營生，畢竟不管是彩禮還是嫁妝，都是要用銀子的，機緣巧合下認識了陸宸，那時這條街道還不像今日這般熱鬧，可陸宸已看出城中雖繁華，可到底難以承載越來越多的人口，極力推薦張叔在此置業。

果不其然，張叔以低價拿下鋪子不久，這附近的店鋪價格都飛漲起來，連帶著鋪子裡的生意也是越來越好。

凝洛靜靜聽著張叔說著他為兩個女兒準備了怎樣的嫁妝，那兩個女兒又是許給了什麼樣的人家，突然又想到了自己。

雖然她還並未想過嫁人的事，可若是要嫁，杜氏是不會為她備什麼嫁妝的吧？或許為了面子多少會準備一些，恐怕也要看對方會出多少彩禮。

凝洛又想到生母那些消失不見的嫁妝，父親這些年的態度，總讓她疑心那年他守著一箱嫁妝說是給她的那件事，根本就是個夢。

如果僅僅是個夢，她或許就不會對父親抱什麼希望了。

再大一些之後，她知道了生母的忌日，也知道每到那天，杜氏總會心情不好，因為父親會去祠堂祭拜母親。

而他答應給她嫁妝那日，正是生母的忌辰。

那種情形在她記憶裡也並未維持幾年，大抵是在她能清楚記得家中諸事的時候，父親好像將生母的忌辰忘記了，凝洛再也沒見過他去祠堂上香，更不曾見他紅了眼。

所有人像是不經意地忘記了每年的那一天是什麼日子，更不會記得那日也是凝洛的生辰。

凝洛從沒有慶祝過生辰，小的時候見凝月舉辦過，她也曾偷偷地問過身邊的嬤嬤，那嬤嬤卻慌慌張張地不許她提，還告誡她千萬不能跟老爺夫人提。

她見那嬤嬤的表情又慌又怕，自己也被嚇到了，不知道自己的生辰竟是這家中的禁忌，從此唯有閉緊了嘴巴。

想到那位嬤嬤，凝洛心底突然生出一絲愧疚。那位老嬤嬤大概是唯一一個為幼小的凝洛帶來一絲溫暖的人，每日照顧著凝洛的起居，凝洛有段時間很是依賴她。

後來聽說那嬤嬤要回家看孫子便離開了林府，凝洛那時也沒幾歲，因為想念偷偷哭了幾次便將那嬤嬤忘了，前世直到她走上絕路都沒想過去找那位嬤嬤探望一下。

凝洛嘆口氣，打算回去必然要打聽一下嬤嬤的下落。

張叔本就想在離京前宴請陸宸一頓，如今正好藉了這個機會，自然是與他有說不完的話。

陸宸與張叔交談的間隙看了一眼凝洛，卻見她只是偶爾拿一下筷子又放下，飯菜沒吃幾口，人卻一直在出神。

「我們在一旁吃酒聊天，妳也不必拘著。」陸宸說著同時為凝洛挾菜，不過兩、三箸，凝洛面前的碟子就滿了。

張叔在一旁笑而不語，這對璧人令人賞心悅目，只是彼此還帶了些不合時宜的客氣，假以時日，那客氣總能變成親暱。

凝洛回過神，向陸宸道了謝後拿起筷子慢慢吃起來。而陸宸每當看見凝洛面前的菜餚少了，自然為她挾上一些，而凝洛也自然小口吃著。

張叔將一切看在眼裡，不由笑著向陸宸嘆道：「只可惜不能喝到陸爺的喜酒。」

陸宸也不知自己是否飲多了酒，只覺臉上發熱，口中笑道：「這話對一個尚未訂親的人來說，也未免太早！」

張叔看著陸宸又向凝洛使了個眼色，笑得有些心照不宣。

陸宸端起酒杯。「這杯為張叔送行！」

凝洛只一心想著母親的嫁妝，想著小時候看顧過她的老嬤嬤，對這酒桌上的事渾然不覺。

一頓酒倒吃了一、兩個時辰，回城的時候，陸宸看著凝洛有些過意不去。「讓妳受累了。」

「哪裡！陸宸大哥幫了我大忙。」

「那我們便回吧！」陸宸走到凝洛身旁，輕扶著她上了馬車。

車中果然又是清爽宜人，凝洛見那冰盆中已換了新冰，忍不住開口問道：「陸宸大哥走到哪裡都帶著冰？」

陸宸已跨上了馬，聽凝洛問便笑道：「今日出城路途稍遠些，妳們姑娘家身子嬌弱，免得中了暑氣。」

只這一句，凝洛心裡突地泛起一陣熱意，那熱意就醞釀在胸口。

第二十章　情之所至

馬車緩緩地前行，陸宸也不去策馬，任由馬兒慢慢地與馬車同行，凝洛從車窗望出去，剛好能望到馬背上那個偉岸挺拔的身影。

夕陽柔和了陸宸的輪廓，多年習武使得他身姿矯健、器宇軒昂，即使坐在馬背上也比別人更為英挺一些。

他的五官生得極好，凝洛只能看到他的側臉，卻是劍眉入鬢、鼻梁高挺，薄唇緊抿、下巴微翹，一張臉的輪廓猶如精雕細琢過一般無可挑剔。

凝洛將眼神從那個夕陽下的剪影上收回來，卻不覺摸了摸懷中的釵子，心中有感動的情緒再次湧上來，又看向那個讓人看了便覺可靠有擔當的身影。

凝洛忍不住開口道：「陸宸大哥，你為我做的這些，我若說謝，都未免覺得太過輕飄飄，不說卻又不知如何才能表達我心中所想。」

陸宸轉過頭看了凝洛一眼，眼神中有凝洛依稀能懂卻又不敢妄自猜測的情意。

「妳我之間並不需要『謝』字。」

凝洛思量一下，到底將那句話問出口。「為何會如此對我？」

陸宸收回眼神轉頭望著前路，一時間只有馬蹄聲和馬車輕微的吱呀聲。

就在凝洛也覺得自己的問題讓人難以回答時，陸宸緩緩開口沈聲道：「心之所向，情之所至。」

凝洛心中一動，一顆心只覺像是沐浴在冬日的暖陽下，滿滿的全是感動。

她伸出手將車簾輕輕放下，不想讓陸宸看到她鼻子發酸、眼圈發紅的樣子。前世她是個愛哭的人，重生之後她告誡自己不能再做一個遇事只會哭的人，卻不想總被陸宸勾出眼淚。

一直走到城門前，馬車才慢慢地停了下來，凝洛掀起車簾見陸宸已經下了馬，她也起身下車。

「我不便相送，待會兒妳乘馬車直接回家，我們就在此分別吧！」陸宸看著凝洛，心裡想的卻是醞釀了一路的話。

「好。」凝洛輕聲應道，微微點了點頭，見陸宸像是還有話要說的樣子，也沒有急於上車。

只是她不知怎麼地不敢與陸宸對視，或者說也不是不敢，而是二人的距離讓她有些羞於抬起頭來。

陸宸看著面前微微低著頭的凝洛，想到即將要說出的話而有些心跳加快。

「也不知道這麼說是不是有些唐突……」陸宸開了口仍是有些猶豫。「我一早就想請家裡人去林府為我求娶姑娘，只是這事到底要先問過妳才好。

「方才妳問我為何那樣對妳，我不過是為了自己的心，卻並不是要一個求娶的結果，希望妳能明白我並不願挾恩圖報，也希望妳考慮這件事的時候，不要只想我為妳做了什麼，而是想清楚我這樣的一個人，妳願不願意接受。」

陸宸字斟句酌地將話說完，等著凝洛的回答，一時卻幾乎連大氣都不敢喘。

聽陸宸自白心意的時候，凝洛只是將無處安放的眼神，落到陸宸腰間的玉珮上，如今聽他情真意切地說完，也只得抬起頭來。

陸宸正望著她，眼神中除了濃得化不開的情意，還有一份讓人心安的堅定，那種堅定卻是她前世不曾在陸宣眼中看見過的。

許是受了陸宸那種眼神的渲染，凝洛突然明白了自己的心意，也不由暗暗下定了決心。

「如今家中還有些事須得我親自去解決。」只是話卻無法直接說出口，哪怕她都是經了一世的人，如今面對著這樣的陸宸也仍是微紅了臉。

陸宸不敢對凝洛的回答抱很大希望，生怕自己受不住凝洛說不，因此他一路都在想著，若是凝洛現在並不中意他，他接下來要怎麼讓凝洛多瞭解他一些。

看到凝洛開口要說話的那一瞬，他不覺握起了拳，可聽凝洛輕聲說完那句，他卻好一會兒沒回過神來。

他本已做好了兩種心理準備，當然是失敗的準備更充足一些，可凝洛的話一出，他卻不知道是不是失敗了。

直到將凝洛的話在心裡又過了一遍，他才忍住欣喜的小火苗，試探道：「那等事情解決了呢？」

凝洛紅著臉，低下頭，咬唇，輕聲道：「陸宸大哥以為呢？」

之後，她匆忙上了馬車。

看著凝洛的馬車駛出去很遠，陸宸都站在原地一動未動，他總疑心自己是在作夢，生怕自己一邁步這美夢就醒了。

她這話再明顯不過了，其實是願意的意思，只是礙於姑娘家的害羞，沒有明說而已。

凝洛竟然願意許嫁，這是他之前不敢想的，雖然他求娶之心堅定，可心裡隱隱存著忐忑。

當凝洛那句調皮羞澀的反問傳入腦中時，那種前所未有的驚喜，直讓他猶如墜入了夢中。

馬車漸漸消失在遠處的餘暉中，陸宸突然有些後悔，方才他應該臉皮再厚上一些，找凝洛討一樣信物，這樣也不至於總懷疑自己在夢中了。

卻說凝洛回到家中也有些難以置信，想不到自己竟然就那麼答應了陸宸，可一想到當時的氛圍，她覺得哪怕再重來一次，自己恐怕也說不出那個「不」字。

從前她只當自己多心，將陸宸眼中的深情當尋常，今日他說出那句「心之所向，情之所至」，她已經心動，又怎會在他要求親時說出拒絕的話呢？

晚上躺在帳中，偶爾從窗外吹進徐徐的風使得紗帳緩緩飄動，凝洛盯著那飄動的帳子卻睡不著。

和陸宸的事，她沒跟誰提過半句，好像跟誰也說不著，可是那種想要找人分享的心情又總是躍躍欲試著，找不到出口。

也不知輾轉了多久，凝洛才沈沈睡去，直到第二日醒來，想到陸宸提親的事，也還是怔怔的。

「姑娘，」白露將帳子往兩側掛好，又蹲下身為凝洛穿上鞋子。「您昨兒個讓我打聽的事，我打聽到了，說那位李嬤嬤的家就是城外李家莊的，還有人見她在城中買菜呢！」

凝洛起身走到銅盆前，讓小滿服侍著她洗漱。

聽了白露這話，凝洛卻疑惑地回頭。「住在城外，卻要到城裡來買菜？」

白露也是沒想這麼多，她只將打聽到的話原樣學了出來，並不知凝洛為何要打聽這些。

白露也覺得姑娘交給自己的差事沒辦好，忙向凝洛道：「許是那人看錯了，也許是那嬤嬤又到城中住了，我這就親自去打聽那嬤嬤的下落。」

凝洛點點頭。「務必要找到她。」

雖然二人不過是主僕關係，可那嬤嬤到底用心照看她，念著那份情，她也該去探望一番。

只用了半日，白露就打探清楚回來了，怕別人傳的話中有誤，她還親自去確認了一番，見到了那嬤嬤才踏實地回來。

白露說那嬤嬤當年回李家莊沒兩日就又回城中了，這些年一直在給城裡的大戶人家幹活，最近才萌生回家養老的心思。

凝洛心中不禁又疑惑起來，她明明記得當年李嬤嬤是回家看孫子，沒道理只在家待幾日就又出來找營生。

「妳有見到了李嬤嬤？」凝洛向白露問道。

白露點頭。「我怕再有什麼差錯，因此去那戶人家瞧了瞧，我說是姑娘讓我打聽的，那嬤嬤還讓我向姑娘問好。」

凝洛原想著那嬤嬤在老家頤養天年，她或許還能登門去探望一番，如今李嬤嬤卻是在別人家做活，她倒不好去了。

「妳再跑一趟，看看嬤嬤哪天什麼時候有空，幫我約她出來見一面吧！」

既然生出了要看望的念頭，也唯有見上一面才安心。

只是這會面卻約在第二日一早，因此凝洛不得不早早起床去慈心院請安，然後才匆匆向外趕。

卻遇上了一面讓丫鬟在身後打著扇子、一面抱怨天熱的凝月。

「妳這是要出去？」凝月看到凝洛停了下來，語氣裡卻帶著審訊的意味。

凝洛腳步未停。「若想得到別人的回答，問話的時候態度就放端正些！」

凝月嗤笑一聲，幾步跨到凝洛身前，張開雙臂攔住。「我看是妳態度不端正吧？」

凝洛本就急著出門，被凝月這麼一攔心中便有些不耐煩，皺眉道：「滾！」

凝月臉上有些掛不住，她如今是有些怵凝洛，可又忍不住一次次地去挑戰對方的底線，想要看看凝洛到底變化有多大，變成了什麼樣。

被這麼一低聲呵斥，凝月心裡有些退縮，可到底又硬著頭皮道：「我看妳三天兩頭出去，又在搞什麼鬼？該不會是出去與男人私會吧？凝洛，妳就算不要自己的名聲也得顧著林家的臉面！」

凝洛冷冷地看了她一眼，抬手推開凝月擋在她面前的手臂。「管好妳自己！」

凝月正欲再攔，卻見已經走出去兩步的凝洛又笑著回過頭來。「這兩日太陽大，妹妹仔細再曬傷了臉。」

看著那張充滿嘲諷卻千嬌百媚的臉轉過頭去，凝月下意識地抬手捂住被凝洛打過耳光的半邊臉，馬上又覺得自己這一舉動太露怯，不由盯著凝洛的背影狠狠地從牙縫裡擠出兩個字。「賤人！」

聲音卻不敢讓凝洛聽到，就怕凝洛會在聽到她罵人的時候，轉回身來再給她兩掌。

催著馬車，趕到李嬤嬤做活的那戶人家後巷裡，嬤嬤早已等在那裡了。

「姑娘！」李嬤嬤見凝洛下車，三步併作兩步走過去一把拉住她的手。

凝洛聽她聲調顫抖，不由也反握住嬤嬤的手，紅了眼眶。「嬤嬤！」

李嬤嬤眨眨眼，努力讓眼淚回去，上下不停地打量凝洛，口中道：「好、好！長大了！若是走在街上遇到，嬤嬤都不敢認姑娘了！」

凝洛看著面前的嬤嬤比記憶中又蒼老許多，一時險些落下淚來。

「嬤嬤，我們去馬車上坐著說話。」凝洛請李嬤嬤上車。

白露前來相約的時候，李嬤嬤就說自己恐怕不能出來太久，也就主子吃早飯的時間能出來二刻。

因此凝洛只得放棄找個茶樓坐坐的想法，就在這戶人家門口續個舊罷了。

「原想著嬤嬤在家頤養天年，還備了些東西打算去家裡看看，不想嬤嬤竟還在城中，這些東西我直接拿過來了。」

凝洛說著將身邊的東西往李嬤嬤懷裡堆，不過是一些衣物和一些適合老人家吃的補品和吃食。

李嬤嬤被凝洛塞了個滿懷，想要起身謝禮卻又不好站起來，只得有些手足無措。

「姑娘能記得我、來看我已是天大的恩惠，這些……」她又低頭看了一眼懷中的東西，含淚道：「這些怎麼使得！」

「如何使不得？」凝洛也扭頭用帕子拭了拭眼角，才轉回頭笑道：「嬤嬤離開林府的時候我還小，也沒能送嬤嬤些什麼，如今我大了自然要補上當年那份兒。」

李嬤嬤嘆著氣。「姑娘從小就是個懂事的，只可惜命太苦。」

凝洛笑笑。「那幾年有嬤嬤照料著，到底沒冷著餓著。」

李嬤嬤聽她這麼說又打量了她一眼，卻愛憐地捏了捏凝洛的手臂。「還是太瘦了！」

凝洛倒是不在意這些，許是這兩年一直在長個子的緣故，她身形確實越發細長，可只要健康地活著不要走前世的路，她便知足了。

「嬤嬤這些年一直在京城？」凝洛將心中的疑問說出來。「當年不是說要回家看孫子嗎？」

李嬤嬤先是一怔，繼而才反問道：「夫人說我要回家看孫子？」

「大家都這麼說，說嬤嬤需要回家看孫子，再不能照顧我了。」凝洛這麼說著，心中卻因李嬤嬤的態度而對這一說法生起疑心。

「哦……」李嬤嬤卻是苦笑了一聲，並不打算再多說什麼。

凝洛覺察出不對勁，追問道：「難道不是？那嬤嬤為何要走？發生了什麼？」

李嬤嬤沈默了一下，卻是不答反問：「夫人對姑娘好嗎？」

凝洛已經猜到事情或許與杜氏有關，如今聽嬤嬤問起，知道她也許是顧忌著杜氏與她的母女關係，所以不想說罷了。

「嬤嬤覺得，我小時候她對我好嗎？」

李嬤嬤聽了這話不由回憶了一下，說道：「面上也還過得去，只是……」

一開始請的乳母還算好的，後來凝月出生後就把乳母叫到那邊去了。杜氏又另給凝洛找了一個，這新乳母卻因為杜氏的有意苛扣而不好好餵凝洛。

了。

李嬤嬤看不過去，想著法子做些凝洛能吃的湯水，這才將那襁褓中的瘦弱娃娃帶大了。

雖然明面上杜氏給兩個姑娘差不多的衣物和吃食，可暗中的那一套，又豈能瞞過李嬤嬤這種老人的眼睛？可惜李嬤嬤只是個下人，她並沒有什麼說話的分兒，凝洛雖是個主子，可到底年幼又沒有依仗，怎麼可能為自己爭取些什麼。

所以李嬤嬤也唯有想盡辦法，讓凝洛的日子過得不那麼短缺，像是衣服破了、小了，她縫補修改；吃的不夠，她腆著臉去要。

實在是那個粉雕玉琢的娃娃讓她心疼啊！

凝洛看李嬤嬤收住了話頭，淡淡地說道：「她一直對我那樣，外人看不出什麼來，只有我能覺察出那些⋯⋯」

不僅僅是缺衣少穿，更可怕的是這麼多年精神上的打壓，不然前世的她也不至於那樣容易被杜氏擺布。

「這個黑心爛肺的！」李嬤嬤聽凝洛這麼說，能想像到杜氏定是壞事做盡了，又心疼凝洛的日子難熬，忍不住破口大罵起來。

「嬤嬤，這些年我渾渾噩噩地過來，好多事都不明不白，有時候受了欺負都不覺得⋯⋯」凝洛回想著十四歲之前的日子，只覺心有餘悸。「也是最近才回過味來。」

凝洛對李嬤嬤一笑，不然她可能還想不起要來看看李嬤嬤吧！

李嬤嬤卻忍不住抹起眼淚來。「剛出來那幾年，我幾次三番想去看看姑娘，可林家說我是被趕出去的，不但不讓我看姑娘，連林家的大門也不許靠近……」

「嬤嬤是被趕出去的？」雖然在意料之中，可聽李嬤嬤親自說出口，凝洛心中還是五味雜陳。

李嬤嬤也不打算再瞞著，索性點點頭將當年的事說了出來。「被杜氏找了個由頭趕出來的，說我沒有照看好姑娘。不是我自誇對姑娘有多好，我背地裡一直覺得是因為我對姑娘還算上心，這才入不了杜氏的眼，把我趕了出去。但想是這麼想，若是姑娘覺得杜氏對妳好，我是絕不會說這些的。不管別人眼裡怎麼樣，只要姑娘說覺得杜氏對妳還不錯，我就認了，自己是為了看孫子才走的。

「如今姑娘也覺得她不好，就要多存個心眼防著那杜氏了！」李嬤嬤拉過凝洛的手，鄭重地囑咐。「姑娘現在大了，生得又這樣好，我真怕老爺還像從前那樣只聽杜氏的，再誤了姑娘的終身！」

凝洛點點頭。「嬤嬤說得是，只是這些年她當家慣了的，父親一時也挑不出她什麼。」

李嬤嬤聽了凝洛這話，張口便想說什麼，卻又想到別的將話嚥回去了。

凝洛見狀不由問道：「嬤嬤想說什麼？」

李嬤嬤卻像是有所顧慮，猶豫道：「老爺大概也沒想過要動杜氏，非得杜氏自己犯了大錯，才能讓她失去在家中做主的權力。」

凝洛點點頭。「她這些年大錯小錯肯定沒少犯，只是我們不知道，也沒有證據罷了。」

李嬤嬤聽了這話卻又是一副欲言又止的模樣，凝洛只得笑著為她寬心。「嬤嬤有什麼話但說無妨，這裡也沒有別人。」

李嬤嬤聽了雖微微頷首，卻還是長嘆一聲，道：「方才我就想說，只是這個人是跟杜氏一條心的，她知道的再多也未必會告訴咱們。」

「是誰？」

只要有這麼一個人在，凝洛總能想辦法撬開那人的嘴巴找到一些線索，總好過現在什麼都不知道的好。

「她叫什麼名字我也忘了，只記得大家都叫她『杜保家的』……」李嬤嬤回憶著說道：「她是跟著杜氏去林家的，我離開的時候，杜氏好像給她安排了一個在廚房的肥差，也不知道現在還在不在。

「杜氏剛到林家那幾年，杜保家的是她身邊的紅人，杜氏走到哪裡就將她帶到哪裡，有什麼事也找杜保家的出謀劃策，所以我想，若是杜氏有什麼事，杜保家的必定再清楚不過。」

「竟然是她……」凝洛喃喃說道，想起生水痘時為凝月頂了罪的廚娘。

李嬤嬤見凝洛這般便知背後又有隱情，本想開口詢問，猛地想到自己出來的時間也不短了，忙起身道：「姑娘，我怕是不能和妳多聊了！」

凝洛也擔心李嬤嬤被主子責怪，忙起身相送。「那嬤嬤就快些回去吧，待到有空的時候，我再來看嬤嬤。」

李嬤嬤已下了車，回身扶了凝洛一把才說道：「姑娘折煞我了！以後萬不可來看我了，應該我去看姑娘的。」

李嬤嬤握著凝洛的手捨不得放開，凝洛朝她手上輕輕拍了拍。「嬤嬤有什麼事只管去找我，如今門房已換過好幾批，想來已不認得嬤嬤了，嬤嬤讓他們通報一聲我就能出來。」

白露在一旁將李嬤嬤下車時不好拿的東西包好，然後遞到李嬤嬤懷裡。「嬤嬤照顧好自己，免得咱家姑娘惦記。」

李嬤嬤接過東西，眼眶就有些濕。「這些年我也沒能幫上姑娘什麼，好在姑娘……」她哽咽了一下，拿手背蹭了蹭眼睛才又鄭重地向凝洛說道：「姑娘，妳是林家嫡出的大姑娘，很多事都是應當應分的，對那杜氏不必太過忍讓。」

凝洛微笑著點頭。「嬤嬤放心。」

看著李嬤嬤的身影在那小後門處一閃，凝洛才收起臉上的笑容，也不用人扶便上了馬車。

白露見她情緒似乎不對，倒不像是剛與故人敘過舊的樣子，卻像是要與什麼人對簿公堂一樣，陪著小心問道：「回府嗎，姑娘？」

凝洛在馬車中坐好，穩了一下呼吸，才沈聲道：「去宣墨齋。」

白露一聽凝洛不容置疑的語氣，便知定是有什麼事發生了，當下吩咐車夫趕路，並無二話。

凝洛定定地看著車簾隨著馬車輕輕晃動，心中卻將李嬤嬤的話又回味了一遍。

她小時候真的以為李嬤嬤是回家看孫子，還暗自傷心了很久，因為她覺得李嬤嬤是喜愛她的，就算是要回家看孫子也不該一聲招呼也不打地離開，也不該突然消失。

那種消失對仍是孩子的她帶來傷害，那時候李嬤嬤是她唯一信賴的人，可就是那樣的唯一，卻突然在她的生活中消失不見。她甚至還對李嬤嬤有過怨言，卻不知道李嬤嬤當年竟是被趕出林家，而且是被杜氏趕了出去。

凝洛相信李嬤嬤的猜測沒有錯，杜氏絕對是因為看李嬤嬤對她好才趕出去，杜氏就是見不得凝洛好，哪怕她還是個不懂事的孩子。

凝洛一隻手狠狠地攥著坐板的邊緣，用力到手指漸漸發白。

想到年幼時的自己便被杜氏使手段，她心裡的恨意竟是無法抑制。

杜氏在家中一手遮天這麼許多年，是時候撥開重重迷霧，讓林成川看看天空的顏色了！

第二十一章　昔日恩怨

宣墨齋的夥計一見凝洛，一溜小跑地迎了過來。「姑娘，您可算來了！」

這話卻讓凝洛一怔，這夥計在等著她不成？

不等她發問，那夥計向她深深地施禮。「上次那雞血石鎮紙，我們東家怪我向姑娘收多了錢，說姑娘再來買東西，不能再收銀子了，我一直等著姑娘來呢！」

原來是為這事，凝洛向店內掃視一遭問道：「你們東家在不在？」

夥計直起腰一愣，然後老實答道：「東家今日不曾過來。」

凝洛的眼神落在面前的夥計身上。「他每日都過來嗎？一般什麼時辰過來？」

不知道為什麼，那夥計總覺得面前的姑娘雖然看起來柔柔弱弱的，可今日前來卻莫名帶了興師問罪的架勢，因此聽了這話便有些猶豫。

東家從未跟什麼姑娘家交往過密，他在這宣墨齋幾年，還是頭一次見東家那麼熱情地招呼客人，還是一位姑娘。

第二次姑娘來買鎮紙，他報了個不高不低的價格，那姑娘二話不說付了銀子走人了。待到他同東家彙報了此事，東家只說那位姑娘以後再來便隨她拿，銀子卻是不許再收了。

他戰戰兢兢地應了，卻忍不住背後裡擦冷汗。他本就有些怕東家，一想到他跟東家說賣了那塊鎮紙給姑娘、收了多少銀子時，東家沈下的臉就讓他不寒而慄。

他暗地裡猜測東家虧欠了人家姑娘什麼，因此當凝洛再來的時候，他拿出了十萬分的熱情，生怕一個招待不周，讓東家知道了再給他臉色看。

可這姑娘卻不買東西，問起東家的去向，他就不知如何回答了。

還有，東家好像不讓姑娘知道這鋪子是他的？

凝洛見那夥計只是犯難卻不答話，不由又追問道：「你們東家是不是陸宸？他什麼時候會來，我找他有事。」

那夥計心道：是呀！我也看出您找他有事了，可我哪裡知道您找他是好事，還是壞事呢！萬一您是找東家討債的——不管什麼債吧，我讓您見他，豈不是又捅了婁子？

「您找我們東家有什麼事？」夥計陪著笑臉，心裡卻直叫苦。「也許我能幫您帶個話。」

凝洛見那夥計也不答她的問題，只同她迂迴著，才突然發現自己因為心裡帶著殘餘的怒氣，表現出來就有些急。

「我是想請陸宸幫個忙。」她乾脆直呼大名，省得中間再有什麼搞錯的地方。「只是卻不好去府上找他，這才來看看他在不在這裡。」

夥計半信半疑地看著凝洛，雖然後來這句她放緩了語氣，聽起來也是輕輕柔柔的，可夥計還是不敢透露東家的行蹤，畢竟這姑娘來的時候那架勢就好像是來踢館似的啊！

「他不在這裡。」夥計再次重申。

「那我留封書信給他，你見到他的時候交給他好不好？」凝洛也覺得自己要辦的事也是急不得，這才想了一個權宜之計。

這倒沒什麼好為難的，於是夥計猛點頭。「姑娘請裡面修書。」

待到凝洛留書離開，那夥計馬上拿著書信去找陸宸，雖然姑娘說不急，萬一東家不這麼認為呢？當夥計這麼多年，這點兒心眼他還是有的，不能真的等東家來的時候再給，必須第一時間送過去。

他自覺已經做得夠周到的，不想東家竟怪他，沒有在姑娘要找的時候立馬請他過去。

夥計苦著臉聽陸宸責備，心裡都快哭了，這姑娘再來兩次，他非得捲鋪蓋走人不可。

且說凝洛回家中靜待消息，她拜託陸宸幫她找到杜保家的，找杜保家的不比找李嬤嬤容易，一不小心就可能會打草驚蛇，她不放心讓白露去辦。

況且凝月已經注意到她最近常常出門，說不定就會去杜氏那裡吹風，若是再被她們盯上，只怕她沒什麼機會同杜保家的說上話。

晚飯是林成川張羅著全家人在近月樓上用餐，太陽早已落了山，只是暑氣還未散盡，樓上的窗子雖然全開著，流過的風也是溫熱的。

近月樓此時再不像凝洛躲著孫然那日，上上下下早已灑掃得十分乾淨，聽著樓下園子裡的蟲鳴，聞著飄上來的花香，林成川一時心情大好。

「這幾樣菜我讓廚房用冰冰過了，大家嚐嚐！」林成川用筷子指點著桌上的涼菜，言語之中透著滿意知足。

杜氏覺得自己得了一種一看到凝洛就會心情不好的病，聽林成川這麼說，忍不住拉著臉抱怨道：「今年熱得早，冰也比往年貴些，咱家囤的貨沒那麼多，老爺也體諒體諒我管家的疾苦，省著些用吧！」

林成川本來只想著一家人團聚吃頓飯熱鬧熱鬧，可杜氏每每這時候就會扯些錢不夠花的話題，非要潑他一盆冷水才高興。

「母親說得是。」林成川詫異地聽到，這話竟從凝洛口中說出來。

凝洛轉向林成川認真道：「父親，早上去母親房裡的時候，我見那冰盆裡的冰已化了大半母親都捨不得換，所以咱們也該省著些，入口的這些隔著井水冰一下也是吃得的。」

杜氏一聽這話氣得險些昏過去，她聽凝洛說「母親說得是」那一句時還在納悶，凝洛怎麼突然轉了性子，卻原來重點在下一句呢！

林成川自然聽懂凝洛話裡話外的意思，那杜氏一大早就在房間放冰，卻回頭說他不夠節省。

杜氏從來不肯坐以待斃，凝洛的話音剛落，便強撐著冷哼一聲。「聽說妳最近日日出門？如今妳大了，我也管不了妳，可到底妳是個姑娘家，總得要些臉面。」

「妳少拿這些來做文章！」林成川向杜氏斥道：「我看凝洛做事自有分寸。」

杜氏見林成川護著凝洛說話，心裡也是一涼，嘴上卻仍不放過凝洛。「她到底年輕，我說她也是為她好，怎麼我一個做母親的還說不得了？」

凝洛聞言，不由委屈地望了林成川一眼，一雙美目卻盈滿了淚。

林成川見狀將筷子拍到桌上，對杜氏嚷道：「妳就不能讓我好好吃頓飯？我又何曾說妳說不得了？妳次次只說凝洛，凝月犯了錯卻高拿輕放，妳以為我看不出來？」

凝洛垂下眼睛，原來父親能看出這些，只是從前他不肯為她說話罷了。

「我怎麼了？」凝月不甘地嚷道：「我犯什麼錯了？哪次不是凝洛陷害我？父親你

為什麼不相信她就是這麼壞？」

林成川見凝月頂撞他心中更氣，再看向凝洛正低著頭默默垂淚，便指著杜氏和凝月道：「妳們！妳們真是我上輩子的仇家！」說完，飯也不吃，怒氣沖沖地起身下樓去了。

杜氏見林成川離開，狠狠瞪了凝洛一眼。「別以為妳父親能給妳撐腰，妳以為妳翅膀硬了？要是沒有我這個母親，妳能長這麼大？沒有我，妳以後嫁人都嫁不到好人家！妳進進出出的我也沒管妳，妳自己留點臉面，別讓我從別人那裡聽到妳不守規矩！」

「夫人消消氣……」宋姨娘方才一直插不上話，如今總算找到機會打個圓場。只是話還沒說完便被杜氏打斷了。「這裡沒妳說話的分兒！」

杜氏這一嗓子，嚇得出塵一哆嗦，宋姨娘忙安慰似地拍拍出塵的手，大著膽子轉過頭打算再說些什麼，卻被凝洛幽幽地搶了先。

「莫說咱們不是大戶人家，即使是大戶人家，也沒有不許姑娘出門的道理。」凝洛自林成川離席後，就拿起筷子慢慢吃起菜來。

如今杜氏看她不但往自己碟子裡挾菜，還為那宋姨娘母子挾菜，只覺心中有股邪火蹭蹭往上竄。

「所以呢……」凝洛放下筷子，看著杜氏笑得很平和。「我出門與否同臉面沒什麼關係，倒是有些人，雖然不出門，可卻一點臉面都不給自己留呢！」
杜氏死死盯著凝洛，咬著牙道：「妳說誰呢？」
宋姨娘忙抓住機會再開口。「天熱了，大家火氣大，我看這菜餚有不少倒是降火的，不如不要說話了，先吃飯吧！」
「吃吃吃！」杜氏繼續將一腔火灑到宋姨娘頭上。「妳是餓死鬼投胎嗎？誰都別吃了！」
說著，那杜氏一發狠竟將桌子給掀了去，凝洛眼疾手快地拉出塵站了起來，宋姨娘本來就在跟杜氏說話，因此也是一直看著她，見她猛地起身掀桌也飛快地躲了。
只有凝月，見母親以一敵二並不需要她助陣，便沒心沒肺地吃起來，杜氏掀桌的時候她正低頭喝湯，桌子一翻那碗湯不偏不倚全扣在她身上，當然除了湯還有別的飯菜，一時紅的、綠的掛了滿滿一衣裙，倒是熱鬧又好看。
凝月的尖叫聲直讓出塵捂耳朵，杜氏見此情形氣得面色發白，抖著嘴唇說不出話來。
凝洛眼神涼涼地看了一眼地上的一片狼藉，不無可惜地嘆道：「母親一向勤儉持家，如今失手打翻了這許多菜一定心疼不已。」
「白露，」凝洛回頭喚丫鬟，牽著出塵就往樓梯走。「拿銀子去酒樓挑些可口的飯菜帶回來，哪能不吃飯呢！」

「凝洛我要殺了妳！」凝月尖叫著就朝凝洛衝過去。

她仍舊和以前一樣，不管發生什麼事只要遷怒於凝洛就對了，只要將氣撒在凝洛身上就痛快了。只是連老天都不幫她，杜氏掀翻的一地湯水讓她腳下一滑直接向地板撲了下去，於是近月樓又傳出一聲尖叫。

宋姨娘看了看離去的凝洛，又看了看仍在發抖的杜氏，本想扶一把在狼藉中哭喊的凝月一把，又覺得自己實在不必如此濫好心，便向杜氏行了一禮，匆匆跟著凝洛離去了。

「出塵，」凝洛拉著出塵慢慢下樓，說話的聲音更加溫柔。「你知道嗎？咱家這近月樓是給你二姊姊建的，可直到今日它才是真正的『近月』了！」

夜晚的風慢慢涼了下來，將凝洛沒有溫度的話語，吹到正趴在飯菜中的凝月耳旁。

凝月像是染了風寒一般地抖了起來。「凝洛……凝洛！」

丫鬟春分在杜氏掀桌後，慌忙為凝月擦拭衣裙上的污物，待到凝月衝出去的時候她根本就毫無防備，而凝月下一瞬就結結實實地趴在地上，她瞠目結舌地愣了一下才忙上前去扶，可凝月卻不肯起來，只捶著地板發狠。

杜氏好一會兒才從天旋地轉中回過神來，立春正不停地為她撫著心口順氣，她看了看仍趴在地上哭喊的凝月，咬著牙道：「來人！把二姑娘扶起來回去梳洗！」

杜氏深深地吸了一口氣，轉回頭從窗子望出去，正見凝洛帶了宋姨娘母子往芙蕖院去。

這個凝洛，再留不得了！杜氏暗暗咬著牙發狠。

宋姨娘跟著凝洛往芙蕖院走，心裡到底有些不安，輕聲道：「這樣針鋒相對下去，何時是個頭啊！」

凝洛冷冷一笑。「若是一味忍讓下去，又何時是個頭呢？」

看到杜氏氣得說不出話，看到凝月狼狽地趴在地上，凝洛心裡覺得很解氣。自從知道李嬷嬷是被趕走的，她就有些耿耿於懷，所以她決心不讓杜氏母女在她這裡再占到半分便宜，哪怕是嘴上的便宜也不行。

宋姨娘一聲嘆息。「可有句話夫人說得沒錯，姑娘的終身大事總歸還要經她的手，有人前來提親也會問過她呀！雖然這事老爺能做主，可若夫人故意不幫著姑娘尋個好姻緣，那又該如何？」

凝洛想到前世，又想到了陸宸，還有那日夕陽下陸宸堅定的眼神。

「是時候讓她知道……」凝洛緩緩地開口，聲音輕卻有力。「我不會再任由她擺布，也不會再如了她的願！」

陸宸又將家中的嬤嬤請出來去林府找凝洛，如上次一般，凝洛又是走到林家門口看不到的地方，才看見正在等待的陸宸，那嬤嬤則留在後面看著林府的動靜。

「我將那人弄到一處宅子裡，這樣有什麼話也好說些。」陸宸向凝洛低聲說道。

他一得了那封信就立馬派人去找杜保家的。一方面，那是凝洛要辦的事，他會格外上心些；另一方面，只要他能找到那人，又能見到凝洛了。

他最近才體會到相思是怎樣入骨的滋味，在那些見不到凝洛的每時每刻，都有一種感覺反覆啃噬著他，直讓他坐臥不寧、寢食難安。

他早上一醒來想到的人、用飯時想到的人、辦差時想到的人，與家人朋友在一起時，他總覺得凝洛的身影就在他心裡，成了一段無法向人訴說的心事。

他原以為這種熱烈的情感在見到凝洛時會欣喜到失態，卻沒想到那顆飄浮幾日的心，在那一刻突然安穩下來。

那杜保家的自從被杜氏趕出來，就一直不停換人家做活。她跟在杜氏身邊太久，比林家的大多數下人都要養尊處優，何況林家廚房又是有油水的地方，因此她的日子一直過得比較滋潤。

待到被杜氏趕了出來，她才發現能找到的活計，要麼給錢太少，要麼太苦太累完全受不了，高不成低不就地這麼晃蕩了一段日子，連兒媳婦對她言語間也不恭起來，明裡暗裡罵她是吃白飯的，每每總是惹一肚子閒氣。

她將這些氣全歸到杜氏頭上，不氣她又能氣誰？她跟在杜氏身邊那麼多年，為她做了多少事，沒有功勞，也有苦勞，她竟為了護著凝月，硬是冤枉她，將她趕出門去！

好不容易有戶人家說要找個管園子的人，給的月例也夠多，她跟著去了，可這處宅子卻透著些古怪，好像沒多少人在，看起來也不夠大。

至於那園子，杜保家的在前院張望了一番，也許後院有一處，但能多大呢？

帶她來的小廝將她引到房中讓她候著，說待會兒有主子來相看，她也稍稍收起心中的疑問，打起幾分精神來。

待看見一雙人影跨進門來，只看那靴子和衣袍一角便猜是主子前來，杜保家的忙迎上去，正堆起笑臉要行禮，卻在看清來人時愣住了。

「姑……姑娘……」看著凝洛和一位貴氣逼人的公子猶如一對神仙眷侶般走到自己面前，杜保家的才磕磕巴巴地吐出兩個字。

難道林家的大姑娘已經成婚了？杜保家的暗自猜測著，卻不敢開口問。

凝洛走到杜保家的面前略站了站，只淡淡地掃了她一眼，向著中堂處擺放的桌椅走了過去，又有手腳麻利的小廝將兩扇門一下就關上了。

杜保家的見了這架勢心中有些打鼓，又見和凝洛一起進來的威嚴男子此時正和凝洛分坐在中堂桌兩旁，就更加惶恐不安起來。

「是姑娘要找看園子的人？」杜保家的大著膽子打破了沈默，她已見識過這位大姑娘的凌厲，如今二人雖已不是主僕關係，她卻止不住地生出敬畏之心來。

就方才那進屋子的幾步，走到椅子前坐下來的架勢，哪裡還能看得出從前那個懦弱姑娘的影子！若有人跟她說，這是位有誥命在身的夫人，她也是信的。

凝洛猜到杜保家的是被陸宸想辦法弄到這裡來的，也不去解釋，直接向杜保家的說道：「我有事要問妳。」

杜保家的並不知凝洛說的事是好是壞，只是聽凝洛這麼說也算是有求於她，忍不住拿喬起來。

「姑娘，我的飯碗因為姑娘被夫人給砸了，如今吃了上一頓卻沒下一頓的，實在是沒工夫跟姑娘敘舊聊天呀！」

陸宸一聽這話，知那婦人是在向凝洛要好處，又見她說話時眼珠亂轉，一副不停打著壞主意的樣子，看了就讓人生厭。

「妳做過活的第二戶人家，」陸宸沈聲開口。「就是城南楊家，聽說妳辭工後，女主人發現丟了一支珍貴的玉鐲，家裡上下搜了一通找不到，好像正打算報官？」

陸宸尾聲上揚卻不乏威脅的意味，凝洛感激地看了他一眼，不想他能將這些都查了個清楚。

杜保家的聽陸宸開口，身子一抖，方才她就覺得那男子像個衙門裡的大官，威嚴的樣子讓她只覺如履薄冰，是以陸宸的那句話雖說得平靜，聽到耳裡卻讓她直發虛。

杜保家的只得向看起來柔弱的凝洛道：「這話怎麼說的，誰丟了什麼東西與我何干？我只……」

「我們還是不要繞彎子了吧？」凝洛打斷了她，林家有很多這種婦人，最是能扯東扯西、顧左右而言他，若是被她們牽著鼻子走，只怕要問出自己想知道的事得問到明天去了。

杜保家的假笑著還想說什麼，只是一張口卻被陸宸的一聲乾咳給截住了，杜保家的又看了陸宸一眼，這才發現對方正黑著一張臉看著她，莫名讓她想到寺廟中那些羅漢的眼神。

她心裡沒來由地一哆嗦，飛快地在心中衡量了一下，又賠著笑向凝洛道：「姑娘想問什麼？」

凝洛見杜保家的已服了軟，也並不急著問嫁妝的事，只是輕聲道：「妳是杜氏身邊的老人，關於杜氏，妳都知道些什麼？」

杜保家的聞言猶豫了一下，定定地看著凝洛道：「她幹的那些事我大多知道。」

既然杜氏不念舊情將她趕了出來，就別怪她不仁不義。

從被趕出林家那一日起，她對杜氏的怨恨就一日深似一日。當她幹著那些她從前不可能幹的活計，當她被各色的主子呼來喝去的責罵，當她在家中小心地看兒媳的臉色，她的怨恨就如找到宿主的菟絲子，瘋狂地纏繞著她蔓延生長。

她是不能拿杜氏怎麼樣，可如今凝洛來問，也許她可以幫著凝洛讓杜氏栽個跟頭，畢竟凝洛身旁那個男子看起來可不是好惹的。

杜保家的頓了頓，略一思索竟將杜氏的事從凝洛還未出生時講起。說她如何巴上了家境比她好的凝洛生母，說她如何嫉妒自己的閨蜜嫁了不錯的人家，說她如何處心積慮地接近林成川。

「有些話原不該說給妳這樣的姑娘家聽……」杜保家的也有些憤恨，倒像個看不慣杜氏的正義人士一樣。「可她辦的那些事畢竟與姑娘有關，所以我也顧不得那麼許多了！」

於是，她將杜氏如何用藥強行懷孕的事也說了，然後仗著懷孕逼林成川娶她進門，說她與凝洛生母是姊妹，自然可以做平妻，可林成川一直逃避著，也不敢跟家中的妻子提這回事。

直到段氏臨盆那日，誕下凝洛之後穩婆卻突然叫不好，杜氏也不知什麼時候混進林府，一聽這話就哭著要進去看看。

林成川正沒了主意，躊躇間杜氏就挺著肚子進屋。過了一刻鐘又紅著眼睛出來，卻是讓林成川去見段氏最後一面。

段氏下葬沒幾天，杜氏就進了門，然後一副女主人的姿態將林家接管了過來。

杜保家的事無鉅細地開始說杜氏如何苛待段氏從前的下人，如何暗地裡招兵買馬將那些人換掉，凝洛只覺再任她這麼說下去都不知道還要多久。

「我出生那日，杜氏進房做什麼了？」凝洛心中有個可怕的想法，卻又影影綽綽地看不清。

杜保家的卻是搖了搖頭。「這我不知了，房中只有穩婆，連請的大夫都還沒到。」

凝洛聽了這話，努力不去想自己的那個猜測，只是再向杜保家的問：「我母親的嫁妝呢？」

杜保家的一聽理所當然地說：「自然是都被杜氏藏起來了！」

「她從進門第一天就惦記上那些嫁妝了，每日都挖空心思地想怎麼能將那些嫁妝拿到手……」杜保家的頓了一下，她那時沒少在杜氏身邊出主意。

「後來她藉著翻蓋廂房的機會，」杜保家的避重就輕地說道：「將那些嫁妝收到了她自己的庫房裡，然後跟老爺說以後她來保管。杜氏沒少往娘家拿東西，轉過頭就跟老爺說日子不好過，說把那些嫁妝當了才能維持家計，老爺自然也不過問的，全都由她做主。

「後來有一次，她不小心拿出一樣她說已經當掉的物件，老爺看了也是隨口問了一句，她又哭又喊起來，說那是她的嫁妝，是娘家人看她都沒有風風光光地嫁人，怕她委屈給她送來的。老爺一向拿她沒辦法，從此以後也不提嫁妝的事了。」

杜保家的說完便沈默了下來，凝洛只是攥緊手中的帕子一言不發。

陸宸見她眼神中有恨意，卻不打算再問什麼，命人將那杜保家的帶了出去。

凝洛確實一直懷疑杜氏私藏了母親的嫁妝，只是沒能想到杜氏竟能將母親的嫁妝說成是她的！

陸宸聽了也是嘆為觀止，陸家各房都有自己的產業，或許不湊手的時候會有些拆借，卻從未見誰把誰的東西據為己有的行徑，這種下作行徑實在是可恥至極。

凝洛一顆心跳得厲害，這麼多年，她總算接近了真相，總算知道杜氏是怎麼一步步鳩占了鵲巢，怎麼一點點地毀了她的人生——她前世那個不知道自己錯在哪裡的人生。

陸宸看凝洛好一會兒都像是情緒不穩的樣子，自是心疼她，忍不住出聲安慰道：

「屬於妳的，我會幫妳要回來。」

陸宸的聲音沈穩篤定，彷彿任何事有他都能輕易化解，並不是什麼難事。

凝洛心裡的諸般情緒都輕易地被他安撫了，突然覺得什麼都不怕了。

這輩子有他在，有他為自己遮風擋雨，自己怕什麼？

只是這到底是自己未來的夫婿，還沒過了正道，被他看到自家醜事，這樣的當家主母、這樣的門風，全是不可對人言的家醜，到底是臉面無光。

當下凝洛抬起頭，抿唇朝陸宸笑了下，低聲道：「讓陸宸大哥見笑了！」

可凝洛一開始就沒打算避著陸宸，她覺得應該讓陸宸知道自己出自什麼樣的門第、都經歷了什麼，哪怕陸宸會因此打消求娶的念頭。

不過經此一事，陸宸心中卻更堅定要將凝洛留在身邊的想法，他恨不能立即將凝洛帶離那個烏煙瘴氣的林家。

因此當凝洛蒼白著一張臉說「見笑了」，陸宸只是心疼地緩緩搖頭。

「不會的，凝洛。妳放心，我一定會幫妳，將屬於妳的那些要回來！」陸宸看著凝洛重申道。

凝洛卻是輕笑，繼而搖了搖頭。「陸宸大哥已幫了我許多，這件事，我自己想辦法。」

陸宸到底是個外人，林家的事並不好插手。而且，她生母的東西，她來要是天經地義。

與凝洛送別時，陸宸再次不放心地囑咐。「有什麼需要我幫忙的儘管開口，不想去陸家找我的話，便去宣墨齋找，我同那裡的夥計和掌櫃都說過了，若是妳找，他們自會去尋我。」

凝洛點點頭。「還要煩請陸大哥看好那杜保家的，過幾日還需要她出來指證。」

「放心！」陸宸鄭重許諾。

凝洛回家之後就著手去辦要嫁妝的事，先是選了一個林成川休沐的日子，然後在心中篩選見證的人選。

姑姑必須要請來，為數不多的親戚當中，也唯有姑姑對她還多了些憐愛。

她再拜託姑姑找些本族人，甚至教書先生，等到攤牌的那一日到來。

第二十二章 討回嫁妝

凝洛才安排妥當，正等著那一日到來的時候，杜氏卻先找上了她。

一看杜氏的笑容，凝洛就知道她必定是想到了懲治自己的方法。

那種假笑，凝洛從小到大已經看了無數遍：當杜氏跟她商量妹妹年紀小、身子弱，要多讓妹妹吃些好東西的時候；當她對凝洛說林成川為了這個家在外很是辛苦，讓她受了委屈也要忍一忍的時候；當她對凝洛說姑娘家越是大了越要節省的時候……

杜氏總是先露出這種笑容來，甚至前世誆著凝洛落到陸宣手中時，也是這樣笑著跟她講的。

凝洛心裡微微一沈，這一世已經與前世有太多不同，可有些人的心思大概是不會變的。

杜氏上下打量著凝洛，像是相看貨物一般滿意地笑著，直到凝洛在椅子上落座，才收回那種讓人不舒服的眼光。

「今日叫妳來，是有好事與妳商量。」杜氏笑著，臉上有掩飾不住的得意。「妳如今大了，已到了說親成親的年紀，我托了媒人留意著，看看能不能給妳尋個好的人家。」杜氏看了一眼凝洛。「畢竟妳沒了生母，好人家是要挑這一點的。」

凝洛耐著性子聽她講，她見凝洛不吱聲，以為凝洛也默認自己低人一等，一時就更加自得起來。

「妳跟凝月沒法比，以咱們的家世，她或許還能挑個好的。妳呢，雖然模樣生得好些，卻到底入不了那些婆婆們的眼。」

杜氏在言語上不斷打壓凝洛，說得十分痛快，先把凝洛踩到泥裡，再給她找個人家打發了，從此杜氏再不用見到凝洛在眼前晃，心裡便有些喜孜孜的。

「我也與妳父親商量過了，咱們也不能因為妳比別人差就讓妳給人做小，畢竟咱們家也是要臉面的。」杜氏像是十分為凝洛考慮過了，說得一副情真意切的樣子。

凝洛冷笑一聲，杜氏成日將「臉面」掛在嘴上，辦的那些事卻是一點臉面也不要的。

杜氏見凝洛笑得不屑，不由苦口婆心道：「我們做長輩的自然經歷得比妳們多些，妳不要嫌我囉嗦，在這件事上我是真心實意為妳好，妳嫁個好人家才能不拖累娘家不是？」

一旦凝洛按杜氏的意思嫁了人，這個娘家恐怕就再難回了。

凝洛盯著杜氏。「什麼樣的好人家？」

杜氏一聽凝洛問，笑意更甚。「我和妳父親都滿意，北城有位宋員外，妻子才過世，卻是沒留下一子半女。那宋員外沒了父親，只有一位母親，卻是身子骨硬朗也還不用人伺候，妳一嫁過去就是當家主母，什麼都聽妳的。」

「是特別好的人家？」凝洛冷笑著問。

她聽說過那位宋員外，只是並非良人。傳言，他的妻子是被他虐打至死，娘家人還去宋家鬧過一場，以至於街上流言紛紛，杜氏真當她什麼都不知道？

杜氏聽凝洛這麼問，只當她是動了心，更是笑得眼睛都瞇了起來。「自然是再好不過的人家！雖然那宋員外只比妳父親小三歲，可年紀大會疼人呀！妳嫁過去只有受寵的分！」

「那家裡給我準備了什麼嫁妝？」凝洛盯著杜氏問。

杜氏一愣，沒想到凝洛竟提起這個話題，很快又假笑著說道：「妳也知道，這些年咱們家過得是一年不如一年了，妳父親的俸祿不高，家裡的那幾畝地又收不了多少租子，別的生意也常常鬧虧空……」

杜氏看凝洛的臉色越來越沈，不由自主地住口了，頓了頓後，又接著笑道：「沒關係，那宋員外肯定會給不少彩禮，到時候我和妳父親會好好為妳置辦些嫁妝，不至於丟人。」

凝洛冷冷一笑，站起身睥睨著杜氏，一字一句地說：「照妳說的林家一日不如一日，那宋員外家又被妳說的天上有地下無的，倒不如妳自己嫁過去吧！」

說完，凝洛轉身便走。

杜氏氣急敗壞地在她身後大喊。「那可由不得妳！」

凝洛腳下未停，或許對從前的她來說是由不得她，如今她有證人在手，有陸宸相助，她不信杜氏還能肆意擺布她。

那日，將眾人都聚齊時，凝洛並未讓杜保家的先出來。

杜氏一看這場面架勢，不由皺眉向凝洛道：「不要以為妳把家裡人、族裡人叫來，就可以逃避嫁人的事，女大當嫁，妳總歸是躲不過的。」

「大姊，」杜氏又帶了幾分笑同凝洛姑姑說話，她心中是有底氣的，在嫁人這件事上，她這個繼母說話可比姑姑有分量。「我和我家老爺給凝洛找的確實是好人家，只是她年紀輕不懂事，您不用聽她一面之詞。」

孫林氏被姪女請來說有要事相商，姪女還未開口，那杜氏倒說了一堆讓她雲裡霧裡的。「嫁人？凝洛要嫁人？什麼人家？」

凝洛耐心地等杜氏講了來龍去脈給姑姑聽，她不信杜氏說的宋員外，在真正關心疼愛她的人眼裡，也是所謂的「好人家」。

果然，姑姑聽完杜氏的話登時就變了臉色，狠狠瞪了杜氏一眼，又看著林成川怒喝。「你也同意？」

林成川見姊姊發火心裡也是發虛，忙陪著笑向孫林氏道：「也還沒定下來，只是有人提了我們便考量著，凝洛也還有時間挑一挑，若是有好的自然更好。」

孫林氏餘怒未消，指著林成川斥道：「我就知道你是個糊塗的人！凝洛就算留在身邊不嫁人，也不能嫁到那種家裡去啊！」

林成川忙點頭稱是，杜氏卻是不同意，微微沈了臉。「姊姊這話怎麼說的？若是凝洛不嫁人，那我這名聲還要不要了？我將她拉扯大了，操著心給她尋親事，怎麼還成不是了？」

孫林氏看也不看杜氏一眼，只心疼地望向凝洛。「凝洛，妳怎麼說？」

「姑姑。」凝洛走到屋子中央，向姑姑行了一禮，又一一拜了族人，這才直起身開口。「凝洛今日請大家過來，是有別的事要說，希望諸位長輩能為我做個見證。」

杜氏一愣，難道對凝洛來說，還有比不嫁給宋員外更重要的事？

「凝洛自小沒了娘，」凝洛這句一出便紅了眼眶，孫林氏看了也是心中一酸。「可也想著能有親娘疼愛，即使不能，能有幾件親娘的物什也是好的。」

族人紛紛搖頭嘆息，這樣一個柔柔弱弱的姑娘，長這麼大心裡還不知道有多苦。

「可直到前些日子，姑姑提起我生母的一支簪子，我才知道那簪子連凝月都戴過，卻從不曾到過我手中！」

凝月想到那支簪子就心疼，杜氏就給她戴了一次，她都沒來得及纏著杜氏送給她呢！

「按母親的說法，我如今已到了談婚論嫁的年紀，請母親將我生母的嫁妝全都還給我吧！」凝洛看向杜氏，眼神中有厭惡，她叫了杜氏十幾年「母親」，而這位「母親」又何曾對她做過一件母親該做的事？

光是聽凝洛說將嫁妝全還給她，杜氏都止不住地肉疼，別說要拿出來了。

「凝洛，段氏留下的嫁妝只有那支簪子，我已經給妳了。」杜氏故作鎮定地說，心中暗道，這果然是比嫁人更重要的事。

凝洛知道她不會輕易鬆口，又看了一眼眾人道：「生母曾抬到林家多少嫁妝，在座的各位都是有目共睹的。」

眾人聞言紛紛點頭，當年他們可是都看過嫁妝的，對當時的林家來說豐厚得很，即使拿到現在來陪嫁，也是絕對拿得出手。

「東西是曾經有過，可這麼一大家子要吃要喝的，哪樣不花錢？」杜氏仍舊嘴硬，一口咬定嫁妝已經典當以供應日常吃喝。

「是嗎？」凝洛微微一笑。「可有人不是這麼說的。」

杜氏聽了這話，見凝洛一臉篤定，當下微驚，詫異地看著凝洛。

杜氏不假思索地道：「不用聽別人胡說八道！」繼而又向眾人哭慘。「自我來到林家，何曾過過一天好日子？還挺著肚子就給凝洛當繼母，不顧自己也要顧那襁褓中的孩子。後來我又給老爺納妾，照顧姨娘生孩子、養孩子、教孩子……」杜氏說著還帶上了哭腔。「這處處都是花銷呀！

「老爺進項又不夠多，我能有什麼法子？還不是厚著臉皮去找娘家要？」杜氏開始甩帕子，擦著不存在的眼淚。「直要到我都覺得沒臉了，我才跟老爺商量著把段氏的嫁妝賣上一賣，總歸也是花到凝洛身上，這有錯嗎？」

不管如何，先拉著林成川下水，反正她從前跟林成川說過一句半句的。

「如今凝洛大了，想來是拿著嫁妝過好日子去了，便伸手朝我來要，我……」杜氏繼續哭啼啼。「我又去哪裡變那些嫁妝！」

眾人自然不知林家過日子的底細，聽杜氏這麼一通哭訴，覺得好像也有道理。

林成川在一旁一言不發，他一向不管這些，從前杜氏說什麼他就以為是什麼，一家人過日子，難道他還要每日查帳不成？

凝月在一旁看著凝洛冷笑，她以為人多就能勢眾？母親一句「沒有」，誰又能奈她何？

「有沒有，也不是妳一人能說了算。」凝洛回身向門外候著的人吩咐。「把證人請上來。」

杜氏一怔，便見杜保家的跨進門來。

「夫人，我們又見面了！」

杜氏當下心中一沈，看杜保家的走到屋子中央向各人行禮，不由警告道：「這些年我待妳不薄，妳不要胡亂編排我！」

杜保家的微微一笑。「夫人對我的好，我都記在心裡了，我一定會有什麼說什麼，絕對不說半句謊話。」

雖然聽到杜保家的那樣承諾，杜氏卻覺得心中發冷，還來不及再向那杜保家的說些什麼，便聽她將杜氏私藏嫁妝的前前後後全給抖了出來。

眾人越聽越氣，望向杜氏的眼神中都帶了譴責的意味。

杜氏努力控制著發抖的手，指著杜保家的，底氣不足地說道：「妳、妳莫要血口噴人……」

「夫人藏匿嫁妝的地方我已經說了，是不是血口噴人大家去看看便知。」杜保家的胸有成竹地說道。
「把鑰匙拿出來！」林成川走到杜氏面前，伸出手來，言語間不容置疑。
杜氏猶自掙扎，抬眼看著林成川，抖著嘴唇道：「那是……那是我的嫁妝……」
「是與不是，抬出來給大家看看便知！」有族人不耐煩地說道。
段氏是明媒正娶過來的，莫說嫁妝單子大家都看過，實物也都是過了目的。
「快快拿出來，不要逼我讓人搜妳身丟了體面！」林成川聲色俱厲。
杜氏身子一抖，險些從椅子上滑下去。她哆哆嗦嗦地從懷裡摸出鑰匙，正猶豫間便被林成川一把奪過去。
「去抬！」林成川將鑰匙一伸，便有一名小廝上前接過。
看著那命根子般的鑰匙被小廝拿過去跑開，杜氏再也沒力氣撐著身子，滑到地上哭喊道：「這麼多年，我沒有功勞也有苦勞呀！」
孫林氏看著杜氏癱坐在地上的醜態。「妳竟真的將那些嫁妝當自己的了？」
杜氏這次是真哭了，拿著帕子一把鼻涕、一把淚地抹著向孫林氏道：「我可是養大了她的女兒！」
族人紛紛搖頭，這種不講理的婦人難怪能將林成川拿捏得死死的。
凝月沒想到竟會演變成這種情形，忙走到杜氏身邊彎腰去扶，杜氏卻不肯起來，凝月只得蹲下身去。「母親，可別哭壞了身子！」

杜氏一把摟住凝月。「我這苦命的孩子啊！」

她想將那些嫁妝中一部分留給凝月，這下怕是一件也保不住了。

正哭喊著，便有小廝抬著嫁妝魚貫而入，又一一打開讓族人過目，正是段氏當日嫁到林家時抬來的絕大部分。

「只有這些了。」小廝將鑰匙交還到林成川手中。

林成川點點頭，才向著眾人道：「今日大姊和族人在此，我當著各位的面將亡妻的嫁妝交還給凝洛，還請大家做個見證。」說完便向那群小廝吩咐道：「將東西抬到芙蕖院去，一切聽從大姑娘的安排，除了凝洛，誰也別想再打這些嫁妝的主意！」

「老爺！」杜氏哭喊著向林成川撲過去，卻又說不出別的話，那些嫁妝她收了這麼多年，早就當成自己的東西，如今讓她拱手讓人，真猶如割肉剜心一樣。

林成川卻躲開了，冷冷地看著杜氏哭倒在地上，他心中對她已經沒什麼情義，如今見了她哭得一點形象都沒有的樣子，只覺得厭惡罷了。

凝月本來被杜氏摟著痛哭，卻又突然被放開來，她站起身看著那樣多的好東西盛在幾口木箱中，眼紅到恨不得撲上去抓幾樣在手裡。

當那些木箱緩緩地蓋上了蓋子，凝月只覺得就像是隔絕了她與錦衣玉食的日子一般，心中對凝洛的恨意更加深刻起來。
待那些木箱被小廝們抬走，凝月只差沒將手中的帕子擰出水來。
那些東西，杜氏都不曾在她面前露過幾樣，如今就全歸凝洛了！
凝洛收回了嫁妝，也不用再擔心杜氏急著讓她嫁人，有這筆嫁妝在手，把她嫁給誰，杜氏都捨不得。

一切收拾妥當，凝洛還沒來得及找機會將消息告訴陸宸，就接到陸家的帖子。
陸寧要過生日了，請些年輕人去家裡熱鬧熱鬧。
這次陸家總算寫明了，也請凝月過去玩，這讓杜氏心中還稍稍安慰些，出門前將兩個女兒招來叮囑一番。
「送給陸姑娘的禮物，我已經替凝月備好了，至於妳那份……」杜氏沒精打采地看了凝洛一眼，自從嫁妝運到芙蕖院，她好像一夜之間蒼老了許多。「我如今手頭緊，怕是準備不了合妳心意的禮物，妳自己看著辦吧！」
凝洛只是淡淡一笑。「不勞夫人費心了！」
自從當著族人的面要回嫁妝那日，凝洛對著杜氏再喊不出「母親」二字，只是二人同在屋簷下又不得不見面，因此凝洛便以「夫人」相稱。

哪怕凝洛已這麼稱呼她幾日，杜氏聽到「夫人」二字從她口中吐出來時，也還是像第一次聽到時那樣震驚。

這個被她視作棋子的便宜女兒，果然已經跳出她的掌控嗎？每每思及此，她就為那些嫁妝感到肉疼，一時又想不到能要回來的法子，也只有背著人的時候扼腕一番，卻並未完全死心。

「我到底養妳一場。」杜氏想喚起凝洛心中的親情。

「所以缺失的那些嫁妝我不要了，當做送給夫人的謝禮。」凝洛笑盈盈的，只是眼中毫無笑意。

杜氏被噎得說不出話，只覺心口發疼，只得不耐地向二人擺擺手。「去吧、去吧！」

一出林府，凝月看著凝洛嘲諷道：「妳現在有錢了，也能穿件新衣服了。」

凝洛哂笑一聲。「新衣是比舊衣讓人心情好！手裡有錢，心情就更好了！倒是妹妹妳，方才夫人說了她手頭緊，妳以後可省著些吧！」

凝月聽了這話氣得不行，卻又不好發作出來，想了想才勉強譏笑一聲。「妳別以為拿了點嫁妝就了不起，有些人福薄，壓不住財的！」

凝洛一副恍然的樣子。「原來如此！難怪夫人拿了我母親的東西這麼多年，卻也只是個看管！」

凝月嘴上沒沾到半點便宜，還將杜氏給罵了進去，氣結了半天才重重地「哼」了一聲轉過頭去。

二人一路沈默到陸府門口，車剛停穩，凝月便搶先下車，然後也不等凝洛，拿帖子給迎客的小廝看了就往裡走，火急火燎地像是要甩掉凝洛一般。

凝洛看了只覺好笑，自己穩穩地下車來，同那迎客的人驗過帖子，又將禮物交給一旁收禮的人，這才邁步進去。

陸寧正在二門後迎客，已有三五個年輕姑娘圍著她，在影壁前熱絡地聊著天，凝月忙走過去一副親暱狀。「陸寧，我來與妳拜壽來了！」

陸寧心中有些不喜，待看到是凝月時又見怪不怪了，只是見她一人前來，心中難免疑惑。「凝洛呢？」

凝月卻像是沒聽到一般，徑直走到陸寧身邊，向著其他人道：「在聊什麼這麼熱鬧？」

陸寧已看到凝洛慢慢走來，不由笑著招手道：「凝洛，這邊！」

凝洛走過去，也有從前見過的姑娘與她問好閒聊，一時影壁前猶如花團錦簇。

陸宣不知從哪裡冒了出來，笑嘻嘻地跟陸寧的一眾姊妹打過招呼，最後才向凝洛道：「凝洛姑娘也來了？多日不見，姑娘可還好？」

有陸寧的姊妹聽了打趣道：「二哥哥總是這樣，有了新妹妹，眼裡便沒了我們這些舊妹妹，也不知因此賺了多少妹妹的眼淚去！」

一句話引得眾人又紛紛笑起來，凝月在一旁恨恨地扯著手中的帕子，只恨凝洛不是那帕子能讓她撕碎。

陸宣被眾人哄笑也不惱，一眼看到凝月，總算記得這位是凝洛的妹妹，帶著討好小姨子的心態笑道：「凝月妹妹也來了？」

話音剛落，眾人聽得大門處有一個清朗的聲音道：「我來晚了嗎？」

凝月聽了陸宣的問話簡直又驚又喜，陸宣那和煦的笑容、溫柔的語氣，都讓她的一顆心狂跳起來，只是她都來不及跟陸宣說上一句話，就被一個陌生的姑娘攪了局。

眾人循聲望去，卻見一位明豔照人的姑娘含笑走了過來，那架勢倒是像與這陸家很熟似的。

有陸寧的姊妹認出了她，轉頭跟旁邊的人低聲介紹。「這是陸家的表姑娘。」

陸寧已笑著迎上去。「妳回來啦？」

那位姑娘朝陸寧伸出手來。「這麼久不見，我好想妳們啊！」

陸寧雙手拉住那位姑娘的雙手，親熱地說道：「我還以為妳留在江南不回來了呢！」

凝洛平靜地看著那人跟陸寧寒暄，說江南的風景雖好，氣候卻怎麼也不習慣云云。女子說話聲調歡快，有人圍著她問江南的見聞，她也耐心地一一答了，倒是一副溫柔可人的樣子。

只有凝洛知道，那只是她披著的一張皮。

因為前世害了她的，正是這位鍾緋雲。

「那是我表妹鍾緋雲，我帶妳去認識一下？」陸宣湊到凝洛身邊低聲道。

凝月在一旁臉色一沈，好不容易等到陸宣主動跟她說句話，被人打斷了不說，如今陸宣好像也忘了方才正在跟她講話了。

凝洛卻是淡淡地開口。「不勞陸公子費心。」

凝月一把抓住凝洛的手，向陸宣笑道：「讓陸公子幫咱們引薦一下多好，待會兒少不得要在一起玩呢！」

陸宣感激地朝凝月一笑，凝洛姑娘的妹妹真是懂事。

凝月心神一蕩，眼中只有陸宣的笑容，險些看癡了去。

陸宣又湊近凝洛，剛要說些什麼，鍾緋雲的聲音傳了過來。「宣表哥！」

凝洛循聲望去，鍾緋雲已經注意到他們幾人，正向著陸宣笑盈盈地打招呼。

「我就知道，姊妹們多的地方一定少不了宣表哥。」鍾緋雲款款走來，笑著打趣陸宣，卻不著痕跡地看了凝洛一眼。

「妳不要胡亂編排我！」陸宣笑著，卻也看了凝洛一眼，像是擔心她會介意鍾緋雲的話。

「我是聽說妳前兩日剛回京城，想著妳今日會來，所以才出來看看，遇到這群妹妹們，打個招呼也是應當。」在陸宣心裡，出來迎接表妹算不上什麼事。

可凝月忍不住再次向那鍾緋雲打量起來，果然見鍾緋雲聽了這話，有幾分嬌羞似的。「誰信你是為了出來見我？明明就是為了見別的姑娘們！」

陸宣索性也不再辯解，笑著向鍾緋雲道：「我介紹一位姑娘給妳認識！」

待到凝洛和鍾緋雲正式見過了，陸寧道：「都別在這裡站著了，咱們去花廳說話。」

凝月又是暗恨在心，都沒人幫她和鍾緋雲引薦，她明明離凝洛不遠，卻再次成為被忽略的那個。她生著悶氣落在後面，看著眾人擁著陸寧、鍾緋雲和陸宣三人，心中又為自己找了藉口，畢竟在場的人也不只她沒見過鍾緋雲，別人也不是都一一介紹了的。

正想著，陸宣不經意地回頭一望，眼神與凝月的眼神相觸，很快又移開了。

凝月被這一舉動撩得一顆心狂跳不已，她就知道陸宣不會忽視她，他定是怕那鍾緋雲看出她在陸宣心中不同，這才故意沒介紹她！

因為那一眼，凝月突然覺得自己同陸宣之間有了秘密，接下來這一日倒不再主動向陸宣身邊靠了，既然陸宣有意避著別人，她也不好表現得太過明顯。

偶爾陸宣跟別人講話時，眼神會飛到她這裡，她都不好意思地撇開眼，止不住地臉紅心跳。

陸宣卻毫無遮掩之心，他殷勤地跟在凝洛身旁，挖空心思地找話題同凝洛聊，問家中如何、問那次山中如何，又懊悔半天他沒留住山上，以至於讓凝洛受了驚嚇。

鍾緋雲坐在陸寧身邊，雖跟別人說著話，卻看著陸宣為凝洛斟茶倒水的樣子，吃起醋來。只是當著這麼多人的面，又不好說什麼，於是一有空閒的工夫便死死地盯著凝洛。

凝洛起身想要換個位置坐，剛一邁步卻發現衣裙的一角被面前的矮桌掛住了，正要回身卻被陸宣搶了先，只見他忙將凝洛的衣裙角拿起放下，然後笑著向凝洛問道：「凝洛要去哪裡？」

鍾緋雲見陸宣那副殷勤的樣子，臉上的笑再也繃不住了，不由帶了幾分責怪向陸宣道：「一段時日不見，我看宣表哥把我這個表妹給忘了吧？」

陸宣卻像是沒聽到一般，鍥而不捨地向凝洛說道：「家中地形複雜，要去哪裡我帶妳過去，免得迷了路。」

鍾緋雲被完全忽視，心中的不滿一下就變成了怨氣，正打算站起來找陸宣說理，便被陸寧拍了拍手。「他那人妳又不是不知道，每每認識了新妹妹都要如此這般，用不了兩天，他就又想起我們來了！」

看到陸寧，鍾緋雲才想起這是什麼日子，想到方才自己差點按捺不住，一時還有些後悔，忙向陸寧笑道：「我並未放在心上。」

回想了一下，和陸宣要好最久的也就她一個，鍾緋雲才又慢慢沈住氣，瞥了凝洛一眼，才向陸寧道：「今兒是妳的好日子，怎麼我瞧著那位姑娘總冷著一張臉呢？」

陸寧朝花廳外走的凝洛看了一眼，不甚在意地笑道：「她不是那樣的，估計是又被我那二哥給煩著了！」

鍾緋雲聽了這話卻更不喜，怎麼她放在心裡的人，到了別人面前就什麼都不是了？正要再看看那凝洛有什麼好，連陸宣都看不上。

卻聽陸寧喊道：「二哥，你過來這邊陪我們說說話！」

陸寧有意為凝洛解圍，畢竟她可是撮合大哥和凝洛的人，怎麼能再讓二哥糾纏凝洛呢？

可看在鍾緋雲眼裡，這事成了另一番解讀：懂事的小姑子顧全大局，將哥哥叫到嫂子身邊的舉動。

因此那鍾緋雲看著陸宣微笑著走過來，不由帶著讚賞的眼神看了陸寧一眼，只是陸寧也正看著陸宣，沒接到她的眼神罷了。

第二十三章　訂親

陸宸將送給陸寧的賀禮交給陸寧院裡的人，原想著也去花廳同妹妹說說話，卻見陸宣在凝洛身邊和她說著些什麼。

陸宸只能看見凝洛小半個側臉，也不知陸宣跟她說了些什麼，只見凝洛微微點了點頭，口中也說了幾個字。

陸宸心中有些泛酸，有時候他會心疼凝洛這麼多年沒人疼愛，可如今看到她受人喜愛，他又覺得有些接受不了，恨不能凝洛只專屬他一人才好。

陸宸向門口的丫鬟道：「跟姑娘說一聲，我還有點公事要辦，就不進去說話了，晚上家裡擺宴的時候再好好陪她。」

陸寧院裡的丫鬟得到陸宸吩咐，轉身走開，忙走進花廳向陸寧傳話去了。

凝洛從花廳出來時，陸宸剛好走出陸寧的院子，於是凝洛沒看到陸宸，也慢慢順著遊廊走出院子了。

只是剛巧陸宸並未走遠，出了陸寧的院子在花牆下嘆息。他雖有些看不上陸宣圍著姑娘獻殷勤的樣子，可像今日這般雖躲了那一花廳的姑娘，同時也離開心儀的對象，到底讓他有些意難平。

他隨手從花牆上扯下一片葉子，正打算抬腳離開，卻聽一個聲音天籟般在身後響起。「陸宸大哥？」

陸宸欣喜地轉過身，正見凝洛蓮步輕移向這邊走來，對他微笑道：「真的是你？怎麼一個人站在這裡？」

陸宸向著凝洛走了兩步。「不是正在聊天，怎麼出來了？」

凝洛聽他這麼說，也是滿臉疑問。「你去過花廳了？我沒看到你呀？」

陸宸這才發現自己說漏嘴，面上有些不自在，不過還是沈聲道：「過去送賀禮，只在門口站了站。」

「都不去跟陸寧說說話嗎？」凝洛有些不解。

都到了門口為何不進去？

「我看她正跟姊妹們熱鬧著，晚上再說吧！」

陸宸停了停又道：「而且，姑娘們見了我，好像都不自在。」

凝洛聽了不由一笑。「原來你自己也能察覺到！」

陸宸看凝洛笑得輕鬆，不由想起方才看到凝洛和陸宣說話的一幕，心裡突然就像被那花牆上的薔薇刺給扎到了，雖然不怎麼痛，但總歸是不舒服。

「我那個二弟話多，妳……」陸宸頓了頓才接著說：「妳不要和他多說話。」

凝洛一怔，繼而想到許是方才在花廳和陸宣說話時，被陸宸看到了，只是沒想到看起來那樣沈穩的一個人竟會說出這種話。

凝洛微微笑著向陸宸點頭，陸宸也正看著凝洛，二人四目相對，一時卻無話，只將情意放在眼神中，看著看著凝洛便紅了臉，又微微低下頭去。

即便如此，陸宸也沒有說陸宣的半句不是，沒有說他見了姑娘就愛糾纏，沒有說他在漂亮姑娘前總愛獻殷勤，也沒有武斷地說讓凝洛不要跟陸宣說話。

他只是說陸宣話多，就好像陸宣並不單單只是面對姑娘才那樣。

凝洛正在心中敬佩陸宸是個君子，卻聽陸宸的聲音輕聲從頭頂上方傳來。「妳家裡的事……怎麼樣了？」

凝洛抬起頭，望著陸宸微笑。「都好了。」

陸宸顯然也料到如此，想著她大事已了，他們的婚事是不是可以進行了？

雖然並不想這麼催她，但到底心裡急，恨不得趕緊把她娶進家門，他又忍不住追問道：「那我們？」

凝洛想到那日陸宸說起求娶之事，她當時羞於直接答應他，便說家中還有事。方才她告訴陸宸家裡沒事了，陸宸自然又順著提到兩個人的婚事。

凝洛卻說不出那個「好」字，前世她不曾被人這樣對待過，不曾這樣被尊重地徵詢意見，如今陸宸再次鄭重提起此事，她只熱著臉頰低下頭，卻連點頭的力氣都好像沒有了。

陸宸看她耳根微紅，面若桃花，也覺得自己問得太過直白，凝洛到底是個姑娘家，就算此刻只有二人還是會害羞啊！

陸宸胸口發熱，喉頭發緊，心裡彷彿有什麼字狂跳，不過到底是壓抑下來。她是姑娘家，自己萬萬不可莽撞。

陸宸略一沈吟，恰好看到旁邊花牆上有花開得正豔，恰如她面頰上那動人的顏色，當下從花牆上摘了一朵花遞到凝洛面前。「若是同意，妳便接了這花。」

凝洛看看面前的粉色花朵，又抬頭看向陸宸。

相較起陸宣溫潤的聲音，陸宸的聲音顯得多了幾分力量，卻給人堅定的感覺，讓凝洛不由信他、依賴他。

陸宸正微笑著。「妳也該回花廳了。」

凝洛眼神又落到那朵花上，凝著半晌，輕輕伸出手來。

陸宸看著那纖細柔媚的手指接過那朵花時，心尖彷彿被什麼輕輕撥動著，塵埃落定的歡喜湧上來。

凝洛淺淺一笑，猶如秋風吹過湖面，波瀾乍起，溫婉柔轉。

她接過花轉身而去了，低著頭，連看都沒好意思再看陸宸一眼。

低首垂眸見，女兒家的羞澀盡顯。

陸宸看著凝洛轉身，衣裙隨著她的動作旋成一朵盛開的花，一顆心只覺像是被什麼溫柔的情緒填滿，直到凝洛轉過彎消失不見，他也捨不得收回目光。

花廳裡仍熱鬧著，除了鍾緋雲並沒有人注意到凝洛回來。陸宣不知道去了哪裡，鍾緋雲的眼神落到凝洛手中的花上，卻是不屑地一笑。

凝洛將那朵花小心地收起，一直帶到家中。她只沈浸在和陸宸的回憶中，並沒看到凝月也像是有心事般坐臥不寧。

凝月懷揣著自己的秘密，從陸家離開的時候，陸宣出來幫著陸寧送客，她清清楚楚記得，陸宣的眼神在她身上經過數次，偶爾二人眼神相撞，便又慌忙逃開了。

凝月暗自欣喜著，偷偷地咀嚼著被喜歡的滋味，小心地遮掩著漾了滿心的歡喜，不敢讓人看出來，又總想找什麼人分享一下。

二人一路無語地回到林府，又默默地回了自己院子。

凝洛小心地拿出那朵花，依稀還有些香味，只是花瓣卻有些蔫了。

白露正端了茶放到凝洛面前，見她擎著一朵花出神，不由笑道：「可惜已經蔫了，不然還可以做個花箋。」

「幫我取些東西來。」凝洛輕聲吩咐道，眼神仍停在花朵之上。

她想留住那朵花，好像留住了那朵花，也留住了與陸宸相處的片刻時光。

於是在傍晚的窗下，凝洛細心地拿全新的毛筆蘸了水，先是將那花瓣一瓣瓣描畫乾淨，又拿了棉布輕輕沾乾上面的水，最後才將花瓣一片片夾在一本心愛的書籍之中。

白露見凝洛終於抬起頭，忙向小滿道：「快去幫姑娘揉揉肩！」

凝洛卻轉頭向小滿吩咐道：「春日裡咱們收的那些桃花雨水，妳去煮杯茶來給我喝吧！」

小滿一向擅長做這些活計，所以聽凝洛這麼說就應聲出去了，白露見狀放下手中的針線，走到凝洛背後為她捶肩。

姑娘今日一定是心情大好，不然怎麼捨得動那半甕的雨水呢？白露暗暗想著，卻猜不到凝洛是為什麼事高興。

凝洛一盞茶只吃了半盞，卻有人來通報說出塵的先生在門外，說是幫出塵詢問買書了沒有。

凝洛聽了難免心中生疑，她與沈占康幾日未見，對方也並沒有拜託她幫出塵買書。

雖然疑惑，可凝洛還是找了一本自己的書走了出去。

沈占康看凝洛走了出來，臉上的神色明顯有些不解，帶了幾分歉意解釋道：「想跟姑娘說幾句話，出此下策騙姑娘，還望見諒！」

凝洛也猜到了幾分，笑道：「先生做事小心，我並無責怪之意。」

沈占康不由多看了凝洛一眼，他總覺得今日的凝洛似是哪裡與從前不同，可匆匆打量一眼又看不出什麼。

「其實前兩日我已與林老爺說過此事，」沈占康心中突然升騰起傷感的情緒。「也和出塵打過了招呼。」

凝洛正納悶時，只聽沈占康繼續道：「沈某今日前來，是與姑娘道別的。」

凝洛微微一驚，正要開口問，沈占康卻像怕一停下來就再開不了口似地繼續說：「沈某寒窗數年，一直將修身齊家治天下奉為圭臬，唯願一朝高中能夠報效朝廷。之前出來教書是為了維持生計，承蒙府上抬愛，這才過了段安穩日子。」

沈占康想到當日落魄時，因為凝洛而改變的命運，認真地看著她道：「如今距春闈也沒多久了，我打算離開林府一心備考，明日便要走了。」

凝洛點點頭。是了，算著日子也快到了沈占康飛黃騰達的時候，如今他要專心備考，林家自然也不好強留他。

「先生才高八斗，此去定能金榜題名。」凝洛微笑說道。

沈占康是個有才的，她知曉他以後的命運，因此這話說出口時十分誠懇。
沈占康見凝洛態度如此，倒像是對他有萬般信心，一時心中十分感動，不由開口問道：「有一句冒昧之言，不知是否可說。」
凝洛笑著道：「先生請講。」
沈占康略一沈吟，才道：「若有一天高中，姑娘可否願與沈某共白頭？」
凝洛沒想到沈占康會有這麼一說，不由愣神片刻，才笑著隱藏尷尬。「先生胸懷遠大，裝的是家國天下，凝洛自愧不如，恐怕難以在先生身旁而立。」
沈占康聽凝洛委婉地拒絕，又見她眼神明亮坦坦蕩蕩，知道凝洛確實對自己無意，不由有些傷感。
沈占康又岔開話題說了說出麈的情況，最後才又再次向凝洛道別。「明日一早我就走了，姑娘多保重！」
凝洛點點頭。「恐明日不好相送，今日祝願先生早日高中！」
沈占康道過謝，人卻立在原地不動，這一別也不知何日才能再見到面前這位，心中縱是有萬般不捨，卻是不能開口說出一分。
「姑娘珍重！」沈占康向凝洛抱了抱拳。「終我沈某一生，都會記得姑娘的知遇之恩！」說完，再不敢多看凝洛一眼，放下雙手，轉身而去了。

凝洛看沈占康離去，心中也是感慨萬分，不想此生竟真的與尚名不見經傳的人有了這般瓜葛。只是他對自己的一番情意，自己終究是要辜負了。

自凝洛應了陸宸，陸宸便急著找陸夫人去說這事，可因著陸寧的生日，一家人熱鬧到很晚方才散了，他沒忍心再打擾母親休息。

翌日一早，陸宸早早去母親房裡請安，剛好房中又沒其他人，陸宸乘機向母親說起要娶親的事。

陸夫人本來因為前一晚被陸寧鬧得有些過了，睡了一晚還覺得全身乏累，正揉了揉額頭打算端茶來喝，突然聽見陸宸說要向哪家姑娘提親，驚得一口茶一下就嚥了下去。她忙將茶杯再放回去，人也瞬間精神了。「你說是哪家的姑娘？是你要成親嗎？」

陸宸看一向端莊的母親如此，不免有些好笑，又見母親像是沒聽清楚他之前說的話，他才忍住笑意道：「是，求母親為我求娶林家的大姑娘。」

陸夫人確認是這位無意嫁娶的大兒子動了凡心，一時高興地連連點頭。「好！好！就算你看中天上的仙女，母親也要想法子去提親！」

陸宸一時有些哭笑不得。「母親何至於如此！」

陸夫人對陸宸擺擺手，險些紅了眼睛。她的三個子女，雖然陸宸是最讓她省心的，可這終身大事卻是最讓她頭疼的。

尤其這陸宸又慣愛舞刀弄劍，成日只和要好的兄弟們在一起，她真怕這個兒子一輩子就這麼過了。如今他跑來說看中別人家的姑娘，她總算體會到了什麼叫撥雲見日，心中只覺暢快無比。

高興過後，陸夫人才回過頭想起陸宸說的那位姑娘，有些不確定地問道：「是你祖母壽宴時，和咱們家陸寧對詩的那位姑娘？我記得好像是叫……凝洛？」

陸宸點點頭。「正是林家凝洛姑娘。」

陸夫人再次稱好。「你是個有眼光的，我這兩日就準備準備，挑個日子便找人去向林家提親！」

陸宸得了母親的許諾就回去安心等著。

陸夫人越想越覺喜不自禁，又向老夫人提起此事，老夫人自然也是非常高興，婆媳二人又回憶了一番見凝洛時的情形，並商議了一番提親的人選才算盡興。

卻說前一日為陸寧慶生，散了席，陸宣仍是意猶未盡，又叫了幾個人繼續吃了一個時辰的酒才回房歇息，因此第二日起得晚了，他匆匆趕到陸夫人房裡，本來擔心母親責怪而準備了一肚子的好話。

沒想到，陸夫人卻只是笑著責怪了他一句。「這麼大的人了心裡還沒點數！」

陸宣見母親心情不錯，正要撒嬌賣個乖，只聽陸夫人向他擺擺手道：「你出去吧，我這兩日要忙向林家提親的事，沒事你也不用過來請安了！」

陸宣聽了這話心頭一喜，想也沒想地點頭。「是！母親，那我就先退下了！」

他轉身從陸夫人房裡出來，心裡喜孜孜的，想來是母親看出自己對凝洛有意，動了為自己求娶的念頭。

這麼想著，陸宣感覺到腳下生風一般，臉上掛著的笑，讓每個人都知道陸家二爺心情很好，他很想跟什麼人說說這事，不自覺走到了陸家園子裡。

陸宣一心沈浸在母親為自己提親的喜悅中，絲毫沒有想到別的可能。畢竟從前家中長輩要為陸宸訂親事的那幾年已經過去了，這些年誰也不提陸宸婚事的話題。

這兩年，長輩們自然又將他成家的事天天掛在嘴上、放在心上，想來是上次老夫人壽宴和這次陸寧過生日，眾人都看出他對凝洛有意，這才決定向林家提親了！

正被喜悅帶著向前走，陸宣突然注意到有人正遠遠走過來，腳下停了停，才看清是鍾緋雲。

鍾緋雲從小也算是和陸宣、陸寧一起長大，兩家走得近，常有來陸家小住的時候。她前陣子跟著家中做生意的長輩去江南遊玩了一番，回來後參加陸寧的生日宴還是第一次露面，因此陸老夫人和陸夫人就把她留下了。

陸宣正興奮著找不到人說話，一見鍾緋雲，簡直是瞌睡來就有人送枕頭，忙快步迎了上去。「表妹！」

鍾緋雲一早也看到陸宣，腳下卻躊躇著不知是該走過去還是轉身走開。

兩小無猜地長大，早就到了懂事的年紀，她心裡存著表哥，卻摸不透表哥的心思。鍾緋雲為了陸宣不知生了多少閒氣，可每當陸宣那張英俊的臉出現她面前，笑著喊「表妹」，她就全都原諒他了。

那一聲「表妹」總被她聽出些別的意思來，和表哥稱呼其他姑娘時的語氣語調都不同，含著自幼一起長大的親暱和情分呢！

因此，當陸宣笑得無比燦爛對著鍾緋雲走過去，她只以為陸宣是因為見了她所以才格外高興。

「表哥。」鍾緋雲努力克制住心中的激動，表面上裝作淡淡地同陸宣打招呼。

陸宣雖滿心歡喜，可見了鍾緋雲的態度還是有些意外。這個表妹從前與他打打鬧鬧、說說笑笑，何曾像今天這般保持距離的模樣，彷彿他們不熟似的。

「表妹怎麼了？」陸宣雖口中這麼問著，心中卻仍想著母親要向林家提親的事。

鍾緋雲微微一笑，甚至還向後退了半步。「如今你我都大了，到底男女有別，不該再像小時候一般毫無顧忌。」

她從家中長輩的口中聽到過隻言片語，好像說過親上加親什麼的，陸老夫人一貫也是對她喜愛有加，她隱隱總覺得自己有一天會和陸宣舉案齊眉。可越是如此，二人就越是要離得遠些，省得被什麼不相干的人在背後嚼舌根，倒壞了她在長輩們心中的形象。

陸宣聽了她的回答，不由嗤之以鼻。「妳怎麼也在乎起這些了？我們是表兄妹，跟別人不同的！」

鍾緋雲聽了這話不由心頭一熱，陸宣親口說她與別人不同呢！只可惜她礙於姑娘的面子，不能跟表哥說他在她心中也是不同，只得含羞低了頭去。

陸宣完全沒注意鍾緋雲的反應，他見鍾緋雲沒吱聲，以為她被自己說服了，繼而興奮道：「表妹，妳表哥我就要成親了！到時候給妳帶一位漂亮嫂嫂回來！」

鍾緋雲原本低著頭沈浸在一種曖昧的情緒中，突然聽了陸宣這句，只覺晴天霹靂一般。

「你說什麼？」鍾緋雲難以置信地抬起頭，還向著陸宣又跨了一步，只差沒抓住陸宣質問，完全忘了她方才說的「男女有別」的話。

陸宣喜不自禁。「我說，我要成親了！母親近日就去林家提親，就是昨日那個凝洛姑娘，妳記不記得？妳肯定記得！畢竟那樣天仙一樣的姑娘，誰見了都是過目不忘……」

鍾緋雲看著陸宣滔滔不絕，興奮之情溢於言表，一顆心頓時碎成了七零八落。她一心仰慕的陸宣表哥，心裡竟全是別人！這還不算，他竟要與別人成親了？

鍾緋雲也沒聽到陸宣後來說了什麼，她只是強忍著眼淚木訥地點頭，然後失魂落魄地向陸老夫人和陸夫人辭行，又木木地回到自己家中才哭出聲來。

鍾緋雲的母親見狀立馬慌了神，卻怎麼問也問不出話來，又心疼女兒不吃不喝的地直哭，便說要去陸家問問，怎麼好端端地去了，回來竟哭成這樣。

鍾緋雲一聽忙拉住鐘夫人，抽抽噎噎地道：「萬萬不可！女兒……女兒只是為表哥感到高興，不知怎麼就流淚了！」

「這是說的什麼話？怎麼高興倒哭起來了？妳表哥怎麼了？」

「他要成親了！」鍾緋雲哭喊出這一句，又忍不住掩面痛哭起來。

鍾夫人也顧不得勸她，只是奇道：「都沒聽說訂親，怎麼就要成親了？」

鍾緋雲只是哭個不停，鐘夫人也有些按捺不住，索性去陸家打探消息了。

待到她旁敲側擊地同陸夫人聊了半天，才知道是女兒搞錯了，笑著向陸夫人道過喜便離開了。

鍾夫人出府的時候遇到陸宣，自然是要說上幾句，臨走卻又向陸宣多說了一句。

「你妹妹還以為要成親的是你呢！」

陸宣一怔，來不及反應，陸夫人已上了馬車離去。

陸宣整個人像是突然掉進了冰窟窿裡，一時整個人都僵了，完全沒辦法思考。

「以為要成親的是你」，難道不是？

不是他又是誰？陸家還有哪個年齡合適的男子？提親的對象是凝洛嗎？或者，是凝洛的那個妹妹？

陸宣心中亂著，正巧陸夫人房裡的丫鬟出去買東西回來，見陸宣呆立在門外便上前施了一禮打算離開。

「站住！」陸宣回過神，忙叫住了那丫鬟。

那丫鬟疑惑地停下，回頭。「二少爺有什麼吩咐？」

「母親是打算給誰提親？」

「大少爺呀！」

陸宣呼吸一滯，然後又問道：「是哪位姑娘？」

「說是林家的大姑娘。」丫鬟老老實實地回答。

陸宣只覺胸中一痛，整個人都恍惚起來，連那丫鬟問他還有沒有事都沒聽見。

陸宣傷心欲絕，又覺頭腦空白一片，跌跌撞撞地走回自己房去，直挺挺地躺在床上，任誰叫也不肯應。

他以為自己表現得夠明顯，家裡人都知道他心意所屬，卻沒想到愛慕凝洛這事，竟成了他一個人的秘密。

他兀自消沈著，因家裡忙著要提親的事，誰也沒顧上他。何況他一貫樂天自在，旁人都覺得過不了幾日，他自己便好了。

唯有鍾緋雲，聽母親信誓旦旦地說她搞錯了，陸家是要為陸宸提親，並不是陸宣，她還半信半疑著，以為是陸家怕傷了母親的臉面因此先瞞著。可細想，又覺得不通，這種事有撒謊的必要嗎？

鍾緋雲並未跟人說，她從陸宣口中親耳聽見他要成親的事，再想到陸宣那副歡天喜地的樣子，只怕是連陸宣自己都搞錯了。

天色已經暗了下來，鍾緋雲又忙梳洗打扮一番要前往陸家，鍾夫人勸了半天都沒攔下，只得叫家丁套了車送她去。

鍾緋雲趕到陸宣房中時，只見房中僅點了一盞燈，飯菜擺在桌子上都涼了，陸宣卻靜靜地躺在床上，不知是醒著還是睡著。

她進來之前就聽門口的小廝說，陸宣躺半天了，叫他吃飯也不肯，喝水也不應。如今進屋見了這副景象，她心中只覺淒涼，不由對陸宣萬般心疼起來。

「表哥？」鍾緋雲坐到陸宣床邊處輕聲喚道。

陸宣盯著房頂，一言不發。

「表哥……」鍾緋雲再次開口，試著去安慰那個沈默的人。「世上的女子那麼多，表哥何必為那一個作踐自己？」

陸宣腦中閃過從小到大圍繞在他身邊的姑娘們，他發現自己還是最想要凝洛。

鍾緋雲看著陸宣，心裡的滋味又酸又疼，表哥從前多麼無憂的一個人，竟因為一個姑娘鬱鬱寡歡至此！

「而且我聽說那林家的大姑娘從小沒了生母，像她這樣的出身肯定配不上陸家的。」鍾緋雲自以為是地繼續安慰。「那天我看她性子也不夠好，若是表哥真娶了她，我看以後受委屈的肯定是表哥呀！」

他從來沒有在乎過凝洛的出身，而且，凝洛的性子多好啊！

陸宣有些後悔向鍾緋雲顯擺要向林家提親的事，不然這會兒她也不會跑到他房裡，來說這些不疼不癢的鬼話。

「表哥還是起來用飯吧！」鍾緋雲繼續對著不聲不響的陸宣說道。「那位大姑娘雖有幾分姿色，看久了也就厭了，唯有那些與表哥知根知底的姑娘才可能相伴一生，表哥想開些，起床用飯吧！」說著，便伸手去拉陸宣的胳膊。

「滾！」陸宣總算吐出一個字，相較於他從前總是嬉皮笑臉的模樣，這樣向鍾緋雲說話已經是很重了。

鍾緋雲被陸宣甩開手，不由呆了呆，想到自己看到陸宣的樣子，心裡疼得簡直能滴出血來。不過一想到陸宣這般對她，心中不由又羞又惱，眼淚也跟著簌簌地落了下來。

陸宣卻毫無知覺似地繼續躺著，鍾緋雲見他連看自己哭了都無動於衷，氣得起身一跺腳便走掉了。

鍾緋雲傷心不已，心中又氣，氣陸宣為了個姑娘成那副樣子，又氣陸宣出言傷害自己。

到最後，她心中所有的氣都化成了恨，恨凝洛。恨她勾走了陸宣的魂，又將陸宣踩在腳下，更恨的是，凝洛得到了她萬分想要的，陸宣的喜歡。

第二十四章 下聘

凝洛得了陸宸的許諾在家安生等著，偶爾和宋姨娘一起做做針線，卻又總怕自己一個忍不住向宋姨娘討要鴛鴦的花樣而被對方看出心事。

有時候她也會出門走走，杜氏如今不大管她，想來親事定了之後也不會上心，她總得提前做些打算。

這一日，凝洛帶著白露和小滿在之前購置的那間鋪子轉了一圈，這鋪子重新裝潢過一番，已開始做起布莊生意。她交代著她們二人，這生意如何如何，要她們學起來。

小滿聽了，自然是有些吃驚，白露卻並不意外。「姑娘的婚事怕是很快就有著落了，以後嫁人了，總不能出來做買賣，這做買賣的事需要我們來經手，姑娘只需要定時查查帳就是了。」

凝洛聽了，抿唇輕笑。「就妳機靈，瞎說什麼呢！」

不過終究沒反駁什麼，白露見此，越發肯定了，當下凝洛交代的那些帳目，她都用心記著。

小滿見此，知道自己以後怕是要被委以重任，也不敢耽擱，努力支起耳朵聽。

這邊好不容易教了她們不少，又讓她們跟著掌櫃的學習，凝洛自己則過去茶樓稍作歇息，誰知道一進茶樓就碰見陸宣。

陸宣雖然傷心了幾日，可日子總歸要過下去，他又有茶行生意要打理，因此不得不打起精神來。

後來他也有些後悔對鍾緋雲的態度太過粗暴，畢竟他對姑娘們說話一向都是和風細雨的，那日聽不進半句勸，所以才失了態，有機會少不得要找表妹道個歉。

陸宣遠遠地看見凝洛出現在茶樓前，還有些不敢相信自己的眼睛，以為自己是思念成疾看花了眼，待到看凝洛移步前行的時候，他終於忍不住快步衝了過去。

「凝洛！」陸宣見凝洛要走遠，忙出聲喚道。

凝洛下意識地想回頭，腦中就反應過來那個聲音的主人，猶豫了一下才停下。她相信，如果自己裝作沒聽到繼續前行，後面那個人會喊得整條街都知道她的名字。

陸宣走到凝洛身旁還未開口，只見凝洛客氣地對他一笑。「原來是陸公子，沒什麼事的話，我先走了！」

陸宣閃身攔在凝洛身前。「妳真的就那麼討厭跟我說話？」

凝洛不想與他糾纏，仍是客氣微笑。「陸公子多心了，我確實還有事要辦。」

陸宣看著凝洛，想到凝洛可能知道陸家要提親的事，想到凝洛往後只對著陸宸微笑，他不由心痛道：「妳不喜歡我是嗎？」

凝洛有片刻的失神，她突然想到前世陸宣對自己說過的那些甜言蜜語，溫柔的、讓人沈醉的，可轉眼他就娶了鍾緋雲，就好像自己是他用來練習說甜言蜜語的戲偶，那些承諾的實踐對象另有其人。

凝洛抬起眼看著陸宣，見陸宣擰著眉，還在等她的回答。

「我為什麼要喜歡你？你以為自己是誰？」

凝洛說話的聲音不大，卻清晰無比地傳到陸宣耳中。

他看著凝洛說話時淡淡的表情傷心不已，凝洛那副樣子分明就是半點沒放他在心上。

凝洛的風淡雲輕刺痛了他，他見多了姑娘笑嘻嘻地與他打鬧，見多了姑娘含情脈脈地偷看他，他難得對一個人動了心，這人卻說「你以為自己是誰」。

陸宣紅著眼緊緊盯著凝洛，又向她邁了一步。「妳為什麼……」

話還未說完，陸宣只覺有人在身後猛地拽過他，還沒看清是什麼人，臉上便重重地挨了一掌。

陸宸本來正在宣墨齋，出門辦事的小夥計興沖沖地跑回來向他說，看見了那位常來的姑娘，去了前面那條街的茶樓。

陸宸一聽有些坐不住，又不好讓夥計看出什麼，假裝不在意地點點頭，然後問道：「你的事辦完了？」

夥計聽了這話臉上不由一垮，忙一面向外退一面道：「這就去辦！」

待夥計出了門，陸宸才匆匆往茶樓趕，卻不期然看到了陸宣糾纏凝洛。

如果說從前他不確定凝洛的心意，看到陸宣黏著凝洛，雖心中不快也還能忍上一忍，如今凝洛已點頭許嫁，家中又忙著向林家提親的事，陸宣再這麼纏著凝洛，就讓他收不住心頭的怒火了。

陸宣被那一掌打得耳鳴眼花，好不容易恢復些神智提拳要打回去的時候，才看清是自家大哥。

「這是你未來的嫂子！」陸宸餘怒未消。「對嫂子你總該有敬重吧！」

陸宣低頭不語，陸宸繼續道：「退一步講，就算不是自己嫂子，你也不該騷擾人家姑娘！」

陸宣心中雖仍是不服氣，可聽陸宸這麼說也無可反駁，囁嚅地說句「記住了」便掉頭走了。

陸宸擔心凝洛被陸宣那個樣子嚇到，不由出言安撫道：「沒事了，妳不要怕。」

凝洛卻並不在意的樣子，淡淡地說道：「沒什麼，習慣了。」

陸宸看她不當回事的樣子，不由心疼起來，他大概瞭解凝洛在什麼樣的環境中長大，凝洛方才的話說得越輕鬆，她從前受過的委屈便越多。

陸宸輕輕牽起凝洛的手，凝洛抬眼看向陸宸，眸中有一絲詫異。

陸宸胸中有無數的承諾，卻不知怎麼樣能讓凝洛看到他的心，最後只說了這麼一句。「我以後一定會好好保護妳，不再讓妳被任何人欺負了去！」

凝洛被陸宸握著手，看陸宸眼中柔情似水，明明白白只映著她一個人。

她腦中突然就湧入上輩子淒慘的一生，被杜氏和凝月壓制著，擺布著不知反抗；被陸宣用幾句話綁在身邊，做著有朝一日能得到名分的美夢；終於要逃離那樣的人生時，卻被人趕上了絕路……

她想起那座淒涼的孤墳，在冷風中沈默著無人問津，又想到這輩子曾經的種種無助，故作堅強地憑一人之力去改變命運……

而眼前的這個人鄭重地許諾會保護她，她突然就有種心上的石頭被移開的感覺。

凝洛盈著淚看向陸宸，卻是忍不住笑了。

這個人總能帶給她從前不敢奢望的感動。

陸夫人很快就張羅好一切，提親的人選是和陸老夫人商議過，因兩家從前並不相熟，一時也想不到既同陸家交好又與林家有來往的，就派了一位陸家的管事嬤嬤出面。那嬤嬤自然樂意走一趟，這是陸家的喜事，她能做點什麼也是求之不得。

到了林府門口，向門房說明了來意，門房一聽是這等大事，忙引著那嬤嬤往耳房先坐了，然後慌忙去向杜氏通報。

杜氏正和林成川抱怨朝廷這個月的俸祿為何發放得這麼晚，凝月剛好過來找杜氏說話，杜氏少不得又藉機指責凝月花費太多來敲打林成川。

「妳如今可省著些吧！」杜氏向凝月說道：「我還要給妳攢嫁妝呢！妳又不像有的人那麼好命，不愁衣食地長大了，到了嫁娶的年紀，天上竟能掉下一大筆嫁妝來！」

凝月雖然知道杜氏另有所指，可聽了這話心中也仍是不高興，又不好反駁杜氏什麼，索性也噘著嘴向林成川說話。「母親這些年操持著這個家，竟落得如此地步，我真是為母親感到不值！」

林成川被那母女兩個唸得一個頭兩個大，正覺腦中亂成一片，便見門房跑到了門口。「夫人！」

那門房喊完「夫人」才發現林成川和凝月也在，這才收住步子在門外向林成川施禮。「老爺，二姑娘！」

杜氏見是門房親自來報，找的人還是她，心想著或許是自己娘家又來了什麼人，心中的情緒一時微妙起來。

杜氏雖然對外口口聲聲說是娘家貼錢給林家，實際卻是恰恰相反。娘家人每每打著來探望她或者凝月的旗號，帶幾包不值錢的點心過來一趟，大吃大喝還不算，走的時候少不得還要帶上些吃的用的，甚至銀子。

從前杜氏每年都將貼娘家的這一部分預先留出來，若是有嫂子弟媳什麼人過來，她必定不會讓他們空著手回去，可最近她才被迫將凝洛的嫁妝吐出去，剩下的這些年積攢的家底怎麼看怎麼覺得寶貴，連她自己房裡的午飯都減了一樣葷菜，如今想到娘家來人便有些不耐了。

「是誰來了？」杜氏皺著眉向門房問道。

門房也不知主子對陸家提親這事的態度，連笑也不敢，只哈著腰回道：「陸家來了位嬤嬤，說是上門求親來了！」

凝月聞言心頭狂喜，她就知道陸寧生日那天，陸宣幾次三番地看她，定是對她有意，這才回來幾天便要上門求親了！

杜氏也不做他想，一聽陸家求親自然想到的就是凝月，畢竟她當日苦心經營地巴上陸家，也是為著凝月能有門好親事，雖然當初不敢奢望陸家這樣的門第，但凝月的造化，誰又能說得準呢？

杜氏看向凝月，見她也是滿面含春，便知凝月也是心中有數，想到近來事事不順，眼下總算有一樁大喜事發生，不由喜上眉梢。

那可是陸家，京城的望族陸家啊！她以後可就是陸家公子的岳母了，唯一的女兒能嫁得這麼好，她總算風光了！

「真有妳的！」杜氏拿食指輕戳著凝月的腦門，一臉的春風得意。

凝月羞得紅著臉躲了躲，口中嬌嗔地喊了一聲「母親」，便低著頭不好意思再抬起來。

林成川見那門房還杵在門外等著，而杜氏和凝月二人卻打啞謎似地不知在搞些什麼，不由乾咳一聲。「有什麼話回頭再說，我們也該去迎一迎。」

杜氏正高興著，冷不丁聽林成川這麼一說便有些不痛快。

她本就覺得林成川在一個位置上坐了多年不被提拔窩囊得很，如今陸家又來向她的女兒求親，她自然覺得自己已比林成川高了一頭，因此再看林成川那副諸事沒個主意的樣子，有些不耐煩起來。

「老爺在官場摸爬滾打這麼多年，怎麼連這點兒事都搞不明白？」杜氏跟林成川說話的樣子簡直是鼻孔朝天，林成川一貫不與她一般見識，自然是由著她說的。

「如今是男方來咱們家求親，你我是未來的岳丈岳母，豈有我們出去迎媒人的道理，那不是自降身分嗎？」

林成川本來的意思也不是親自去迎，可被杜氏這麼劈頭蓋臉一通數落，也沒什麼心思辯解，只是問道：「那讓人家在門房一直等著？」

杜氏這才發現那門房還立在門外，不由斥道：「還傻站著幹什麼？還不快把人請進來！」

門房聞言應聲轉身便走，杜氏到底覺得這樣對陸家求親好像不太看重，又喚來她最中意的丫鬟立春，囑咐道：「妳親自去迎那嬤嬤，把嬤嬤請到廳裡，上些點心茶水，記住，要上最好的茶！」

林成川見杜氏交代完，才又說道：「咱們也往待客廳那邊去吧！」

話音剛落，又換來杜氏一個白眼。

「咱們家是姑娘，你我二人就代表著咱們凝月，這麼急著過去，生怕人家看不出來咱們恨嫁嗎？總得矜持一下，讓那嬤嬤稍等片刻，好讓陸家知道，咱們是不愁嫁的，即使是陸家那樣的人家來求娶，咱們也是沈得住氣。」杜氏越說越得意。

凝月在一旁覺得沒自己說話的分，只低頭絞著帕子玩，臉上的笑卻怎麼收也收不住。

林成川看著這對母女在心中嘆息，現在如此拿捏作態，等到凝月真嫁到陸家去，杜氏怕是要在家中翻過天去。

沈默了片刻，林成川看著坐立不安的杜氏說道：「還是莫要人久等，若那嬤嬤回去說咱們怠慢了，豈不耽誤女兒的好事？」

杜氏正覺難熬，聽林成川這樣說也覺不無道理，便忙起身道：「估摸著人也到了，那過去吧！」

她走得步履匆匆，想到來求親的陸家人，面上就忍不住浮起笑來，倒是方才被她指責的林成川走得如往常一般從容。

直到臨近那待客的廳門口，杜氏才刻意慢了下來，又皺著眉向落在後面的林成川瞪了一眼，等林成川快走了兩步趕上來，二人才一起慢慢走進廳裡。

嬤嬤正吃著茶，眼睛餘光一見有人前來便忙站起身來。

立春原本就在一旁站著，見狀忙向那嬤嬤道：「這是我們家的老爺夫人了！」

立春在迎那嬤嬤的時候已打聽過了嬤嬤的姓氏，因此欲向林成川夫婦介紹那位嬤嬤，只是未來得及開口，便見杜氏一臉笑容地迎過去。

「周嬤嬤！怎麼竟是讓您老來了！」

在陸老夫人壽宴那日，杜氏見過這位周嬤嬤，當時她只覺這位嬤嬤好不威風，好像整個陸家下人都要聽她調度安排，即使陸家的那些主子們，也都對她帶了幾分尊敬。

後來一打聽才知道這位是陸家的管家嬤嬤，在陸家都伺候多少年了。她原想上前說句話套個近乎的，畢竟這種老嬤嬤在主子面前多少能說上一句話，可那天周嬤嬤忙得很，直到嬤嬤將事情安排妥當離開，她都沒能插上一句話。

周嬤嬤見到杜氏如此熱情多少有些驚訝，她並不記得跟這位林夫人打過交道，可看這位夫人的架勢又像與她很熟似的。

只是那周嬤嬤在陸家打滾了這麼多年，也是見過世面的，她見杜氏走過來，便忙笑著略施一禮。「夫人客氣了，能為我家少爺走這一遭，實在是我的造化！」

杜氏見了前來提親的這位，心中也是很滿意，能派這麼一位嬤嬤來，想來那陸家也是極為重視此事，那凝月嫁過去不會受委屈了！

幾人都坐定了之後，杜氏又堆著笑說道：「我就說，在城裡多走動走動是好的，不然誰能知道誰家有待娶的少爺，有待嫁的姑娘呢？」

周嬤嬤點頭稱是，見杜氏不但笑得合不攏嘴，也沒有要停下來聽她說話的意思，便耐下性子聽她講了。

「我們家凝月啊，雖然從小也是我捧在手心裡長大的，可人卻一點都不嬌氣！」杜氏忍不住向周嬤嬤誇讚起凝月來，只希望那嬤嬤回去能多為凝月說幾句好話，以後嫁過去也好做些。

只是那嬤嬤聽了這話有些詫異，正思量要不要開口，又聽杜氏說道：「這孩子心眼兒好，人又孝順勤快、知書達禮，長輩跟前的晨昏定省那是一次也沒缺過！

「凝月打小就懂事，知道心疼人，辦事也讓人放心。」杜氏誇起凝月就停不下來。

「我也在教著她理家，她人聰明，學得很快，等以後再跟那邊的老夫人、夫人學學，肯定能為家裡分憂的！」

杜氏心裡算盤打得響亮，將嬤嬤這個年紀的人會看重的優點，全都一股腦加在凝月身上。

周嬤嬤一臉地難以置信，好不容易等杜氏住口，才試著問道：「夫人說的凝月是大姑娘嗎？」

杜氏不知周嬤嬤為何這麼問，倒是林成川聽這話問得蹊蹺，想要向嬤嬤問一句什麼，卻被杜氏快人快語地搶了先。

只見杜氏一擺手道：「欸！凝月是二姑娘，比大姑娘就小一點點，沒能在林家占了先呢！」

周嬤嬤聽了這話才放下心來，方才聽杜氏說什麼凝月，她還以為她把人家姑娘的名字給搞錯了呢！

周嬤嬤笑著向杜氏點點頭。「聽夫人說的二姑娘也真是不錯，不過我今日是來向大姑娘提親的！」

杜氏聽了這句半天說不出話來，她無論如何也不敢相信周嬤嬤說的話，心想，這嬤嬤年紀大了，管的事情又多，定是弄錯了。

「來向……大姑娘提親？」杜氏不確定地問道。

周嬤嬤點頭。「正是。」

林成川在聽嬤嬤說是向凝洛求親時就覺得如坐針氈，如今杜氏反覆向周嬤嬤求證，更是有些坐不住了。

只是杜氏不給他說話的機會，兀自向周嬤嬤問著。「當真是林家的大姑娘？」不等嬤嬤回答，杜氏又換了一種說法問：「是林家沒有生母的大姑娘？還是說填房生的大姑娘？」

她已經顧不得臉面，如果凝月能嫁到陸家，丟些臉面又算得了什麼？

也許陸家認為凝月才是林家正經的大姑娘呢？就算這種可能性很小，可萬一呢？

杜氏的最後一絲僥倖被周嬤嬤的那句「凝洛大姑娘」擊得粉碎，她頓時面如土色，可雙眼仍死死地盯著周嬤嬤。

「為什麼？凝月不是挺好的嗎？」杜氏腦中只剩方才和周嬤嬤談笑風生的模樣，不死心地追問。「方才嬤嬤也說凝月好呀！」

周嬤嬤頓時一臉尷尬，她也不知道這位林夫人怎麼就認定了，她是來為那個凝月求親的，最後的這個問題她實在是答不上來呀！

林成川總算忍不下去了，見杜氏說得越發不像話，不由滿臉羞愧地向周嬤嬤微點了一下頭，這才向杜氏斥道：「妳回房去吧！」

杜氏怔怔地看向林成川。「你為什麼要趕我回房？月兒的事還沒定下來呢！」

林成川見她鬼迷心竅一般，便向立春吩咐道：「把夫人扶回房裡休息！」

周嬤嬤訕笑著低頭吃茶以掩飾尷尬，立春幾乎是半拽著杜氏走出去了。

「讓您見笑了！」林成川羞愧難當。

林家的主母這個樣子，莫說傳到陸家那裡，就是傳到市井小民耳裡也是不好聽。

周嬤嬤沒事人似地向林成川笑道：「那我們陸家大少爺和大姑娘的親事……」

林成川心中也清楚，若是錯過陸家，他的這兩個女兒恐怕都沒法找到更好的人家了，便點頭道：「一切都按規矩來吧！」

周嬤嬤一聽知道這事是成了，又和林成川交換了陸宸和凝洛二人的庚帖，這才高高興興地回府覆命去了。

凝月從杜氏那裡聽說了求親的真相，雖然眼紅凝洛能嫁到陸家，可一想到嫁的是那個嚴肅得讓她害怕的陸宸，又覺得這婚事給她，她還不要呢！

杜氏看凝月並不是很在意，不由向凝月責備道：「都什麼時候了妳還這般心大？她本來就得了一大筆嫁妝，如今又要嫁到陸家做大少奶奶，這都要爬到我頭上去了！」

只要不是陸宣娶凝洛，凝月頂多也就氣一下，畢竟她心裡還殘存著希望，說不定下一個就輪到她了呢！

杜氏看著凝月又想起一事，怒從心中起。「那會兒我看妳，也像覺得是向妳求親，這到底怎麼回事？妳和陸家少爺到底有沒有可能？還有，凝洛是什麼時候認識了陸家大少爺的？」

杜氏擰著眉想不明白，她只見過陸家二少在陸老夫人壽宴那日同凝洛說話，倒不知凝洛什麼時候又搭上了老大。

凝月聽母親問了一堆，不滿地反問道：「您問了這麼多，到底要我答哪一個？」

杜氏也覺自己問了許多卻沒有重點，想了一下才鄭重其事地問道：「妳只要告訴我，聽說陸家來求親的時候，妳為何覺得是向妳求親，妳是不是與陸家的什麼人發生了什麼事？」

杜氏之所以將這個問題挑出來問，是覺得這個問題的背後，可能有很嚴重的問題。好端端的凝月便以為陸家是來向她求親？肯定是陸家什麼人給了她這種錯覺，或者說，凝月和陸家的誰私定終身了。

杜氏不敢細想，生怕凝月一時糊塗做出了壞名聲的事。

凝月想到陸宣，臉上不由一熱，低著頭不知怎麼說。

杜氏見凝月紅著臉不說話，心中更急了。「怎麼回事妳說呀！要真是什麼人占了妳便宜，我就是豁出這張臉鬧也得給妳鬧個名分來！」

凝月聽母親說得不像話，不得不抬起頭氣道：「母親！妳在說些什麼呀！」

「我只是……」凝月說著又低下頭去。「只是心悅一個人，也覺得那人心悅我罷了。」

凝月連陸宣的名字都羞於說出口，要不是杜氏步步緊逼，這件心事她打算誰都不說。

待到杜氏又連哄帶騙地問了半天，總算搞清凝月是看上了陸宣，而且二人並未有私下接觸之後才長舒一口氣。

「那二少爺看著倒像比大少爺會疼人的，」杜氏回憶著。「也討喜，若妳真能嫁給他，也是一樁好姻緣。」

杜氏忍不住暢想起來，凝月聽母親說的正是她所想的，便只紅著臉安靜地聽。

「可陸家才給大少爺說了親，恐怕二少爺不會這麼快。」杜氏停了一下。「不過也難說，畢竟兄弟倆一塊兒娶媳婦雙喜臨門的事也不少見。」

「可兄弟倆娶姊妹倆的事……」杜氏看著凝月有些猶豫，見凝月聽了她的話好像有些難過，便忙道：「也不是沒有的。」

凝月的臉色這才緩和些，杜氏又接著道：「如果嫁過去的話，凝洛是長嫂，妳卻處處低她一頭……」

凝月想到凝洛心中又有恨意，杜氏卻在自己面前揮了揮手，好像把自己從夢中叫醒似的。「先不管那些，等凝洛嫁過去以後妳就常去陸府走動，早日把妳和陸家二少的婚事定下來，成親以後分了家，也未必要看嫂子的臉色。」

這母女二人成日作著夢尚且未醒，陸家已打整好聘禮，浩浩蕩蕩地往林家抬了。

林家的大門敞開著，林成川夫婦和凝洛、凝月、宋姨娘等人在門內站著，分立在兩側。

唱禮的人就站在門口拿著禮單大聲唱著，抬著杠箱的小廝們魚貫而入，將聘禮抬到院落中。

這邊第一廂聘禮已落地，那最後一箱還不知排在街上何處。

附近的鄰居百姓統統圍在林家門外看熱鬧，聽著那禮單上的各色物什嘆為觀止。前面那些尋常必備的聘禮也就罷了，後面的珠寶首飾、布料衣物都不知有多少，甚至連稀有的文房四寶，真跡難尋的名家字畫，還有一些聽都沒聽過的西洋玩意，全都流水般地進到林家。

門外的人們議論紛紛，談那陸家的家世，談這林家大姑娘的美貌，又與那陸家大公子是如何郎才女貌、天地無雙地般配。

林成川聽著那議論聲聲微微笑著，果然能給他長臉的還是懂事的凝洛啊！

杜氏帶領女眷們在拐角處站著，雖看不見外面的人，這高聲議論卻全入了耳，她沈著臉站著，想著這陸家也未免太鋪張，不過娶個媳婦，至於拿這麼多聘禮，還搞得人盡皆知嗎？

凝月聽著禮單上一件件一樁樁，感覺自己眼睛都直了。她一向愛那些珠寶首飾、新衣布料，只是她的銀子有限，很多東西也只是知道名字看著眼饞罷了。如今那些在她心裡存了好久的好東西一樣樣出現在凝洛的聘禮中，她嫉妒得簡直要發狂。

「這陸大公子是不是有什麼隱疾啊？」凝月不懷好意地朝凝洛笑道：「怎地送了這麼多聘禮？好像生怕娶不上媳婦似的！」

杜氏覺得凝月這話說得極妙，卻是沈著臉道：「再怎麼樣也不能這麼鋪張啊，畢竟陸家也不是只有這一個兒子！」

杜氏莫名覺得，送給凝洛的這些聘禮是占了凝月的分，看著那些東西心裡很不痛快。

凝洛本來只是靜靜地立在一旁看著，身旁宋姨娘雖聽著那唱禮的人一樣樣報了，也只是在心裡暗暗稱奇，面上卻是不太好表露什麼。

唯有另一側的杜氏母女將所有的嫉妒、貪婪都寫在眼裡，她們要是不開口跟凝洛找找不痛快，凝洛還覺得奇怪呢！

「夫人是不是該管管妹妹了？一個姑娘家，開口閉口說什麼隱疾，傳出去只怕連有隱疾的人家都嫁不到呢！」凝洛輕聲一笑。「也不怕，夫人只要多貼些嫁妝，妹妹高低還是能嫁人的！」

凝月氣得臉色通紅，她自覺比凝洛強多了，怎麼就不能嫁個好人家？

杜氏不服輸，冷哼一聲。「妳也先別得意，誰知道妳嫁過去能過什麼日子呢！」

凝洛卻好像很認同地點點頭。「是不知道日子什麼樣，但現在看著這架勢，就是忍不住得意呢！畢竟，我現在有得意的資本不是嗎？」

杜氏氣極，拉著凝月離開。「有什麼好看的，又不是我女兒嫁人！」

宋姨娘看著杜氏氣沖沖離去的樣子，不無擔憂地向凝洛嘆道：「希望姑娘婆家那邊沒有這樣的人。」

凝洛一笑。「有也無妨，只要咱們占理，還能怕了無理的人不成？」

第二十五章 成親

婚期一定下來，後面的事便多起來。

凝洛的姑姑孫林氏主動過府來打理，畢竟經過嫁妝一事，她不相信杜氏能把凝洛的婚事辦好。

「妳父親這輩子……」孫林氏一面忙著，一面感嘆。「也就遇到妳母親這一個又明事理又能上得檯面的。」

凝洛在一旁打下手，聽了這句卻並未接話。不但在姑姑眼裡，別人看來恐怕也會覺得杜氏是個不明事理的人，而宋姨娘又上不得檯面，畢竟小妾的身分擺在那裡。

可是她對自己的母親完全沒有概念，只從別人口中聽到隻言片語，在她的想像中，母親應該是位特別老實本分的女子，不然怎麼會嫁給父親這樣的人，還能認命地過日子生孩子？

甚至她有時候覺得，母親一定就像前世的自己，懦弱而沒有主見，稀裡糊塗地嫁給了父親，還被他與杜氏瞞天過海。可每每這種感覺，總在見到姑姑的時候被推翻，因為在姑姑口中，母親漂亮賢慧又能幹，人也活得極為通透。

時間長了，凝洛又會有一種母親可能像姑姑這樣的錯覺。

孫林氏料理著嫁妝單子，臉上的笑溫和又慈祥，凝洛知道她是發自內心為自己高興，不由也跟著笑起來。

重生之後的一步一步，也許在別人眼裡看來很順利，箇中滋味只有她清楚明白。回想這輩子與陸宸初相遇，再到後來慢慢相知，凝洛總算也體會到幸福的滋味。

她總算不用再忍氣吞聲地過日子，總算有人珍視她、尊重她，且是光明正大求娶，而不是偷偷摸摸地留在身邊。

她前世苦盼而不得的那個名分，如今有人恨不能昭告天下給她，她焉能不感動？

孫林氏欣慰地看了看凝洛，又低頭去看那份嫁妝單子，過了片刻又想起什麼似的抬頭。「我想到一件事要與妳父親談談。」

凝洛轉頭向外看了一眼。「父親這會兒應是在書房。」

孫林氏站起身。「我過去一趟，妳再看看有什麼遺漏的。」

送走了孫林氏，凝洛一個人對著那份單子出神，上面大多是母親留下的嫁妝，還有許多是孫林氏硬要添置的。

孫林氏過來之前，凝洛心裡確實有些慌亂，嫁娶之事是她兩世都不曾經歷過的，杜氏肯定巴不得在一旁看熱鬧，而這事又不可能去找陸宸求助。

她想來想去也唯有姑姑能幫她，正想著要去找父親談這事，孫林氏便主動過來了。

凝洛不自覺眼中有淚，如果前世的她不那麼怯懦，有事會想到同姑姑商議的話，她也未必會走到那一步吧！

正兀自亂想著，卻聽身後門口處傳來衣袂輕微摩擦的聲音，轉回頭卻見表哥孫然出現在門口。

孫然對上凝洛的眼神先是一怔，然後才若無其事地向房中望了一眼。「母親不在這裡嗎？」

凝洛起身。「姑姑說有事要同父親談，去了書房那邊。」

孫然點點頭，一時立在門口有些躊躇。他在家中聽母親說，凝洛表妹要嫁人時，心中十分難受，雖然那日凝洛拒絕了他的心意，但他在心底總是存著一絲絲希望。畢竟兩家一向交好，母親也那麼喜歡凝洛，他和凝洛還有從小一起長大的情誼……

他只當凝洛是情竇未開，也不急著怎樣，反正她年紀還小，他不介意等她長大。

然而，歲月不知怎麼就被他蹉跎過去，他不記得自己有多久沒見過凝洛，而凝洛，竟要嫁人了！

如今他立在門外，和凝洛只隔著一道門檻，心裡卻覺得像是隔了千山萬水。

孫然難掩失落的情緒，卻強打著精神向凝洛笑道：「凝洛，恭喜！」

凝洛見孫然並不進屋，自己也不好迎出去，便立在原地。直到聽表哥聲音平靜地恭喜她，她才笑著回應。「多謝表哥！」

孫然看著凝洛的笑臉，只覺一顆心擰成了一團，可還是勉強笑著繼續道：「願妳從此以後只有幸福！」

他體會不到凝洛沒有母親陪伴著長大是什麼感覺，他只是看自己母親心疼凝洛，也忍不住將凝洛當作弱小的妹妹看待，如今這個妹妹要出嫁，他除了那些說不出口的情愫，還有不捨和不放心的情緒。

凝洛垂下眼，溫聲說：「謝謝表哥！」

「那……」孫然撇過頭，怕自己再這麼看著凝洛，會說出什麼不該說的話來。「我先過去了！」

凝洛看著表哥離開的背影，默立在那裡，不免有些恍惚。前世，表哥曾是她的一個夢，當杜氏和凝月的奸計得逞，那個夢便被打碎了，碎得看不出本來的面目。

她沒跟誰說過自己仰慕表哥，誰都不知道她心裡那唯一的一道光，在繼母和妹妹的陰謀算計下，怎樣變成了一道傷。

可她又活過來了，像是什麼都沒發生過一樣，就連那道傷，也好像一併留在她不願回首的前世了。

就這麼忙碌著，像是感覺不到時光的流逝，不知不覺到了成親前夕。

凝洛這邊都準備齊全了，宋姨娘為凝洛繡的嫁衣也完成了。

且說凝洛手底下的生意，白露和小滿兩個人也終於上手，想必假以時日就可以獨當一面，一時對她們又是諸多囑咐，白露和小滿聽得差點落下淚來。

以後姑娘出嫁了，她們要幫著姑娘看顧鋪子生意，倒是時常有見面的機會，也不至於太難過，只是一時看著這場景，有些傷感罷了。

凝洛又給她們各自塞了一只鐲子，讓她們戴著，約定了以後等她們出嫁，再送她們嫁妝。

目送兩個忠心耿耿的丫鬟離開後，凝洛回去房中，只見宋姨娘把自己的嫁衣整理起來，看著那一套大紅嫁衣上繁複的花樣繡得逼真靈動，口中不免讚嘆不已。

宋姨娘聽了也是高興。「多少能為姑娘出分力。」

凝洛將嫁衣小心地折疊起來。「姨娘幫了我大忙，那一日這嫁衣穿出去是有多少人要看的！說起來，從訂親到成親也沒隔多少日子，我又忙著別的，哪有空來繡這個？好在有姨娘在，一手繡工又了得，我才能放心料理別的。」

宋姨娘一面聽凝洛說一面笑，她是真的為凝洛高興。之前她生怕凝洛的婚事會壞在杜氏手裡。

這樣一個年輕貌美的姑娘，該是多麼黑心的人，才會把她許給那一把年紀的宋員外？現在好了，要迎娶凝洛的是杜氏不敢得罪的人家，而凝洛的未來夫婿也不是杜氏能擺布的。

宋姨娘向凝洛手上輕拍兩下。「姑娘這樣的模樣品性，就該嫁個那樣的人家！只是……只是在這個家裡，我們娘兒倆好不容易有個說話的人……」

宋姨娘沒有說下去，紅著眼一笑才又說道：「怪捨不得的！」

凝洛正欲出言安慰，卻聽出塵的聲音在院裡響起。「姨娘，是大姊來了嗎？」

聽見院落中的腳步聲，片刻之後一位少年便出現在門前。

「怎麼大了，倒越發冒失起來！」宋姨娘責備道，眼角眉梢全是笑意。

出塵的個子長高了一截，也不像從前那樣瘦弱。林成川吩咐杜氏給出塵加了月例，宋姨娘不但能替出塵多向廚房要一樣菜，還能將剩下的銀子給他做件像樣的長袍。

許是出塵隨了宋姨娘的眉目清秀，又或者是人靠衣裝，他興沖沖地出現在門前的時候，凝洛覺得他終於有翩翩少年的樣子。

「大姊！」出塵三兩步跨到凝洛面前。「沈先生來了！」

「先生在哪裡？你父親今日不在家，誰招呼著呢？」問話的卻是宋姨娘，她對沈占康也是極為敬重，一方面那是凝洛舉薦的，另一方面那先生確實把出塵教得很好。

「先生在我書房，他說過來見見我，看看我最近怎麼樣，我們聊了幾句。」

出塵向姨娘說完，又轉向凝洛。「先生也知道姊姊要出嫁了，還讓我祝姊姊大喜。」

凝洛想去見見沈占康，不管是為出塵以後鋪路也好，還是看在從前二人能聊幾句的情義，凝洛覺得自己應該得見他。

「先生剛走？」凝洛見出塵跑來，不由推測著問了一句。

誰知出塵竟搖搖頭。「先生還在書房，為了跟大姊說一聲先生來了，所以我就一個人出來了。」

宋姨娘又不滿起來。「你這孩子，傳話的事叫個人就行了，怎麼好把先生一個人晾在那裡！」

出塵也覺得自己太過興奮而忽略了這些，可口中仍為自己辯解了一句。「先生說看看我最近的文章，我剛好出來讓他一個人清靜嘛！」

凝洛已站起身來。「我去見見先生。」

只是趕到出塵的書房，卻是空無一人。

出塵忙喚院裡的小廝去問，凝洛卻看到書案上顯眼的地方放著一本書，書下像是壓著什麼。

廊下的小廝正向出塵說著先生交代了什麼然後便走了，凝洛已拿起書下壓著的紙張；紙上不過寥寥數語，說那本書是給凝洛的賀禮。

凝洛放下書信又將那本書拿起來，出塵已走到房中來。「先生說有急事要辦……」

凝洛沒有出聲，只輕輕翻看著手中的書。以前沈占康向她提過這本書，是孤本，當時還笑稱這書是他全部的身家。

出塵也看到了沈占康留在桌上的書信，又向凝洛手中看了看，奇道：「竟然還有人拿書做賀禮的。」

凝洛卻只是向出塵笑了笑，以他的出身和見識，恐怕還不知道書對有些人來說，是多麼重要的東西吧！

成親那日，凝洛不到卯時便起來了，然後由丫鬟服侍著梳洗。

這邊剛收拾著，凝洛姑姑孫林氏帶了不少遠方的女眷親戚和嬤嬤婆子過來，一時都湧入凝洛房裡，倒顯得那幾間房小了許多。

凝洛求助似地望向孫林氏，成親之日的禮儀，她大抵見過、聽過一些，可放在自己身上心裡卻是沒數的。

孫林氏拉著凝洛打量著安慰道：「不怕，待會兒該幹什麼自然有喜娘在一旁提示，妳只要照做就可以了。」

縱然前一世經歷過陸宣，可這樣明媒正娶、風光嫁人的場面，還是讓她有些心中沒底。

「男方的喜娘會不會為難我？」凝洛心中的喜悅和羞澀與擔心的情緒混雜在一起，根本不知道自己這時候應該向姑姑請教些什麼。

這個問題倒讓屋裡的人都笑了，孫林氏也笑著說道：「那邊是來求娶的，她幫著妳都來不及，又怎會為難？」

孫林氏帶來作為娘家喜娘的一位嫂子笑道：「好了，我看姑娘剛淨過臉了，那直接開面吧！」

正挽著臉，杜氏帶著凝月姍姍來遲。屋中本來可以坐的地方少，有不少人還站著，或三三兩兩地說話，或湊在一起看凝洛的嫁妝。一見杜氏過來，有人起身給她讓出個座位來。

杜氏也不客氣，一屁股坐在那裡，直勾勾地看凝洛開面。

「咱們家大姑娘這樣貌，滿京城怕是也難找第二個！」喜娘一面拿五色紗線為凝洛開面，一面口中誇讚不停。「這不施粉黛的模樣已教人移不開眼，待會兒上了妝面頭面，還不知是怎樣傾國傾城呢！」

孫林氏聽著心裡倒是受用，正打算順著那喜娘的話說些什麼，卻聽杜氏在一旁嘲諷道：「是呢，我們家大姑娘要是沒這麼一張臉，人家哪能看得上她呢！」

孫林氏聽了這話不由臉色一沈，向杜氏出言警告道：「今兒是凝洛的好日子，再怎麼樣妳也是成川的妻子，待會兒妳規規矩矩地少開口吧！」

杜氏當著一屋子的面被孫林氏數落，心中自然是不甘不服，可這大姑姊又是她不敢得罪的人，便勉強笑道：「我也是想誇咱們凝洛生得好！姊姊妳知道的，我一貫不太會說話。」

孫林氏的話倒提醒了她，今兒是凝洛的好日子，她非得隔應隔應她不成。

待到凝洛一切都裝扮妥當，屋裡的婦人們紛紛上前圍著打量，無一不感嘆凝洛的光彩照人。

凝月在杜氏身旁站著，一臉不高興，她真是受夠了凝洛出風頭的樣子，還是從前那個在人前膽小到不敢抬頭的凝洛，更讓她心裡舒服些。

花轎臨門時，眾人只聽見院外鞭炮聲聲，一時都捂了耳朵笑著往屋裡躲。

有人將大紅喜帕蓋在凝洛頭上，凝洛只覺眼前一片紅，然後有人扶她在床邊坐了下來。

男方的喜娘和周嬤嬤一起來，周嬤嬤對於能從頭到尾參與到陸宸的婚事，也是相當高興，除了在攔轎門時大方給了紅包不算，連凝洛這邊幫忙的婦人們也都是人人有份。

杜氏和凝月站在那些因為拿了紅包而喜氣洋洋的人群後，心裡越發不是滋味，這樣熱熱鬧鬧的樣子，倒顯得她們母女二人格格不入似的。

「我們也去討個好彩頭？」凝月忍不住向杜氏問道，畢竟那是她嚮往的陸家，她希望能在周嬤嬤前露一露臉。

杜氏卻白了她一眼。「什麼好彩頭？我看是觸霉頭還差不多！」

在房中接受家中女眷們的祝福，有人扶著凝洛去前邊院裡大堂。

杜氏和凝月隨著人群走到院子裡見了男方的那迎親隊伍，又跟著女眷們拿著紅燭和鏡子去花轎那裡照了一下，看著那八抬大轎豪華氣派的樣子直覺得凝洛配不上。

回到大堂那裡，凝洛正要拜別父母，杜氏忙推開圍觀的人群走進去，大聲道：「慢著，這怎麼能行！」

林成川本來看著凝洛由人扶著款款走過來要拜，眼眶正有些濕，一聽到杜氏突兀的聲音傳來，尤其那聲音還帶著慣常的不討喜，他的臉色不由沈了沈。

眾人聽了這一聲也是暗自嘆息，語調中明明白白告訴大家這是來者不善，人家大喜的日子，這位繼母大聲嚷嚷什麼「不好」，顯然是沒安好心。

「妳想做什麼？」林成川忍著要發怒的心情，耐著性子問道。

杜氏不慌不忙地走到林成川身旁。「我們家大姑娘雖然不是我生的，可到底也是在我跟前養大的，陸家來提親不讓我在場也就罷了，如今拜別父母總得有個說法！」

「有什麼事，等凝洛出門再說！」林成川狠狠地瞪了杜氏一眼。

杜氏卻是不依的，兀自說道：「『養恩大過生恩』，我也不求別的什麼，就讓大姑娘給我來個『一拜三叩』，從此我也不提養恩之事！」

眾人聽了不由面面相覷，凝洛方才已經在祠堂祭拜過生母，如今繼母又出來打岔，這明擺著是要給新人難堪啊！

杜氏暗自得意，凝洛今日是新人，又蒙著蓋頭，是不能說話的，既然無法反駁那只能乖乖向她叩頭。

周嬤嬤早在求親時就見識過這杜氏，如今聽她提這種過分的要求，不由輕描淡寫地說道：「夫人這話說得未免太可笑了，新人拜別父母從來都是拜親生父母，即使是拜其他長輩也沒又拜又叩的。」

眾人紛紛點頭，還是陸家的嬤嬤經驗老道，規矩講得明明白白。

「再者說，夫人說什麼不提養恩之事，難道是要與大姑娘斷了情分不成？若是就此斷了，那夫人您可就與大姑娘沒什麼關係了，莫名受新娘子拜可是要折壽的！」

周嬤嬤和喜娘一左一右扶住凝洛。「姑娘請拜別林老爺，吉時到了，咱們該上轎了！」

杜氏被晾在一旁，只覺腦中亂成了一團，她明明覺得自己說得還滿有道理的，怎麼讓那老嬤嬤三兩句說得她就要折壽了呢？

陸家迎親的人看著杜氏臉上紅一陣白一陣，不由都暗自發笑，還有小聲議論的。

「這是林家的當家主母？」

「可不是！沒想到吧？」

「好歹也是管著一家子人，怎麼看起來像個不怎麼明白事理的？」

「聽說慣常處處針對新娘子的，還有旁邊那位姑娘，那是林夫人親生的，聽說才比新人小三個月，二人常合夥起來拿捏要出嫁的這位呢！」

「小三個月？那豈不是……嘖嘖嘖，有這樣一位母親，以後怕是不好嫁人嘍！」

「還是咱們周嬤嬤厲害，四兩撥千斤地就化解了難堪。」

那幾個人離杜氏和凝月都不遠，雖然做出以手掩嘴的竊竊私語狀，可說話聲音卻不低，絲毫不擔心杜氏母女會聽見。

凝月聽了那些話，眼淚瞬間就湧上眼眶，卻緊緊攥著拳不讓眼淚落下來。

她就不明白，怎麼凝洛嫁個人，到最後她卻「不好嫁人」了？

周嬤嬤一眼掃到了含淚的凝月，笑著大聲道：「娘家哭送新人了！」

陸家人聞言也都看了看凝月，紛紛笑道：「好了，這便圓滿了！」

凝月直覺又氣又恨，被那麼多雙眼睛一看還有些羞、有些怯，一時心中委屈不已，眼淚更是滾滾而落，那些人見她這樣卻好像更高興了，也沒人管她，都笑著擁簇著凝洛出去了。

凝洛躲在紅蓋頭之後，心中對周嬤嬤的解圍很是感激，她安靜地跟著喜娘的指引，一步步上轎、下轎、拜堂、入洞房。

待到陸宸送走賓客回到房中，喜娘又安排著二人挑了蓋頭喝過酒才離開。

凝洛微微低著頭，她端坐了一日早已乏累不已，只是這個時候，她除了滿面含羞，竟不知該說些什麼。

陸宸酒量並不淺，方才在外面陪賓客自覺只是半酣，可如今面對紅燭下的凝洛，他卻覺得自己有些醉了。

「凝洛……」他嘆息似地喚道，盯著凝洛被紅的嫁衣、紅的帳子、紅的燭火給映紅的臉而挪不開眼。

「嗯？」凝洛不由抬起頭來，卻跌進陸宸幽深的雙眸中。

陸宸就坐在她的旁邊，二人身體面向對方，將彼此的一切盡收眼底。

凝洛微微仰著頭，對於嬌小的她來說，陸宸坐著也看起來高大許多，何況他習武出身，一向身形挺拔、坐姿端正。

他五官英挺，不笑的時候會予人肅穆之感，不熟悉的人看了甚至會覺得可怕。而如今，那張平日裡被嚴肅蓋過的俊臉，在紅燭的映照之下空前柔和起來。

人人只道陸家二公子生得好，其實在凝洛看來，明明是陸宸更勝一籌。他比陸宣更多了一分男子應有的氣概，多了一分擔當和可靠。

陸宸墨黑的髮高高束起，雙目不知是否因映著燭光，凝洛看起來只覺熠熠生輝。而那雙眼正注視著凝洛，像是在端詳什麼稀世珍寶。

陸宸看著凝洛幾乎不敢眨眼睛，生怕這洞房花燭夜只是一場夢，他一眨眼就會醒了。

凝洛一身大紅嫁衣襯得整個人就像一朵怒放的牡丹，大氣端莊而又從容。一雙眸子猶如夏夜空中的星，明亮而讓人心中安穩，粉雕玉琢般的鼻子，鮮嫩欲滴紅潤的雙唇……

陸宸看著凝洛，只覺喉嚨發乾。

陸宸挽住凝洛的手，那種作夢般的不真實感才稍稍消散了一些。他低著聲音同凝洛說話，像是怕驚到她似的。

「今日起妳就是我的妻子。」凝洛的手膚如凝脂，陸宸握在手裡感受那份柔軟光滑，捨不得放開。

「以後我可以光明正大地照顧妳了！若是誰敢再欺負妳，我定要他們後悔生而為人！」陸宸口中雖放著狠話，聲調卻溫柔得很，聽在凝洛耳裡自有一番甜蜜。

凝洛不知怎麼卻覺得鼻子一酸，險些落下淚來，卻只是強忍著笑，點了點頭。

陸宸見狀又少不了心疼一番，他輕輕拉著凝洛向自己懷中，直到緊緊擁住她。「以後有我。」

凝洛剛伏到陸宸肩上，聽到那四個字終於忍不住滴下淚來，在陸宸看不到的地方。

她想起此生陸宸幫過她的種種，想起陸宸前世給自己上香，想到他給了自己一個如此隆重而出彩的婚禮，她落的淚裡全是感動。

她能感覺到陸宸對自己的珍視和重視，這也是她肯許嫁最重要的理由。

有這樣的夫君在身邊，她也許不用走得那麼辛苦吧？

就那麼伏在陸宸肩頭沈默著，凝洛感覺到前所未有的心安，就像周圍一切都與她無關，她只要在他懷裡，什麼都不想，就已足夠幸福。

第二十六章　新婚燕爾

凝洛醒來的時候，帳外的紅燭早已燃盡。她有些懵懂地睜開眼睛，本來還在回想自己身在何處，全身痠痛的感覺傳來，她立馬就記起來了。

頸下還枕著陸宸的胳膊，她一眼看到陸宸寬闊的胸膛，臉上登時燒了起來。再一抬頭卻正對上陸宸饒富興趣的眼神，凝洛心裡一慌又低下頭去，正好衝進陸宸懷裡，手足無措地想要從那一小方天地裡撤出來，卻被陸宸的另一隻手臂環住，動彈不得。

陸宸比凝洛早一刻醒來，他靜靜地看著懷裡的凝洛，看她雙眼微閉，長長的睫毛微微抖動著，十分惹人憐愛。小巧的鼻子隨著均勻的呼吸鼻翼一張一翕，紅潤的雙唇輕輕抿著。

陸宸看了，想起前一晚的觸感，只覺渾身躁熱，然後凝洛突然慢慢張開眼來。

陸宸盯著她，眼睛一眨不眨。看她一臉無辜、睡眼惺忪地仰起頭，卻在看到他的一瞬變得面若桃花，繼而羞澀又慌張地低下頭去，卻剛好蜷在他的懷裡。

陸宸一顆心被撩撥到極限，摟住凝洛一個側身便將她壓在床上。

凝洛驚慌地看向陸宸，方才她聽到外面細微的動靜，想來是丫鬟們已經端著盆拿著巾帕等著伺候了，可陸宸這架勢卻像是要……

還未來得及張口，凝洛只覺雙唇被攫住，對方火熱而柔軟，想要猛烈攻擊卻又怕傷到她似地刻意放輕力度。

凝洛徒勞地推了半天也沒能推開陸宸，乾脆也就任他索求，直到陸宸滿意地結束了那個長吻，凝洛才忙開口道：「要去請早茶的，晚了不太……」

還未說完，陸宸又伏在她耳後輕啄了兩口，凝洛身子一顫說話的聲音就低了下去。

「不用擔心，」陸宸啞著嗓子在凝洛耳旁低語，一股溫熱而親密的氣息直讓凝洛覺得耳根發熱。「一切有我呢！」

陸宸聲音中有克制，可在凝洛聽來卻無比魅惑，就像是在她耳邊吹響了慾望的號角，讓凝洛一下就暫時忘卻了請早茶的事。

陸宸這一次比前一晚更加溫柔纏綿，凝洛沈溺其中感覺都忘了自己是誰。

待到一切結束，凝洛才稍稍找回一些意識。她只是伏在陸宸懷裡微微地喘息，卻不敢去看陸宸的眼睛，方才忘形之際她只覺雙頰火熱，想來此時臉都是紅的。

「該起床了吧？」凝洛開口問道，卻驚覺自己的聲音好像帶了無限嬌憨，甜蜜猶如蜜糖。

凝洛被自己的聲音驚到便住了口，然後感覺陸宸在她頭頂上方似是無聲地笑了一下，才回道：「若是累的話可以再歇息一會兒。」

凝洛忙掙扎著從陸宸懷中起身。「不累！」

天色真的不早了，她真怕在公婆面前落笑話。

陸宸看著她有些慌張的樣子便故意逗她。「看妳生龍活虎的樣子，我倒覺得自己有些不稱職了，看來今晚還要更努力了！」

凝洛聞聲不由紅了臉，口中囁嚅半天，卻只說出一句毫無氣勢的「你怎麼這樣」，惹得陸宸又笑了起來。

丫鬟們被喚進房來收拾床鋪並伺候著洗漱，凝洛回頭看了一眼弄亂的床鋪被兩個面無表情的丫鬟清理著，臉上又覺得燙起來。

那床鋪似乎散發著源源不斷的曖昧氣息，她只是望一眼，都能回想起這一夜的狂風暴雨。

凝洛回過頭，面前的丫鬟正為她穿見公婆的衣裙。

陸宸則站在凝洛的側前方，平舉著手臂，自有丫鬟為他將身上的衣物整理平整。

凝洛看著陸宸寬厚的背影出神，寬肩窄腰、挺拔偉岸，就是這樣一個男人對她萬般寵愛。凝洛看著他轉頭向丫鬟吩咐了些什麼，表情和語氣都淡淡的，不知怎麼就有了一種不真切的感覺。

她有些不敢相信自己真的嫁給這個男人，那可是陸宸，名門望族之後，以後權傾朝野。

陸宸一回頭，便見凝洛正呆呆地盯著他的背影，樣子十分可愛，不由走到她面前笑道：「在想我嗎？」

然後陸宸滿意地看到他的嬌妻，聽見這句話之後雙頰變成粉色，正如三月桃花。

陸宸順勢牽起凝洛的手去見陸家長輩們，走在院子中，那些忙碌的下人們垂手立在兩旁向他們二人行禮，凝洛總想掙開被陸宸握著的手，卻是不能。

「會被人笑話的！」凝洛抬眼看向陸宸，聲音裡有無助的意味。

「不會。」陸宸目視前方，答得斬釘截鐵。

陸府的下人們，規矩森嚴，他們不會對這種事大驚小怪。

凝洛有些不安地學著陸宸目視前方的樣子，那些丫鬟小廝們確實只是恭敬地向他們行禮，沒有一個人朝他們二人牽著的手上看一眼。

陸宸直接帶凝洛去老太太房裡，陸老爺和夫人正陪著老太太說話，見了他們二人前來都是笑顏逐開，完全看不出有什麼責怪之意。

凝洛一路都有些忐忑，畢竟是新婦敬茶，竟起得晚了，即使有陸宸擋著，公婆也會心生不快吧？

可屋中的幾位長輩都是欣喜模樣，甚至陸夫人還向陸宸道：「昨晚散席時都那樣晚了，怎這麼早起了？凝洛昨日端坐一天，又是姑娘家身子嬌弱，你該讓她多歇息一會兒的！」

凝洛聽了這話又忍不住臉紅，陸寧則在一旁笑道：「難怪從第一次見面，我便覺得親切，原來注定是我們陸家的人啊！」

陸老太太笑著向陸寧背上輕拍了一下。

「那是妳嫂子，以後妳可放尊重些吧！」

凝洛含羞向幾位長輩一一敬過茶，陸老爺中規中矩地給了一封紅包，而陸夫人和陸老太太則又另給了別的。

陸夫人是先看了老太太賞的東西，才拿出一串綠松石的掛珠給了凝洛，她總不好壓過婆婆去，這串綠松石是純正的天藍色，每顆珠子都打磨得極為光滑，竟如瓷器一般，處處彰顯著這是綠松石中的上品。

凝洛知道這是貴重東西，當著婆婆的面珍之重之地小心收起來，然後向陸夫人再次行禮道謝。

陸夫人看著這位兒媳暗暗點頭，凝洛雖將她送的東西鄭重收起來，可卻並未表現出收了貴重禮物便欣喜不已的樣子，這才是他們陸家人面對錢財應有的表現。

尤其是方才，凝洛就連收老太太那只鐲子時也是落落大方，顯然讓老太太尤為滿意。

老太太的那只鐲子有些年頭了，已傳了幾輩，原是一對的，後來傳到老太太的婆家祖母那裡卻打碎了一只，剩的這一只是世上僅存，更為難得。

當老太太從自己腕上戴到凝洛腕上時，陸夫人則在一旁為凝洛解說那鐲子的來歷，就連陸寧也流露出些許豔羨的神色，凝洛卻只是微笑著點頭，然後向老太太拜謝。

陸宸微笑地看著凝洛向他的祖母父母敬茶說笑，心裡有一種奇妙的感覺，一種他和凝洛夫婦被家人接納的幸福感。正兀自感嘆著，卻覺察到兩道視線從某個地方出來，一動不動地落在凝洛身上。

陸宸微微側頭，卻見陸宣正坐在那裡，臉上看不出什麼表情，一雙眼卻直勾勾地盯著凝洛，就那麼目不轉睛地看，看得肆無忌憚。

陸宸的臉色一下就沈下來，陸寧的注意力從凝洛身上移開，正要和大哥開幾句玩笑，卻不期然看見陸宸面似沈水。

陸寧順著陸宸的眼神看去，便看到陸宣的神色，想到陸宣那副樣子盯著他們的大嫂，陸寧也有些尷尬起來。

其餘幾人也注意到方才情形，一時屋中的氣氛轉為尷尬，而陸宣卻渾然不覺，直盯著凝洛的一舉一動。

陸夫人輕聲乾咳了一聲也沒能拽回陸宣的眼神，便向陸宣斥道：「陸宣也該收收心了！同樣到了成家立業的年紀，不可在外胡鬧，我看你那些狐朋狗友也都該遠著些，省得把你帶壞了！」

陸宣聽了這番話，卻是看都沒看陸夫人一眼，直接站起身走掉了。

「都是妳從小慣著他，給縱壞了，如今竟連妳的話都不聽，可見妳從前攔著不讓我打他是錯的！」陸老爺也動了氣。

陸老太太是眼明心亮的人，又怎會看不出陸宣這不管不顧的樣子根本就沒給所有人留臉面，只是陸夫人不好明說，才拿話敲打他，誰知一貫在長輩面前笑著賣乖的陸宣竟甩了臉色，她也對陸宣有些不滿了。

「行了，」老太太向兒子擺擺手。「你也別跟你媳婦爭什麼對錯，我也乏了，你們都散了吧！」

恭送了陸老爺和夫人離開，陸宸向凝洛笑道：「雖然妳也來過兩次，想來也無人引妳認識，不如我來帶妳在府中各處轉轉？」

陸寧故意在他們二人身後笑道：「大哥平日最討厭這種浪費時間的事，不如我來陪大嫂轉轉吧？」

「是嗎？」陸宸笑著回過頭去，眼神卻冷冷的盡是警告意味。

陸寧不由挑了挑眉，嬉皮笑臉地朝凝洛繼續說道：「許是我記錯了，好像是……是我討厭這種浪費時間的事……」說著陸寧又向陸宸乾笑了一聲。「不打擾大哥大嫂雅興，我先走啦！」

看陸寧逃也似地離開，凝洛不由向陸宸疑道：「她怎麼了？」

陸宸並不在意，只是向某個方向一指。「我們去那邊。」

於是不過半日的工夫，陸家上下都知道那位平日裡醉心練武，沈迷於研究船隻的大少爺，今日正帶著新過門的大少奶奶在府裡各處走動。

使人稱奇的是，每走到一處院子或是園子裡的景，大少爺都柔聲細語地跟凝洛講這是哪裡、什麼來歷。

眾人簡直懷疑這位大少爺轉了性，有大著膽子上前搭話的人，卻發現陸大少還是一副鐵面的模樣，又灰溜溜地退下了。

直轉了小半圈，陸宸才猛然想起一個問題，看向凝洛果然見她額上已有細密的汗珠。他只顧著讓凝洛快些熟悉未來生活的地方，讓她認識他從小長大的處所，卻忘了昨晚他如何在凝洛身上索求無度。

陸宸一面心疼地為凝洛拭汗，一面輕聲道：「累怎麼不說呢？」

凝洛下意識地躲了一下，陸宸拿帕子的手卻鍥而不捨地跟上，她這才由他去了，只是臉又微微地紅了，她聽出陸宸意有所指，想到新婚第一晚的種種和身上各處的痠痛，她連句「不累」的謊都撒不出來。

陸宸拉住她的手。「我們回房歇著。」

凝洛卻被他帶了幾分寵溺和曖昧的語氣給帶偏了想法，忙補充道：「回去坐一會兒便好！」

陸宸不知凝洛誤會他，不由疑惑道：「不然呢？」

陸宸看著凝洛因為自己的一句話，臉莫名紅得如方才看過的芍藥花圃，竟忍不住向著凝洛唇上輕啄了一下。

凝洛慌亂地掃了一眼周圍。「你……」

「走。」凝洛一句話沒說完，就被陸宸一個轉身拉著向前走去，也只得將那份羞澀嚥了回去，和隱藏的甜蜜混在了一起。

回到房中，丫鬟們手腳麻利地端上了茶水和點心，然後默默退出房，只留了陸宸和凝洛二人在房裡。

凝洛也不知是不是自己想多了，她這般和陸宸單獨在房中相處，總覺得心裡的滋味複雜到說不清楚，好像有不安，又有隱隱期待，至於期待什麼，她卻完全不清楚。

果然，茶剛喝了兩口，凝洛正要問問公婆用飯的時候，她要不要去伺候著，就見陸宸站起身走到凝洛面前，拉著她也一起站起來。

凝洛以為陸宸有什麼事要帶她去辦，卻見陸宸在她的位子上坐下來，然後反手一拉，她就跌坐在陸宸腿上。

凝洛覺得自己心裡羞澀，臉依然紅得豔人，無奈地朝陸宸道：「往日看你風光霽月，不承想你竟這般黏人，若是讓人知道了，可是會笑話的。」

陸宸在凝洛肩頭輕輕地蹭了蹭鼻子，口中呢喃道：「別人不需要知道。」

凝洛低頭一笑，將手放在陸宸摟著她腰部的雙臂上。

「妳太瘦了，應該多吃些，再長高些、長胖些才好。」陸宸攬著凝洛說道，那纖細的腰肢被他摟在懷裡，一條胳膊幾乎就能環繞過來。

凝洛放輕鬆去享受夫妻相處的美好時光，聽陸宸這麼說不由半撒嬌道：「你這話倒像是說孩子的！」

陸宸以額抵在凝洛背上，笑道：「嗯，等有了孩子，我也這麼說他！」

凝洛正在慢慢說服自己已經嫁人的事，冷不丁聽陸宸提什麼「孩子」，不由又羞又急道：「誰說要……孩子？」

她羞得連「生孩子」幾個字都說不出，還好陸宸看不到她的表情，就算害羞她也多少比從前自在一些。

陸宸只是笑了笑，然後輕聲道：「我渴了。」

凝洛轉頭看了一眼桌上。「還有茶。」

「我好像騰不出手。」陸宸在她背後耍賴。

凝洛知道陸宸什麼意思，可「偏不如他願」的心思作祟，她掙著要站起來。「放開我，你就騰出手了。」

陸宸哪裡肯放，更緊地摟住她，臉也緊靠在凝洛背上。「妳餵我吃茶。」

凝洛自是跟他比不過力氣，掙扎兩下便放棄了，伸手拿起旁邊的茶杯道：「好！」

陸宸喜孜孜地鬆開凝洛，又抱著她側坐在自己腿上，好讓凝洛方便將茶水餵到他口中。

只是凝洛剛將茶杯湊到陸宸嘴邊便忍不住使壞，猛地將那茶杯傾得更加厲害。

陸宸卻一口咬住茶杯邊緣，一仰頭將茶杯從凝洛手中奪過，然後一杯茶滴水不漏地滑入口中，這才又端正頭部，將叼著的茶杯送到凝洛手上。

凝洛看陸宸一套動作行雲流水，即使她猛地改變動作的一剎那，陸宸都絲毫不慌，不由嘆道：「有什麼事是你無法把握的嗎？」

陸宸看著凝洛的側臉，動情地說道：「被妳喜歡這件事，我還無法把握。」

兩個人好像很快就確定自己的心意而成親了，諸如此類表達情意的話，陸宸曾含蓄地說過，而凝洛卻從未吐過半個字。

凝洛被陸宸的深情激得心中一蕩，很快就有許多話語湧上心頭，卻是什麼也說不出來。她低下頭看著手中的茶杯，最後只是輕聲道：「都嫁你了呀！」

陸宸無意逼她，他有一生的時間去找尋答案，又何必讓凝洛在此時為難？

他抬頭放在凝洛的頸後，然後將她拉向自己，下一刻便吻了上去。

凝洛也順勢用雙臂環住陸宸，羞澀地回應他，希望他能懂自己心中湧動而未能說出口的那些話……

因陸夫人慣常伺候陸老太太用飯，因此凝洛不必每餐去婆婆那裡伺候，她是和陸宸兩人一起吃午飯。

陸宸不停地為凝洛挾菜要她多吃，直到凝洛說再吃下去非積了食不可才甘休。

陸宸並沒有午後小憩的習慣，只是顧慮凝洛前一晚太累，才陪著她在床上躺一會兒。只是二人一到床上，陸宸開始有些不老實，最後凝洛直要趕他去睡書房，他才收斂些只抱著凝洛睡了。

只是凝洛醒來卻不見陸宸，剛坐起身，便有丫鬟上來扶著，口中道：「大少爺去書房了。」

凝洛點點頭，由那丫鬟服侍著梳洗了一番，才說道：「我也去書房看看。」

敬過茶之後，陸宸帶凝洛轉了陸府中不少地方，卻並未帶她來二人院子裡的書房。

丫鬟帶著凝洛走到書房門口，凝洛看門正開著也沒讓人通報，輕輕邁步走了進去。

陸宸的書房甚至比二人臥房還要大些，只書架就占了兩面牆，除了琳琅滿目的書籍，架子上還擺了不少船隻模型。

另一面牆上掛了幾幅字畫，凝洛認出其中兩幅是名家之作，而角落的一幅字畫雖看著眼生，可那遠山畫得極妙，題詞也是蒼勁有力。

凝洛正要打量落款，陸宸的聲音便傳了過來。「睡得還好嗎？」

凝洛回過頭，見陸宸正在案前書寫著什麼，並未抬頭。「還好，都不知道你什麼時候起來的。」

凝洛走過去，看到陸宸寫的字跡與方才那幅字畫上的十分相像，正欲轉回頭比對，陸宸卻好像猜到她心思一般。「那也是我寫的。」

凝洛聞言走到陸宸身旁，看著他方才揮毫而就的幾個大字，不由心生佩服。「沒想到你寫字也能這麼厲害！」

陸宸的未來是打仗打出來的，卻不承想他也能寫那樣一手好字，凝洛看著案上的字大氣磅礴，倒想起那句「字如其人」。

「妳要寫嗎？」陸宸將筆放在筆架上，轉頭問凝洛。

凝洛忙擺擺手。「我寫不來大字的！」

小字她倒寫得清秀能看，大字卻是不敢在陸宸面前獻醜。

「我教妳。」陸宸微微一笑，再度將筆拿起，放到凝洛的手中。

凝洛拿著筆有些無措。「這麼粗的筆鋒，到底要怎麼控制？」

陸宸讓出案桌中央的位置，看凝洛蹙著眉，他走過去站好就要去蘸墨，不由制止道：「等一下！」

凝洛側過頭，陸宸已然站在她身後，近到幾乎要貼在一起。

「讀書寫字首先要身正。」陸宸說著用雙手輕輕正了一下凝洛的雙肩，他獨有的氣息傳到凝洛鼻尖，她只覺雙頰又微微熱起來。

陸宸握住凝洛拿筆的右手，在硯臺上輕而反覆地蘸了幾下，又在硯臺邊上將多餘的墨汁蹭掉。凝洛聽著耳後陸宸平穩而均勻的呼吸，一顆心小鹿似地亂撞。

陸宸將筆浸得足夠飽滿，卻不急於落筆，又在凝洛耳邊輕聲道：「寫字的時候心要沈下去，氣也要沈下去。」

說著，他另一隻手攬住凝洛的腰。「來，落筆，妳不要對抗我的力量，隨著我來寫就好。」

凝洛努力將心思收回到筆尖上，由陸宸握著她的手讓筆鋒在紙上游走。

一個「洛」字寫就，凝洛停下來端詳了一下，忍不住下結論道：「很醜！」

凝洛正等陸宸發表意見，卻覺腰上的那隻手用力一收，她的後背便結結實實地貼到陸宸的胸前。

「世間萬物也不及妳一分美。」陸宸湊到凝洛耳旁，說完還用自己的側臉蹭了蹭凝洛的側臉。

凝洛好不容易因為寫字而靜下的心，突然又開始怦怦亂跳起來，她動也不敢動，任陸宸貼著她的臉頰，輕聲道：「陸大公子原來不止很會寫字，還很會說話呀！」

陸宸正因凝洛身上的清香而沈醉，聽凝洛打趣他，不由失笑。「我也是成親之後才發現。」

凝洛終於成為他的妻子，那些從前因為規矩禮儀而不能說出口的話，他可以毫無顧忌地說給凝洛聽，不再因為她是個姑娘而怕唐突了她，他恨不能將一顆心剖出來給她看，讓她知道他心裡只有她。

凝洛看著那個大字，笑得一臉無奈。「那還要不要再寫？」

陸宸自然不願放開與凝洛如此親近的機會，正站直身子說要繼續，便聽陸寧的聲音在院子裡響起。「哥哥嫂嫂在嗎？」

凝洛一聽忙從陸宸懷裡閃出來，陸宸只覺身前一空，臉色也不大好看了。

「我出去看看。」說完，陸宸幾步跨出了書房。

凝洛忙將手中的毛筆放下，又抬手理了理被陸宸蹭亂的髮髻。

陸寧正在院中張望著，看見陸宸從書房出來，笑著迎上去。「大哥，凝洛呢？」

她是不怕這位平日裡總一臉嚴肅的大哥，多年兄妹她對陸宸瞭解得很。雖然陸宸面上不苟言笑，可對自己妹妹還是很有耐心和愛心，只是今日的耐心和愛心……好像儲備有些不夠。

「叫大嫂。」

陸寧不是沒看到陸宸的臉色，只是這種臉色她見多了，每每都能被她嬉皮笑臉地混過去，因此這次也並不在意。「大嫂，凝洛呢？」

陸宸的臉色垮了一下，他這個古靈精怪的妹妹，就是有惹怒別人的本事。

「她已經過了門，『凝洛』二字再不是妳能叫的了！」陸宸沈著一張臉。

陸寧自然懂得見好就收，乖乖站好向陸宸道：「大哥，讓大嫂陪陪小姑子好不好？」

陸宸斜了妹妹一眼。「我昨日成親，就這麼幾日的空閒，妳說好不好？」

陸寧看著陸宸的臉色也知沒什麼希望，有些沮喪地說道：「那等大嫂有空了讓她去找我玩。」

她都不敢提現在見凝洛一面，大哥簡直就像小時候在城外莊子裡見過的，正在孵蛋的老母雞，雖然將陸宸和護子的老母雞相提並論很粗俗，可她就是忍不住那樣聯想，甚至看著大哥黑著的臉想要笑出聲來。

陸宸不知道陸寧心裡盤算著什麼，他現在也不大關心那些，只是點頭道：「她現在沒空，妳走吧！」

陸寧看著這位無情的大哥，無奈地將一直拎在手上的精緻食盒遞到陸宸手裡。「這是宮裡賞的點心，你和大嫂嚐嚐吧！」

陸寧一向受家中叔伯喜愛，想來是誰又得了宮中的賞，轉手送了這位集萬千寵愛於一身的陸大小姐。

「不送。」陸宸臉色總算緩和些，說出的話卻讓陸寧感嘆世態炎涼。

陸寧轉身向院門走去，卻終於忍不住回頭。「大哥，我還幫過你的！」

明明是她先看出陸宸的心思，還暗地裡撮合大哥和凝洛，怎麼這兩人一成親，她失去了一位大哥也就算了，畢竟平日裡這位大哥也不陪她玩，可怎麼她還倒失去了一位好友呢！

陸宸看著妹妹不為所動。「那我要送送妳？」

陸寧徹底沒了脾氣，委屈巴巴地向陸宸道：「不煩勞大哥！」

凝洛整理好碎髮，在房中等著陸宸帶陸寧進來，卻只等到了陸宸一人。

「陸寧不是來了？」凝洛朝陸宸身後望了一眼。

陸宸將食盒放到離書案不遠的小桌上。「她過來送了點東西就走了。」

凝洛也走到小桌旁，看陸宸打開食盒。「怎麼沒讓她進屋裡坐坐？」

「說是有別的事，改天再來。」陸宸撒起謊來也是面不改色。

「這點心好生精緻！」凝洛看陸宸從食盒中取出一只小碟，那碟子釉彩鮮亮，描著金邊，不像尋常之物。

「可能哪一房又從宮中領了賞，陸寧得來了孝敬哥嫂的。」陸宸將那碟子點心往凝洛的方向推了推。

「該讓陸寧進來一起吃的。」凝洛雖然納悶以陸寧愛熱鬧的性子沒進屋來，可到底也想不到，陸寧是受了她夫君怎樣的威脅恐嚇。

陸宸乾脆拿起一塊點心，餵到凝洛嘴邊。「嚐嚐。」

凝洛臉上一紅，張嘴小小地咬了一口。

「到底是宮廷的點心，甜而不膩，齒頰生香。」凝洛故作鎮定地誇讚一句。
陸宸擎著點心的手又伸到她唇邊。
凝洛向後躲了一下，順手從陸宸手中接過來。「謝謝！」
陸宸緊盯著凝洛。「來而不往非禮也。」
凝洛也有心與陸宸親密一點，忍著羞澀又從碟中拿起一塊，卻還沒抬手便被陸宸出聲制止了。
「我就吃妳手中那塊。」陸宸絲毫不覺得自己臉皮厚。
凝洛頓了頓，將手中那塊方才被自己咬過的點心遞到陸宸嘴邊。「若是你這副樣子讓人瞧見了，肯定要被笑話的！」
「我們兩個的事，為什麼要讓別人瞧見？」陸宸本不愛吃什麼糕點，如今凝洛如了他的願餵到嘴邊，他便大大吃了一口，竟覺那糕點分外香甜。
凝洛看著陸宸就著自己的手邊吃東西，發現心中充滿一種滿足感，難怪方才陸宸拿著點心在她嘴邊一餵再餵。
二人又說笑了一會兒才走出書房。
凝洛打量著陸宸的這處院子道：「今兒你帶我去的幾處院子都熱熱鬧鬧、滿滿當當，可你這裡也未免太空曠了些，看著怪冷清的。」

陸宸立在凝洛身旁也打量著院子，垂著的手順勢又握住了凝洛的。「妳喜歡看過的哪處院子？」

陸宸看著觸目所及全是青灰色的院子暗暗下決心，只要凝洛說出她喜歡誰的院子，他就要照著那處院子再原樣裝飾好，若是不能，那就乾脆換個院子。

凝洛並未回答陸宸的問題，只是在心裡琢磨著可以在院子裡添些什麼。「也許我們可以在這裡種棵樹。」

凝洛看著她和陸宸所站的位置，這裡正在書房窗前，以後坐在書房看書一抬頭就能看到綠樹成蔭豈不很美？

陸宸的院子之所以只鋪了青磚空蕩蕩的，一是因為他的心思並不在打理院子上，二是因為他日日習武也需要這麼一片平整而空曠的場地。可如今這院子入不了凝洛的眼，他也覺得處處了無生氣起來。

「只要妳喜歡，種什麼都好。」

凝洛見陸宸點頭，不由對這院子規劃起來。「我們就種一棵榕樹好不好？要樹冠大大的，樹下可以放一張石桌並幾張石凳，夏日可以在樹下看書喝茶！」

陸宸見凝洛雙眼發亮，也被凝洛些許的興奮渲染得發笑。「妳是這院子的女主人，妳想怎麼安排就怎麼安排。」

凝洛迫切地想要她和陸宸共同生活的院子增添些生氣，聽了陸宸的肯定雖有幾分羞澀，可還是又指著對面的牆說道：「那裡我們可以做成一面花牆，牆下可以立個鞦韆架。」

陸宸微笑地看凝洛不斷說著院落如何安排，心中的幸福感覺不言而喻。那種看著凝洛主動參與到他的生活中來的感受，是他從來沒有過的。

第二十七章　鶖鸝飛過亂花

凝洛覺得自己說要在這院子裡添置什麼東西的時候，陸宸看起來有點心不在焉的樣子，她只當他沒往心裡去，可第二天一早，她被院中的嘈雜聲引了出來，卻驚訝地發現她前一日提過的所有東西都搬過來了。

「妳看看他們擺的位置對不對，一切都照妳想要的來就好。」陸宸站在她身邊，一同看著滿院子忙碌的匠人。

陸宸說得平靜，可凝洛心裡全是感動，就連她提過的小細節，陸宸都記在心裡了。她昨日不過說了一句希望鶖鸝能漆成棕色，如今就有匠人正在上漆了。

「榕樹我怕他們選不好，今日我帶妳出城去看看。」

「這個時候挪樹？」凝洛有些吃驚，這個季節挪過來怕是也活不了吧？

「挖得深一些，多帶些根和土，也還是有可能活的。」

凝洛想要的東西，陸宸就是要千方百計地為她實現。

郊外園林農場的場主與陸宸看起來也是相熟，聽聞陸宸前來忙迎了出來。

「陸爺！今兒個來看樹還是看花？」

雖然陸宸自己院子裡光禿禿的，可城外陸家莊子裡春日裡才種了一批樹，那些樹苗正是陸宸來這裡挑選的，因此帶凝洛過來也是輕車熟路了。

「你家的榕樹種在哪裡？」陸宸一面扶著凝洛下了馬車，一面向那場主問道。

「喲！」場主掃了凝洛一眼。「榕樹卻要遠些了，要穿過那一大片花圃。」

「要不要乘馬車過去？」陸宸向戴著冪籬的凝洛輕聲道。

凝洛搖搖頭。「還是走過去吧，看看花也不錯。」

陸宸扶著凝洛的胳膊向那場主道：「煩勞場主帶路。」

那場主雖因為陸宸和女子之間的舉止親密而暗暗詫異，可還是笑著走在前面。「請隨我來。」

二人跟在場主身後，凝洛忍不住去打量花圃中各色的花，陸宸看她像是感興趣的樣子，不由問道：「喜歡嗎？也許我那院子裡也能闢出一小塊花圃來。」

凝洛像是早有了主意似地點點頭。「在鞦韆旁就很好。」

「那妳看中了哪幾種？」陸宸輕聲問道。

走在前方的場主暗暗稱奇，這位陸爺從前都是一副鐵血模樣，不想還有這般柔情的一面。

「花圃小的話，種類太多反而看起來雜亂，不如獨種一種。八仙花怎麼樣？」凝洛向陸宸徵求意見。「花期長，顏色還多變。」
「只要妳喜歡就好。」陸宸自然什麼都依她。
正走著，花圃中卻走來一位姑娘，先是向著前面的場主喚了一聲「爹」，然後才看見場主身後的陸宸。
「陸公子！」那姑娘的眼神一下就亮了起來，一張臉也紅撲撲的。
那是場主的女兒，陸宸從前見過一次，卻忘了那姑娘的名字，正猶豫間，卻聽場主向那姑娘道：「金蕊，那片芍藥可都澆過了？」
金蕊點點頭，眼神卻在陸宸身上。「爹，陸公子這是來買樹嗎？」說完才看見陸宸旁邊的凝洛，臉上的神色怔了一怔。
凝洛自然看到這位姑娘見到陸宸時的激動和興奮，前世在陸宣身邊她見過太多那樣的眼神，只是想不到陸宸在外成日嚴肅著，竟也有人不怕他。
場主對女兒的表現渾然不覺，一面向前走一面道：「陸爺要去看榕樹。」
「那我帶他去吧！」金蕊走到場主身邊。「那邊的石榴枝插條我總也弄不好，還是爹親自出馬吧，省得我糟踐了東西。」
場主聞言也是心疼那些枝條，不快些插下去可就活不了了。
「陸爺，」場主也是怕怠慢了陸宸，有些為難地看向他卻說不出口。「您看……」

陸宸點點頭。「場主自便，我們挑好了，跟夥計說也是一樣的。」

場主總算鬆了一口氣，笑道：「那讓小女帶二位前去吧！」

金蕊笑意盈盈地看著陸宸，聽父親這麼說，又向陸宸走了一步。「陸公子請吧！」

「妳莫要怠慢了二位貴客！」場主向女兒囑咐道。

陸爺自從到了這裡就沒介紹身旁的那位姑娘，可他覺得這不能成為忽視那位姑娘的理由，恰恰相反，他莫名覺得只有討好那位姑娘，陸爺才會高興。

「陸公子是要在莊子種榕樹嗎？」金蕊走在陸宸旁邊，語調歡快。

「我也喜歡榕樹，特別是開花的時候，遠遠地看過去美極了，氣味也是好聞的。」陸宸無意與她交談，只是扶著凝洛，腳下慢了慢。「姑娘請前面帶路。」

金蕊瞬間尷尬了一下，只向前邁了半步，等陸宸二人跟上。「這位是陸公子的妹妹嗎？」

她跟著往陸家莊子裡送樹的時候，聽莊子裡的人提起過，陸公子有一弟一妹，是家中長子。

隔著冪籬的薄紗，凝洛看到金蕊眼中的期望，然後那期望的火苗很快被陸宸的一句話給澆熄。

「這是我剛過門的妻子。」陸宸以沈穩的聲音這麼道，當提到「妻子」這兩個字的時候，他往日嚴肅的聲音中透著不易察覺的溫柔。

金蕊失望地看向凝洛，口無遮攔道：「既然都是成親的婦人了，為何還遮著臉？」

凝洛輕聲一笑，故意問道：「依姑娘的道理，既然姑娘還未成親，為何不遮臉呢？」

金蕊一聽這話，面上頓時有些不自在，人家是嫁人的，自己是沒出嫁的，聽了這話終究沒臉。

陸宸低首，看了凝洛一眼，約莫明白了她的心思，一時唇邊翹起一個弧度，眸中都是溫柔的寵溺，然後抬首向金蕊道：「我看前方是榕樹林了，姑娘有事便先去忙吧，我們夫妻兩個自己看看就好。」

金蕊本就被陸宸成親的消息打擊了一下，又被凝洛噎了一句心中正難受，聽陸宸趕她走就更難過了。

何必呢，人家根本沒看中自己，自己也犯不著上杆子。

「我去跟那邊的夥計打個招呼。」金蕊說著快步向前走去，倒沒了黏在陸宸身邊的心思。

那片榕樹林倒不算大的，不過卻是什麼樹齡都有，甚至還有棵上百年的老榕樹。

陸宸看中了那棵，站在樹下向凝洛道：「我看這棵不錯，種在園子裡正好遮陰的。」
凝洛卻搖了搖頭。「莫說院子稍嫌小些，即使夠大也不能挪這麼一棵，根深葉茂的，若是因移植死去便可惜了！倒不如選一棵新樹，」她的眼神看向不遠處的小樹。「看著一棵樹一年年長大也很不錯！」
「妳覺得院子小嗎？那要不要換一處大的？」陸宸的關注點顯然不在樹上了。「或者我們將院子擴一擴？」
凝洛無奈。「院子很好，不大不小，所以樹也要選一棵不大不小的。」
選好了合凝洛心意的樹，二人又去看了看可以養在房中的花，這些花都是金蕊打理的，只是再面對陸宸，卻沒了先前的熱情。
「這些花養在房裡都很好，不過最好不要養在臥房，免得香味影響休息。」金蕊帶著二人在花房中慢慢走著，說話卻是無精打采。
凝洛拿著帕子在冪籬下輕輕拭汗，並沒逃過金蕊的眼睛。「您還是把冪籬摘了吧，花房裡熱，這裡也沒別人。」
她很好奇，陸宸會娶一個什麼樣的女子，看身形倒是賞心悅目，不知長相如何。
凝洛也覺得被冪籬箍著的額上濕漉漉的不舒服，便抬手去摘，卻不小心掛了髮髻一下，髮根處傳來的疼痛讓她倒吸了口冷氣。

陸宸忙扶住她的手。「我來！」說完，便小心地扶著羃籬的兩側，謹慎地躲過髮髻，輕輕地將那羃籬摘離了凝洛的額頭。

「早該摘下來了。」陸宸一手拿著羃籬，另一手接過凝洛的帕子，幫著凝洛輕拭額上的汗珠。

金蕊看陸宸對妻子那般的小心翼翼，像是捧著什麼珍寶一般，心中不由泛起酸來，又看陸宸抬頭為凝洛整理碎髮，她這才看清凝洛的長相。

凝洛已習慣了陸宸對她一個人的體貼，因此也只是對陸宸甜笑並不阻止他。

整理妥當，陸宸才回頭向金蕊問道：「還有什麼稀奇些的花草？」

金蕊卻像是沒聽見似的，雙眼直勾勾地盯著凝洛看。

陸宸微微蹙眉，就算金蕊是個姑娘，這般盯著凝洛，他也會覺得對方失禮了。

「還有沒有什麼少見的花？」陸宸一步跨在凝洛面前，擋住了金蕊的視線。

金蕊這才像回過神來，呆呆地望向陸宸。「我還沒見過這麼好看的人呢……」

她一下就理解了陸宸對凝洛的種種舉動，心裡也不覺得酸了，只覺眼前的二人簡直是天造地設的一對，令人看了還想再看。

直到陸宸和凝洛要離開的時候，金蕊還沒從那種奇怪的情緒裡出來，就好像她一下迷戀上陸宸夫婦，而且必須是兩個人在一起，她才興奮激動，單看一個人倒沒那麼喜歡了。

尤其是看到陸宸柔情似水地對凝洛，看凝洛溫柔甜美地對著陸宸微笑，她在一旁看了簡直想要幸福地尖叫。

凝洛要上馬車時，金蕊突然拿出兩個粗布香包塞給凝洛。「這是我自己做的，雖然布料不好、女紅也不好，可裡面裝的都是我親手製的乾燥花，都是用沒落地的新鮮花瓣做的，可以驅蚊蟲還可以安神，放在衣箱裡薰衣物也很好！」

在金蕊剛出現的時候，凝洛明明覺察到她對自己的敵意，如今這般真誠地送她東西，她卻不知是為何了。

「初次見面，我怎麼好收姑娘的東西……」凝洛猶豫著，不知道收是不收。

「我祝您和陸公子雙雙對對，白頭偕老！」金蕊說得有點激動，她讀書不多，想要再說些希望二人好好在一起的肺腑之言，卻是不能夠了。

凝洛當下也不再推辭。「謝過姑娘好意。」

「今日選中的花和樹我會派人來取，到時候妳與他們結算便可。」陸宸走過來扶住凝洛，也是對金蕊前後的態度變化一頭霧水。

金蕊忙向後撤了一步，為陸宸讓出地方，口中道：「好說，好說！」

她看著陸宸輕扶著凝洛上車，男的溫柔、女的優雅，看得她都醉了，直到看著那一馬一車走出去好遠，她都捨不得回家。

回到陸府，陸宸的那處院子竟然已經收拾好了，陸宸又吩咐人在鞦韆旁闢出一塊花圃，這院子漸漸地有了凝洛想像的樣子。

「你如果有不喜歡的地方一定要說。」凝洛看向陸宸。「這也是你每日進出的地方，若是哪裡讓你生了厭，那便不好了。」

凝洛有些擔憂，可能陸宸更喜歡從前空曠的院子，不過是因著新婚的關係才事事依著她。

陸宸聽了凝洛的話不由失笑，望著她認真道：「從前這裡只是我住的地方，所以只要有床有書就夠了。可妳來了這才是我的家，妳喜歡的一切我都喜歡。以後每日進出這院子，只要想到這是妳喜歡的佈置，我心裡就暖得很。」

說到動情之處，陸宸不由牽起凝洛的手在唇邊輕吻一下。

凝洛慌得忙向院中望了一眼，只見眾人正忙碌著並無人注意廊下的他們，這才用力抽出手向陸宸嬌嗔道：「越發大膽了！」

凝洛的雙頰又漫上些許粉意，陸宸尤愛她害羞的樣子，一雙美目像是不知望向哪裡才好，忽閃忽閃地只見長長的睫毛如蝴蝶的雙翅一般，而那隻蝴蝶卻像是找不到棲息的地方，只輕輕地在花上一沾就又飛走了。

就算二人已經成親，可看到凝洛某些細微而可愛的表情，陸宸還是會有突然的心動，就像是他第一次見到她一般，心中眼中只有她，全世界都只是背景。

陸宸牽起凝洛的手。「隨我來。」

凝洛被陸宸牽到房中，然後又被他扶著雙肩在位子入座，一頭霧水地看陸宸一本正經道：「妳等我一下。」

陸宸說完，轉身去了臥房，不一會兒雙手捧了一個匣子出來。他將那匣子放在凝洛手邊的小桌上，然後對凝洛攤開掌心。「這裡面的東西就交代給妳了，這是鑰匙。」

「裡面是什麼？」凝洛一邊問，一邊從陸宸手上拿過那把黃銅鑰匙。

陸宸只是微笑不語，看著凝洛打開匣子上的銅鎖，裡面的東西自然呈現在二人面前。

凝洛疑惑地再次看了陸宸一眼，才將裡面的東西取了出來。

陸宸這才解釋道：「是一些宅契地契，還有幾間商鋪，算是我全部家當，以後就由妳來打理吧！」

凝洛覺得手上那一遝紙沈甸甸的，一面慢慢翻看，一面笑道：「你倒是放心我！」

她只是故作輕鬆地開玩笑，其實心中的感動直讓她眼眶發熱。陸宸好像對她從來不設防，無條件地相信她，不求回報地幫她，她在陸宸身邊已得到足夠安全感，可如今他又拿出全部身家交到她手裡。

陸宸笑看凝洛隨手翻看那遝房契，心裡有種奇異的感覺，就好像他從前如浮萍一般飄蕩在水面上，如今突然生根一樣。

凝洛在翻到一張契約時停了一下，陸宸不由湊上前去看，卻是宣墨齋的那張。

陸宸才想起，問出那個問題。「對了，妳如何知道那鋪子是我的？」

凝洛將手裡的房契三兩下翻完，又小心地放回匣子中。「自然是你露出了馬腳。」

陸宸微微皺眉。「不是夥計告訴妳的？」

「嗒」的一聲將匣子鎖上，凝洛笑著看向陸宸。「你當著夥計的面說是你朋友的，哪個夥計還敢開口？」

陸宸想不通。「我哪裡表現得讓妳確信那是我的鋪子了？」

凝洛故意不說。「自己想吧！」說完起身抱起匣子。「我要把家當收起來了，給我就是我的了，你不許偷看！」

陸宸聞言笑了，看著凝洛嫋娜著走回臥房，心中美得直發甜。

傍晚的時候，陸宸的這處院子終於整修成凝洛想像中的模樣。二人在院中各處看了一下，陸宸不住地看凝洛的表情，若她有一絲不滿意，定然是要讓人來改。

凝洛在樹下的石桌旁坐了坐，這棵榕樹還不算大，尚不能完全遮住樹下的石桌。

「我就說要那棵大的。」

雖然凝洛並未表現出一絲不滿，陸宸卻覺得不夠好了。

「有兩年便好了。」凝洛毫不在意。「看著一棵樹長大也是很美好的事。」

陸宸總算點點頭。「也好，兩年後樹大了，咱們的孩子也可以在樹下玩了！」

凝洛瞬間紅了臉。「你……胡說什麼！」

陸宸在凝洛身前蹲下，一隻膝蓋向下幾乎成半跪的姿勢，他握著凝洛的雙手認真道：「妳知不知道，從我打算向妳求親那日起，我已在心中打算好我們的一生。」

凝洛看著他雙眼中的深情，眼圈兒一紅，忙轉頭看向別處，可淚珠還是滾了下來。

修長的睫毛盈著晶瑩剔透的淚珠，淚珠彷彿晨間樹葉上的露珠般微微顫動，之後盈盈落下，滑落牛奶般滑嫩細膩的肌膚上，她哭起來像雨中梨花，清新柔美，惹人憐愛。

陸宸看她這樣子，自然是心疼不已。原本就是喜歡得不行，看一眼就恨不得呵護一輩子，如今她成了自己的嬌妻，成了自己摟在懷裡疼惜的人兒，怎麼捨得她受半分委屈？

陸宸當下忙起身想要為凝洛擦淚，卻剛剛抬起手就被凝洛摟住腰。

凝洛坐在石凳上，將整張臉埋在陸宸寬闊堅實的胸膛上，眼淚很快就滲進他的衣物中，她閉著雙眼只感覺到一片濕熱。

陸宸輕輕擁住凝洛的雙肩。「怎麼了？」

凝洛並沒有回答，只是將他摟得更緊，他的胸膛寬闊厚實，讓她覺得這是她的倚靠，是她所有的一切，能讓她安心。

外面風雨飄搖，她是多希望能有個人這麼護著、靠著，免去一生顛簸，免去操心勞力。

陸宸見狀也不再追問，輕輕拍打著凝洛的肩，任她在自己懷中無聲地流淚。

成親這兩日，凝洛常常有一種不真實感，甚至有時候她懷疑自己還留在前世，是前世走投無路時心裡太苦，才作這樣一個美夢。

她很怕自己會從夢中醒來，發現自己還在陸宣身邊苦守著，等那個不知道什麼時候會來的名分。

前世的陸宣說過那麼多甜言蜜語，她全當真來聽，一心想著，有了名分一切都好了，可在陸宣的心中，又何曾真正打算過和她的未來？

如今陸宸給她的承諾並不多，卻是一字千金，說到便做到，這是一個真正想要與她共度一生的男人，她怎能不感動？

只是這種感動卻無法說出口，經歷過陸宣那樣的人，她才會覺得陸宸的種種更加可貴，才會為陸宸一句認真的話而落淚，只是這種感受卻不足為人道。

凝洛過了好一會兒才平靜下來，她慢慢推開陸宸，仰起頭笑道：「我想去試試盪鞦韆。」

陸宸看著凝洛發紅的眼睛有些心疼，可到底還是微笑著牽起她的手。「好！」

當凝洛坐在鞦韆上被陸宸推著緩緩地盪起來，陸宸才總算看到凝洛無憂的笑容，她笑起來很好看，彷彿雨後綻開的小花兒，嬌豔欲滴，清純柔和。

他站在鞦韆的側後方，看著凝洛的衣裙在風中飄動，如同飛在空中的小鳥一般，心中不免想著，願凝洛以後只有笑容，不見哭聲。

第二十八章　三日回門

三日回門也算新人的大事，因此一大早，凝洛和陸宸先去了陸夫人那邊。

陸夫人這兩日見小倆口蜜裡調油似的，心中十分高興，她從前只擔心這大兒子會孤獨終老，如今這麼瞧著，說不定明年她就能抱上孫子了！

「凝洛，」陸夫人朝凝洛親熱地招招手。「妳過來看，這料子怎麼樣？今日妳多帶幾疋回去，分給家裡人。」

大多數人家在回門禮中備下些布料、補品，都是給女方親家，只是凝洛那繼母說起來，陸夫人也是不喜，因此話中也並未點明要送給杜氏，只讓凝洛看著辦罷了。

「母親太過客氣了，回門用的東西我早已備好了，哪裡能讓您破費。」凝洛聽了婆婆的話，上前看那布料，口中不免要推辭一下。

「你們年輕人哪裡懂什麼回門禮！」陸夫人聽兒媳懂事心中是高興，因此這話說得並無任何貶低之意，何況她又是笑著，說出來倒像是含著寵溺。「該帶的東西我都讓他們裝上了馬車，待會兒妳回去的時候，就讓那兩輛馬車跟在妳的車後面。」

這般手筆縱然是經了兩世的凝洛都暗暗吃驚，不過是回門而已，陸夫人竟然為她準備了兩馬車的東西。

「謝母親！」凝洛向著陸夫人又是一拜。

陸夫人忙虛扶了一把，笑道：「不早了，你倆快去吧！」

凝洛應聲便要與陸宸出門，又聽陸夫人向陸宸囑咐道：「宸兒，不要仗著酒量便喝得毫無分寸，更不能讓凝洛父親吃多了酒！」

陸宸一向辦事周全，陸夫人從不用多操心這些，只是陸宸到底是頭一遭經這事，她有些不放心了。

「母親放心！」陸宸再次拜別陸夫人，這才牽著凝洛出門去了。

扶著凝洛上馬車又看她坐好後，陸宸回身上馬，向車夫點頭道：「走吧。」

隨著車夫的低聲吆喝，馬車緩緩向前駛去，凝洛透過車窗的竹簾，看車外影影綽綽的陸宸。

陸宸並不打馬，只和馬車並駕齊驅，剛好在凝洛的視線範圍內。

陸宸讓馬兒走得很慢，看起來頗為悠閒，還向車夫囑咐要穩當些，凝洛在車中看著，不自覺地微笑。

重生後的她還未像這幾日這般悠閒自在過，她陷在那個複雜的家中無法抽身，也無暇享受什麼悠閒的時光。她像是一個馬前卒，只能衝鋒陷陣，因為無路可退。

可如今她有了陸宸，心裡突然安穩平靜下來，她不知道日子還可以過成這樣甜蜜的樣子，也不知道自己竟然有一天會與什麼人這樣難捨難分。

陸宸側頭看向馬車，他並不知道凝洛在看自己，只是看著竹簾後的黑影就覺得很滿足，那是他的妻子，今日他是陪妻子回門呢！

凝洛見他側頭，忍不住將竹簾掀起一條縫。「有事？」

話說出口卻愣了一下，因為陸宸同時和她說了同樣的話。

二人相視而笑。「沒有。」

竟又是異口同聲。

凝洛臉色微微一紅，眉目含情地看了陸宸一眼，放下了竹簾。

陸宸被那一眼，看得心中澎湃不已，恨不能飛到那竹簾後面去。

又走了一段路，陸宸忍不住對竹簾輕聲喚道：「凝洛。」

竹簾又被微微掀開。

「什麼？」

「車上有茶水，口渴的話可以喝些。」陸宸不過是想多看看凝洛，這才勉強想到一個話題。

「好。」凝洛點點頭，看陸宸並不像還有話的樣子，便放下竹簾。

過了一會兒，凝洛突然想到，陸宸方才提醒她喝水，會不會是他口渴了呢？

「陸宸？」凝洛再度掀開竹簾。

陸宸忙應聲轉過頭，笑問：「什麼事？」

「你口渴了嗎？」凝洛輕聲問。

「沒有。」陸宸下意識地答，答完才覺得自己嘴太快了，如果他說自己口渴，也許凝洛就邀他上車喝茶了。

凝洛點點頭，放下了竹簾。

陸宸兀自在馬上懊惱，好不容易有個能與凝洛親近的機會，卻就這麼溜走了。

心不在焉地前行了一段，陸宸忍不住向竹簾望一眼，卻不見那竹簾掀開了。

凝洛坐在馬車中看著陸宸微笑，不過是隔了一道竹簾，他像是怕她飛了似的，一直看過來。

「凝洛。」陸宸終於忍不住開口，看她掀起竹簾馬上接著道：「我現在有些口渴了。」

「好。」凝洛應了一聲竟又放下竹簾。

陸宸擰眉，他原以為凝洛會邀他去車上吃茶的。

很快那片竹簾又掀起一些，一隻嫩白的小手伸了出來。「茶溫剛好。」

陸宸有片刻的失望，很快心裡又甜蜜起來，他在這街上打馬數年，又何曾有過佳人端茶遞水給他？

他彎下腰往凝洛的手上一撈，將那茶杯拿在手中，雖然馬走得很慢，可多少有些顛簸，然而他習武多年身形穩得很，將那杯茶水一飲而盡只覺回甘綿長，幸福無比。

凝洛看著陸宸，只覺這人連喝杯茶的動作都是幹練、帥氣，盡顯瀟灑，眼神中不覺有盈盈的情意。

陸宸低下頭一眼看見凝洛眼波流轉，心中又是一陣悸動，卻若無其事地彎腰將茶杯遞與凝洛。

凝洛回過神，一邊問「還要嗎」，一邊去接那茶杯，卻冷不防被陸宸握住了手。溫暖的感覺包裹住她的手背，她心裡是踏實而留戀的。

只是陸宸也覺得這種動作太過危險，輕輕握了一下就鬆開了。

凝洛紅著臉看了一眼立即端坐在馬上的陸宸，面上似是風平浪靜一般，只是抿著唇的那一抹笑，出賣了他心中的歡喜。

就在陸宸和凝洛二人一路眉目傳情趕往林府的時候，林家的人也都各懷心思地等著他們。

林成川自然知道杜氏一大早就朝房裡的下人大呼小叫是為什麼，也知道她從前一晚就開始有些心煩氣躁，他原不想理她，從厭惡的情緒第一天滋生出來到現在，那份感覺只增不減。

可當杜氏拿起立春端來的蔘茶，朝著立春砸過去時，林成川還是有些忍不住了。

「妳還嫌我火不夠大是不是？」杜氏瞪著立春大喊。

立春知道杜氏心裡不痛快，當下也不辯解，只一面認錯，一面蹲下身子去撿地上的碎片。

林成川皺眉朝立春道：「待會兒讓別人來打掃，妳先去換衣裳吧，我有話要跟夫人說。」

立春攥著濕了一片的裙角，默默地退了出去。

杜氏猶不解氣，向林成川嚷道：「裝什麼濫好人！」

林成川深吸一口氣才將拂袖而去的衝動忍住，在外，杜氏是他的妻子，走出去二人也是一體的；在內，杜氏尚管著這個家，他也無法完全與她割裂。

「今日凝洛回門，妳最好不要這種態度。」林成川原想好言相勸，被杜氏這麼一嚷，語氣也變成了警告。

「我哪種態度？」杜氏冷笑一聲。「林成川，你那個女兒出嫁我該給的可都給了，那些嫁妝，甚至陸家送來的聘禮也沒到我手裡半文！」

「平心而論，我對她可夠好的了！」杜氏打從心底覺得凝洛欠了她。「你滿京城打聽打聽，有哪個跟著繼母的姑娘出嫁能有那樣的排場？」

杜氏完全不覺得凝洛出嫁的排場與她毫無關係，相反，她覺得自己的美名應該傳遍天下才是，畢竟她的親生女兒出嫁可未必能那樣風光。

林成川突然覺得跟杜氏好像完全講不通道理，年輕的時候他明明也和杜氏情投意合，怎麼相處了這麼多年，兩個人反而雞同鴨講起來了呢？

雖然如此，可林成川到底還是要想辦法讓杜氏收斂一些，畢竟得罪了陸家對誰都沒有好處。

「陸家當初可是妳上趕著要結交，如今說起來也算是妳的親家了，妳該不會又拿陸家不當回事了吧？」林成川決定從杜氏最在意的地方入手。

杜氏聽林成川這麼說，倒是沒有反駁，只是臉上的表情仍是不情願。

「再換一個角度想，」林成川繼續說道：「妳就算不為林家著想，也總得為凝月想想吧？和陸家交好，和凝洛的夫婿交好，對凝月是百利而無一害呀！」

杜氏的表情又鬆動一些，只是口中卻強硬道：「那陸家何時把我當林家的長輩了？聽說背後還在笑我，那誰還看得起我們凝月！」

林成川簡直是苦口婆心。「我看凝洛那夫婿是個厲害角色，若是他能對妳認可，別人誰還敢說什麼？」

杜氏心裡也覺得不能就此和陸家交惡，只是拉不下臉在林成川面前服軟，因此只是咕噥道：「我知道了，我再想想。」說完，便起身走出去了。

杜氏心中自然仍是不甘，只是這半天總覺得心中有氣沒撒出來，因此當她走出房間剛好看到宋姨娘帶著出塵過來，便冷冷一笑停住了腳步。

宋姨娘一見杜氏那架勢，便知自己和出塵又要被杜氏拿來出氣，可如今都快走到了跟前，躲也沒處躲，何況她心裡也不願再躲了，就拉著出塵硬著頭皮走了過去。

杜氏居高臨下地看宋姨娘母子向她行禮，只從鼻子裡哼了一聲道：「你們二人穿得這麼鮮亮過來，是想做什麼？」

宋姨娘多少也陪著笑，向杜氏道：「姑娘今兒不是回門嗎？我們……」

「姑娘？」杜氏陰陽怪調地打斷了宋姨娘。「咱們家可有兩個姑娘呢！姨娘說的是哪位啊？」

宋姨娘臉上的笑僵了僵才勉強道：「我們過來看看大姑娘回來沒有。」

杜氏嗤笑一聲。「大姑娘回沒回來與妳有什麼關係？難道妳還想上桌陪新姑爺不成？」

林成川聽見外面的動靜已走到門口，宋姨娘被杜氏嗆得臉上一陣白一陣紅，半天說不出話來。

「怎麼？」杜氏斜了臉色難看的宋姨娘一眼，覺得心裡舒服了不少。「還不快滾！」

出塵自小跟在宋姨娘身邊，從來不敢在長輩面前擅自開口，後來學弟子規更是對林成川和杜氏唯命是從。直到跟在沈占康身邊，出塵才除了學問，也學了些人情世事的知識。他才懂得有時候一味順從未必就是孝、未必就是賢。

因此今日當杜氏對他們母子口出惡言，出塵便上前一步想要為姨娘分辯幾句，只是話未出口又被宋姨娘拉回身邊。他知道姨娘向來怕事，正要轉頭勸說幾句，卻見姨娘目光灼灼地盯著杜氏。

「夫人，我自知身分卑微不配接待貴客。可大姑娘沒有兄長，僅有出塵這麼一個兄弟，按理說回門宴要有娘家的弟兄招待新姑爺，所以我可以不出席回門宴，出塵卻是一定要露面的！」

杜氏沒想到宋姨娘敢反駁她，更沒想到宋姨娘竟能將這番話說得有理有據，讓她無法反駁。杜氏張了張嘴，最終還是不知該說些什麼。

「我們家哪有那麼多規矩！」林成川立在門口聽完，終於走了過來。「待會兒全都好好招待新姑爺，把你們那些明槍暗箭全都收起來！」

杜氏方才因為罵宋姨娘而解氣的痛快感覺，此時全變成憋氣堵在心裡，見林成川出來和稀泥，總覺得要說點什麼才能讓心裡的氣順一順。「不錯，是咱們高攀了，原應全家都捧著人家的！」

只是說出來卻沒什麼氣勢，也傷不到林成川和宋姨娘，一時讓杜氏更憋氣了。

「你們先回去吧！」林成川向宋姨娘二人道。「我讓人去打探了，他們快到的時候自然有人來報，到時候我讓人去叫你們。」

宋姨娘向林成川施了一禮，這才拉著出塵轉身走了。

直到走出好遠，宋姨娘才長長地出了一口氣，轉頭看了一眼出塵笑道：「嚇死我了！」

在宋姨娘說出那番話時，出塵確實驚詫不已，在他記事後的這些年裡，他還從未見過宋姨娘這樣與杜氏說話。

雖然宋姨娘開口時，拉著他的手仍不停微微顫抖，甚至連聲音都在說出個別字的時候有些不成調，可他心裡還是感到震撼。

他不能喚作「母親」的這位，竟然抬著頭跟杜氏針鋒相對，為了他們母子在這個家中僅存的一點點臉面，勇敢站出來發聲了。

所以當宋姨娘鬆開他，蒼白著一張臉對他笑著說「嚇死我了」，他很想擁抱一下宋姨娘，只是這個念頭在心裡轉了幾轉，卻到底沒伸出手去，他只向姨娘笑道：「姨娘，妳真了不起！」

宋姨娘聽了兒子的誇讚顯然很開心，臉上的笑也綻得更開。「真的嗎？我現在都還覺得腿在抖！」

「姨娘，」出塵拉住姨娘瘦弱的手。「我也要勇敢起來，以後我來保護妳！」

宋姨娘倏地濕了眼眶，拍拍出塵的手。「好、好！」

林家雖然人少，可其中關係複雜得很，她小心翼翼了這麼多年也沒能換來她想要的安穩，反而仍是如履薄冰地與人相處。倒不如敢說敢做一點，便是錯了，至少心裡還能落個痛快。

宋姨娘看著漸漸長大的兒子，心中五味雜陳。還好有凝洛，不然他們母子二人可能還是站在別人身後小心翼翼地瑟縮著吧？

凝洛和陸宸到了林府門口時，林成川已領了家人在等，其實這樣的排場稍嫌過了，不過是迎接回門的女兒女婿，大可不必如此。

凝洛腦中突然閃過一個奇異的念頭，若是她如了凝月的願嫁給沈占康，然後與尚未發跡的沈占康一同回門的話，應該會吃到閉門羹吧？

雖然知道娘家人的這番做派，不過是看在陸家家大業大的分上，可凝洛下了馬車還是快步走到林成川面前作勢要拜。

林成川忙上前扶住。「不必如此！」

看陸宸也走了過來，林成川又忙向他道：「賢婿！」

陸宸向林成川施了一禮，林成川鬆開凝洛笑著受了，這才帶著眾人回家去。

凝月從凝洛一下馬車就緊緊地盯著她看，她覺得梳起婦人髮髻的凝洛似乎更顯嬌媚了，巴掌大的臉露出了優美的線條，粉頰紅唇美得叫人移不開眼。

凝月心中暗暗嫉妒，卻在心裡惡狠狠想著，諒她新婚燕爾還有幾分幸福的模樣，等陸宸將那張臉看膩了，說不定她就成了遭棄的下堂婦！

正這麼想著，她又看到凝洛馬車後還有兩輛馬車，看樣子拉得滿滿的竟全是禮品之類的東西。

凝月有些瞠目結舌，誰家女兒回門會帶這麼多回門禮？一般都是提些點心罷了，最多再添置些補品布疋，那也沒多少，放在回門乘坐的馬車上也就夠了，而凝洛竟然帶回兩馬車的東西！

凝洛看凝月頻頻回頭看那馬車上的回門禮，杜氏也忍不住總將眼神飄過去，不由輕輕一笑，向林成川道：「婆婆為了女兒今日回門，特意準備了許多回門禮。

「那兩車東西……」凝洛回頭望了一眼，又轉回頭來。「一車送到父親書房那邊，一車就送到姨娘的慧心院吧！」

杜氏心裡一涼，若說是從前，這回門禮到了林成川手裡，她還能給要出來。可自從凝洛在嫁妝的事上擺了她一道，林成川好像就對她不怎麼信任了，有時候甚至還看看公中的帳本。

若說凝洛將回門禮給了林成川倒還說得過去，給宋姨娘算哪門子的事？她再不濟也是凝洛名義上的母親，是林成川的正經妻子，凝洛這麼做簡直不把她放在眼裡！

杜氏怒火中燒，一下就忘了林成川的囑託，正要發作卻聽凝月冷笑一聲。

杜氏轉過頭去，見凝月正盯著凝洛皮笑肉不笑地說道：「原來那是姊姊的回門禮呀！那麼多的東西，我還以為姊姊是被婆家休了，連人帶嫁妝都被退回來了呢！」

話音剛落，杜氏正要為凝月這絕妙的說法大笑，卻剛咧了咧嘴還沒笑出來，就聽見凝月一聲慘叫。

杜氏根本沒看清發生了什麼事，陸宸和凝洛還在林成川身邊慢慢走著，林成川慈父一般問凝洛在婆家可吃得慣、住得慣，而宋姨娘和出塵安靜地跟在所有人身後，就跟從前一樣。

杜氏眼看著凝月捂著嘴角的手縫裡流下血來，不由也驚叫一聲撲了過去。

「妳們母女倆大呼小叫什麼！」林成川自然聽到了凝月的那句刻薄之言，他原想呵斥一句，卻不想凝月又慘叫起來。

「月兒，這是怎麼了？」杜氏看凝月的眼淚撲簌簌地往下落，不由得也帶了哭腔。

凝月卻說不出話，只捂著嘴嗚嗚了兩聲，也不知說了什麼，可那眼神卻是看向陸宸，驚恐無比。

杜氏也順著她的目光看向陸宸。

陸宸雖面無表情，口中卻道歉了。「對不住，我原想著既然不會說人話便把嘴巴縫上好了，可是我沒拿過針線所以失手了，回頭我一定好好練練，下次不會再失手了！」

杜氏心裡發寒，此時的陸宸在她眼裡就像地獄來的殺神，雖然那張英俊的臉是平靜的，可杜氏卻覺得那種平靜讓人不寒而慄。

林成川覺得自己應該說些什麼，在一旁觀望了半天，到底只是向身邊人吩咐道：「請個大夫來給二姑娘看看！」

「不必了！」杜氏突然回過神來，不能讓外人知道，凝月被回門的姊夫給打傷了，這要是傳出去，人們必定會問背後的緣由，到時候還不知要編出什麼話來。

「我先帶月兒去包紮上藥。」杜氏說著，拉了凝月要走。

林成川只想著回門宴上不能太過冷清，忙向杜氏囑咐。「午宴好了，我會派人去叫妳們。」

杜氏悲憤地回頭看了林成川一眼，最終還是應下了。

凝洛也沒看到陸宸是怎麼傷了凝月，她覺得就算陸宸不出來認這事，也不會有人有證據指出是他出手傷人。不過以陸宸一人做事一人當的性子，他也做不出來置身事外的樣子。

再向前走的時候，陸宸忍不住向凝洛低聲道：「妳從前都是如何應對？」

凝洛看向陸宸一笑。「我又沒有你那絕妙的功夫，自然只能反唇相稽罷了！」

陸宸牽住凝洛的手。「對講理的人我們以理服人，對不講理的人就不必多費口舌了。」

凝洛微微一笑，她從前跟杜氏母女辯駁，頂多氣她們一下，那二人卻是死不悔改的。像今日這種感受到切膚之痛並流露出恐懼的神情，凝洛卻是第一次從這對母女臉上看到。

不得不說，這種有人為她出頭，站在她前面為她遮風擋雨的感覺太好了！她甚至都沒來得及想出如何將凝月的譏諷還回去，陸宸就出手了。

林成川倒是暗自慶幸，幸好他對凝洛也還不錯，不然這個新姑爺實在不是個好相與的。

「我要告官！」凝月剛包紮好就嚷了一句，卻因為扯到傷口又「嘶」了一聲，捂住了嘴角。

「告什麼官？」杜氏又生氣又心疼。「那陸家是妳能告的嗎？」

「真是個挨千刀的！」說著，杜氏又罵起陸宸來。「凝洛怎麼嫁了這麼個瘟神！也不知道會不會落下疤。」杜氏擔心地看著凝月。

「母親……」凝月含含糊糊地喊，眼裡含著淚竟是萬般委屈。

杜氏摟住她。「眼前的虧咱們只能吃了，陸家勢大，咱們得罪不起。可這筆賬是要記到凝洛頭上的！來日方長，咱們有的是機會慢慢跟她算！」

若是凝洛尚未出嫁，她或許還能擺擺母親的架子拿捏拿捏，如今那已經是陸家的人，她不能再輕舉妄動了。

安撫好凝月後，杜氏要帶凝月去參加家宴，凝月自是不肯的，莫說臉上還帶著傷，光是想到要面對陸宸，她就不寒而慄了。

杜氏少不得又是一番勸說，她們母女二人如今處境艱難，若是再不低下頭積極修補關係，只怕會被踢出那種富貴人家的圈子了！

於是，二人還是準時出現在午宴上。

凝洛看到她們也不覺得奇怪，畢竟這宴席之上還有陸宸，杜氏將陸家看得多重，她以前就知道了。

陸宸與林成川推杯換盞了一刻，一人說謝岳父對凝洛的養育之恩，一人說以後好好對自家女兒，倒像是尋常人家的翁婿對話。

杜氏一直給凝月使眼神，凝月雖然看見了，卻無論如何開不了口。她根本不敢看陸宸，只聽著陸宸說話，心裡就一跳一跳的，哪裡還敢看向陸宸說話？

杜氏覺得自己的眼珠子都要飛出去了，卻得不到凝月的回應，終於放棄了。

「陸宸呀，」杜氏笑著往陸宸碟子裡挾菜，語氣也是很親切的樣子。「凝月到底還小，被我慣得不懂事，今天的事你別往心裡去！」

陸宸聞言，放下正要與林成川相碰的酒杯，凝月心裡又是一哆嗦。

「夫人說這話是什麼意思，我不大明白。」陸宸看著杜氏正色道。

杜氏的臉色有些難看，她一個長輩把話都說到了這份上，陸宸難道還要裝腔作勢？雖然這麼想，可杜氏到底擠出一絲笑。「我是說方才的事，月兒口無遮攔，你別在意。」

陸宸掃了一眼凝月。

凝月眼角的餘光感覺到那兩道視線，只覺周身發冷。

「這正是我不明白的地方，」陸宸向杜氏說道。「二姑娘口無遮攔說的又不是我，為何夫人要讓我別在意呢？」

杜氏一怔，這才明白陸宸的裝腔作勢是為何。她只道不要得罪了陸宸，不要開罪陸家，所以放低姿態向陸宸道歉，可是她竟忘了陸宸為何去傷凝月。

杜氏又看向凝洛，心裡不甘，難道要向這個從前根本不會放在眼裡的人道歉？

杜氏和凝月從前沒少在言語上刻薄凝洛，可她從不覺得自己有錯，相反地，若不是凝洛有錯在先，她和凝月又怎麼會嘲諷謾罵？可眼下陸宸丟給她這樣一個難題，明擺著陸宸和凝洛是一個鼻孔出氣，她若是不向凝洛低頭，陸宸那裡甚至是陸家那裡，她都說不過去。

凝月自然將這一切看在眼裡，除了羞憤，她心中竟然還有深深嫉妒。她嫉妒凝洛能嫁到她和母親都十分看好的陸家，嫉妒陸家送了那樣多的聘禮，嫉妒凝洛有那樣好的嫁妝，也嫉妒凝洛帶了那麼豐厚的回門禮回來……

更嫉妒的是，陸宸將凝洛當眼珠子似地護著，不讓人詆毀一句，還會為凝洛討公道。在陸宸看凝洛的眼神中，她不止看到了愛，還有敬。

這世間的男人，有幾人能對妻子如此？

凝月妒火中燒，恨不能老天爺立刻下道雷將凝洛劈死。可一想到無論凝洛是死是活，她大概都嫁不到這樣的人家，又失落得像被人剜了心一樣。

杜氏正難堪，原想給凝月使個眼色讓女兒幫說句話，卻見她正神色複雜地看著陸宸和凝洛，眼神中毫不掩飾的嫉妒和羨慕讓杜氏只覺得沒臉。

陸宸的那句話還在等人來接，杜氏也唯有硬著頭皮向凝洛道：「凝洛，妳知道妳妹妹這個人向來說話不過腦子，如今陸宸也教訓了她，妳原諒她吧！」

林成川雖然沒有說話，卻在一旁微微點了點頭，陸宸見狀，幾不可見地挑了挑眉，卻沒逃過凝洛的眼睛。

這是她的家人，父親一向躲著清閒不管事，繼母爭強好勝、趨炎附勢，妹妹目光短淺、出言無狀，而宋姨娘母子則一直當作背景默默存在。

凝洛看向陸宸，眼神裡是別人讀不懂的情緒，唯有陸宸從裡面看出了悲傷，像是無聲地對他訴說著她這些年的委屈。

陸宸不顧其他人詫異的眼神握住了凝洛的手，口中卻輕聲問道：「妳要原諒她嗎？」

凝月卻是一驚，這個陸宸行事難以捉摸，手下又毫不留情，萬一凝洛一句「不原諒」說出來，她毫不懷疑自己會立即死在陸宸手下。

凝月求助地看向凝洛，也顧不得嘴角處的傷口疼痛，帶著哭腔喊了一聲「姊姊」。

凝洛循聲看過去，凝月急得眼淚都快出來了，乞求般地看著凝洛，口中哀道：「我錯了！我再也不敢了！」

凝月完全被陸宸嚇怕了，因此認錯倒是認得發自肺腑，生怕凝洛一個不滿意，陸宸那裡會再飛過一個什麼暗器來。

凝洛覺得嘲諷無比，她從前跟杜氏母女講道理，在言語上數次交鋒，雖然後來都是她勝了，可那二人卻從來沒有過今日這般認錯的姿態。

杜氏看凝月那樣子就知道她在怕什麼，也忍不住為凝月說話。「妳們到底是姊妹，身上流的都是林家的血，妳姊姊還能真怪妳不成？」說完，杜氏又眼含希望地看向凝洛。「是吧？凝洛。」

凝洛還未開口，杜氏又求助似地看向林成川，林成川卻根本不接她的眼神，只幫著陸宸又挾了些菜。

成親這幾日，凝洛和陸宸在一起每天都過得甜蜜滿足，可那種幸福的感覺卻在她邁進林家大門的那一刻起，開始漸漸消散了。

「妹妹帶著傷，也沒辦法吃東西，不如回房歇息吧！」凝洛淡聲說道。

倒不如把凝月趕走，眼不見心不煩，也許還能好好吃頓回門宴。

杜氏心裡一鬆，忙笑著向凝月道：「到底是親姊妹！妳姊姊疼妳，妳快回去吧！」

凝月也是如蒙大赦，向父母和凝洛夫婦規規矩矩地行了禮，這才逃也似地離開了。

杜氏又陪著笑給凝洛挾菜，並向陸宸道：「我們凝洛一向吃得少，身子也稍嫌單薄，陸宸以後多規勸著點兒，讓她多吃些。」

凝洛見杜氏扮演「慈母」的角色，也不再多說什麼，這頓飯終歸要吃完，表面上的平靜也是需要維持。

杜氏雖笑著，心裡卻暗暗地咒罵起來，方才因凝月而起的擔心，也隨著凝月的離開而消失了，她的心裡只剩下了對凝洛的恨。同時她還有些後悔，後悔在凝洛小時候她沒多做些什麼，那時候她只顧著凝月、顧著再拚一個兒子，把凝洛完全忽視了。

或者說是有意忽視，她進林家時，對於要不要除掉凝洛的問題也思慮了很久，後來想到，哪怕是有生母在身邊的孩子還有那麼多夭折的，何況凝洛連母親都沒有。

所以她便聽之任之了，幼小的凝洛生個病，只要林成川不知道不發話請大夫，她也裝作不知道。

待到凝洛跌跌撞撞地長到幾歲，她發現那孩子雖然瘦弱，可看起來竟是健康的。當時她便後悔了，後悔沒在凝洛還在襁褓時早做打算，一怒之下趕走凝洛身邊的嬤嬤。

再後來，她也只得讓自己寬心，好在這只是林成川的女兒，不存在分林家家產的問題，只要給口吃的，養大也就算了。何況，凝洛又是那樣的相貌，說不定以後她能在凝洛婚事上撈點好處。

想到這裡，杜氏不由又向陸宸看了一眼，陸宸也剛好看過來。「夫人很瞭解凝洛？」

杜氏一愣，繼而想到方才她對陸宸隨口扯了一句「凝洛吃飯少長得瘦」的話，又堆起笑說道：「瞭解是應該的，不瞭解才是我做母親的過錯，不過姑娘大了都有自己的心思，我這幾年確實不大懂凝洛了！」

她這話說得圓滑，倒是半真半假，假的是她從沒有想要去瞭解凝洛在想什麼，真的是她確確實實有些看不透凝洛了。

停了一下，杜氏想說的話在心中轉了轉，到底忍不住接著說：「就說凝洛這婚事吧，陸家老太太壽宴的時候，我看貴府的二公子和凝洛很要好，還以為他會來提親呢，怎麼也沒想到最後是大公子你。」

凝洛聞言冷笑一聲，杜氏這種人果然是死不悔改的性子，到了這時候還在明裡暗裡地敗壞她名聲。

「林家二姑娘的口才是遺傳自夫人吧？」陸宸拿筷子在碟子上輕輕敲了一下，就好像特意為了聽聲音。「那我剛才想要縫二姑娘的嘴巴還真是冤枉她了！」

杜氏自然聽出陸宸的弦外之意，不過仗著自己多少算個長輩，想著陸宸不會輕易出手傷她，這才穩住心神帶了幾分討好的笑。「陸宸真會說笑！」

陸宸淡淡地看了杜氏一眼。「夫人也很會說笑！」

那一眼直看得杜氏心驚肉跳，心裡也有些後悔，原是打算忍氣吞聲過了這段時間再對付凝洛的，怎麼就一時嘴快了呢！

凝洛低下頭微微一笑。有陸宸在身邊，好像都不用她開口了呢！

陸宸將手中的筷子放在桌上，正色道：「這是林家，原輪不到我來立規矩，可這裡同時也是我妻子的娘家，我就少不得要說上一句。從前我以為娘家是女子的依仗，是在外受了委屈可以回來躲風雨的地方，可今日陪凝洛前來，卻發現這是給了她最多風雨的地方！」

陸宸說著向杜氏瞪了一眼，杜氏忙垂下眼簾，只看著面前的菜碟。

「這樣的娘家，有沒有我覺得沒什麼區別，甚至說不定沒有還會更好。」陸宸毫不留情地繼續說。「所以日後凝洛若是想回，我也不會攔著；若她想從此與林家斷了關係，我絕對會站在她身後支持她！」

林成川終於按捺不住，有些尷尬地開口笑道：「言重了！大家都是一家人，有個磕絆絆的也正常，哪能一個不痛快就說斷絕關係呢！」說完，又舉起杯向陸宸。「來，你我二人再飲一杯！」

陸宸自覺話不必多說，點到為止，若是對方不肯聽，他也不介意兵戎相見。如今岳父舉杯，他也只得同飲。

杜氏暗暗鬆了一口氣。好險，差點就把陸宸徹底得罪了。失去陸家這門親戚，只怕她更難為凝月籌謀了。

提著一顆心，杜氏又為陸宸挾菜，並向林成川責怪道：「少讓孩子吃酒，多吃些菜才是正經。」

只是林成川並未理她，陸宸也像是沒看到般連個謝字也沒有，因此杜氏倒落得個沒臉。

凝洛卻為宋姨娘挾菜。「姨娘的筷子可是很久沒拿起來了！」

宋姨娘受寵若驚地扶了一下菜碟，凝洛如今更不比從前，她現在是陸府的少奶奶了，回來也是貴客，因此凝洛這一舉動倒又讓她不安了。

凝洛卻沒繼續跟她說什麼，只向出塵道：「出塵，你以茶代酒，也敬你姊夫一杯吧！」

出塵聽了凝洛的話有些猶豫，伸手拿起面前的茶杯卻不敢跟陸宸說話。

他心裡倒不是多麼怕陸宸，經歷方才的事，他對陸宸是有著敬佩之心，而之所以會猶豫，是因為他覺得自己在陸宸眼裡一定只是個不懂事的孩子，他太想要說句得體的話，以至於緊張到頭腦一片空白。

陸宸注意到這對姊弟的情形，直接拿起酒杯微笑著看向出塵。

出塵心裡更緊張，可到底還是下意識地站起身，雙手抱住茶杯，向陸宸的酒杯湊過去，他抿了抿發乾的嘴唇，勉強笑道：「祝姊夫和我大姊白頭偕老！」

「好！」陸宸的酒杯與出塵的茶杯清脆地相撞了一下，然後陸宸將杯中酒一飲而盡。

出塵也喝了一口茶，這才覺得喉嚨沒方才那麼緊了。

「坐吧！」陸宸向出塵微笑，在出塵看來很是可親。

凝洛欣慰地看著這二人，待出塵坐下之後又為他挾了些菜。「吃菜，都是一家人了，不必拘著。」

吃過回門宴，凝洛帶陸宸回自己院子歇息。不過剛剛離開幾日，凝洛再踏入芙蕖院時卻恍如隔世。

宴席之上，陸宸見凝洛對出塵頗多憐惜，出聲問道：「妳與弟弟很要好？」

凝洛聞言回憶了一番從前與出塵相處的時光，卻發現在重生之前幾乎沒有。她搖搖頭，帶了幾分苦笑。「只是不想他……」

她原想說不想出塵重蹈她的覆轍，可話到嘴邊又覺得不妥，接著說道：「不想他毀在杜氏手裡。」

杜氏已經毀過她的前世，當時出塵也不算大，卻因為沒有靠譜的西席教導，沒有人開導引路，所以直到凝洛跳河，出塵給她的印象也仍是八歲時的模樣。

若是她這輩子不干預出塵的事，只怕出塵仍是那個畏畏縮縮的孩子。

陸宸若有所思地點點頭，他現在雖然沒什麼權力，可人脈很廣，既然凝洛看重這個弟弟，他以後少不得要好好提攜一番。

二人歇息了半個時辰後，商量著要回陸府，丫鬟卻進來通報說，宋姨娘和出塵在外面等了好一會兒。

凝洛忙讓人請，自己也向門口走了幾步，看宋姨娘進門才停下笑道：「怎麼不早點讓人通報？」

「怕姑娘歇息好了就離開，再也不好見面，所以早過來一會兒，又不想打擾二位歇息，這才等了片刻，不礙事的。」宋姨娘面對凝洛倒沒有午宴上的拘謹。

凝洛讓他們二人入座，宋姨娘才讓丫鬟捧上一遝繡品。

「這是我親手繡的，原想給姑娘添妝用的，只是後來繡嫁衣把這些給耽擱了，這幾日我又趕了一趕，總算趕出來了。」

凝洛從宋姨娘手上接過來，卻有些過意不去。「為了繡嫁衣，姨娘辛苦了那麼許多日，這幾日不好好歇歇，卻還做這些費神的，這讓我怎麼捨得用！」

陸宸見凝洛和宋姨娘的關係倒還能品出一些人情味，也理解凝洛為出塵的那片心了。

「出塵！」陸宸向出塵喚道。

出塵忙起身，站到陸宸面前行禮。「姊夫！」

看起來倒是伶俐的孩子。

「聽說你現在沒有先生教導，可有自己讀書？」

出塵點點頭。「每日都在讀，讀先生教過的，也會讀一點不曾學過的，開始有些吃力，多讀幾日也能明白幾分。」

這個年紀的男孩子能做到如此也是難能可貴，因此陸宸微笑著點頭道：「我認識一位大儒，可以推薦給你，但你務必要好好跟著大儒學習。」

出塵不承想這位姊夫竟送他這樣的大禮，心中十分感動，猛點頭道：「我一定會更加用心的！」

那邊凝洛正對宋姨娘說回門禮中有幾疋布，可以讓宋姨娘給自己和出塵做幾身衣服，然後就聽到陸宸要給出塵推薦大儒，一時二人停止交談，心中俱是感動。

送走宋姨娘母子後，凝洛只看著陸宸笑。

陸宸伸手將她拉到懷裡，也是笑著問：「為什麼這樣看我？」

凝洛伏在陸宸胸前，心裡的甜蜜直將聲音也泡得發甜。「你真好！」

陸宸的下巴在凝洛頭頂輕輕蹭著。「從前我就想對妳好，妳想要的、想做的，我都想讓妳實現。」

「那時候尚未成親，我恨不能守在妳身邊，瞭解妳所需所想。」陸宸擁著凝洛，聲音輕輕的卻飽含深情。「現在妳嫁給了我，可以光明正大對妳好，我心裡不知道有多開心。」

第二十九章　繼妹的嫉妒

待凝洛和陸宸回了陸家，凝月心裡的恐懼全都化成了對凝洛的恨意。

若不是凝洛使了什麼法子嫁給陸宸，她怎麼會受這種屈辱？

而且，凝洛當著林家所有人的面，將她從回門宴上趕出去，她丟的臉面自然也是要算在凝洛頭上。

看到凝洛和陸宸二人看向對方眼中的甜蜜，外人都能感覺到的幸福，凝月每每想到就嫉妒得吃不下、睡不著。

憑什麼？一個生下來就沒有親娘的人，像棵野草一樣不被人關注地長大，突然就被別人捧在手心裡，她看了就是不爽，就是想把那二人臉上的幸福都撕掉！野草就應該被踩在腳底下！

可凝洛到底嫁去了陸家，她不甘心想再做些什麼也是鞭長莫及。

在家養了幾日傷，凝月日日想著怎樣給凝洛搞些破壞，卻是無計可施。在家苦悶了幾日，也覺得這樣不是辦法，便想著出門拜佛，若是能有神明指引也是好的。

由於山路走過大半，馬車不能前行了，因此善男信女們都需要步行一段去那寺廟。

半路碰到易雪的時候，凝月心中一喜，甚至以為真的是神明指引了。

而易雪看到凝月湊上來的時候，想了一下才想到這位帶了幾分諂媚的姑娘是誰。易雪的神色冷了下來。「原來是妳。」說完也不去看凝月，只看著前面的路前行了。

凝月自然知道易雪對她為何這種態度，這次卻不是因為她哪裡讓人生厭，而是因為她是凝洛的妹妹。

早在陸老太太壽宴那日，凝月隱約猜到易雪的心事。雖然表面上易雪跟陸宣很是相熟，玩笑聊天也比別人親密些，可那完全不帶一絲男女私情，和那些看到陸宣便紅了臉的姑娘完全不同。

而遇到陸宸時，一貫愛說笑的易雪又文靜下來，規規矩矩地同陸宸打招呼，卻帶了一絲不為人知的不自在。

別人或許會以為是因為陸宸嚴肅的樣子，令人產生緊張和拘謹，可凝月就是看出不一樣的情緒。如果說之前還都只是猜測，那如今易雪對她的冷淡，剛好證實了她的想法。

「易雪姑娘和陸寧那樣要好，怎麼今日沒約著一同出遊？」凝月厚著臉皮跟在易雪旁邊，想著怎麼能將話透給易雪。

「即使要好，也不必日日膩在一起。」易雪想到陸寧那麼喜歡凝洛那個嫂子，心中不知為何有了一種被背叛的感覺。

「也是，」凝月點點頭，絲毫不因易雪的冷淡感到尷尬。「沒想到我與陸寧竟成了親戚！」

易雪想到自己這些年的心事只覺胸口隱隱作痛，看著前路不鹹不淡地說道：「確實，世事難料。」

「這話說得極是！」凝月笑得燦爛。「我先前以為姊姊會嫁給表哥，後來又以為她會嫁給我們家的教書先生，誰知道最後竟能嫁給陸家的大公子呢！」

易雪一驚，正要問凝月是什麼意思，凝月卻自顧自地說了下去。「可見姊姊是心氣高的，不管是表哥和教書先生也就談談情罷了，論起嫁人，有陸家這種門第比著，她自然不能嫁給那兩位。」

凝月話音剛落，易雪便抓住機會問道：「妳說凝洛和誰談情？」

凝月故意愣了一下，然後故作尷尬地擺擺手。「都是過去的事了！」

在易雪看來，凝月不過是為自己的失言而掩飾，她才不會就此放棄，自然要緊緊追問。「『表哥』和『教書先生』是怎麼回事？」

凝月看易雪上鈎，心裡竊喜不已，面上卻假裝為難道：「這原是家醜，我哪能跟外人說呢！」

易雪也不是強人所難的性子，若是別的事聽對方這麼說她便罷了，可事關凝洛，甚至陸宸，她也顧不得許多了。

「妳說一些給我聽聽，我聽過就忘，絕不會到處宣揚。」易雪忙哄著凝月，在她看來，凝月不過是個沒見識的蠢姑娘，哄幾句便什麼都說了。

而凝月也沒辜負易雪的希望，故意吞吞吐吐地開始說了起來。

「姊姊和表哥從小是青梅竹馬，家中長輩原來頗看好他們，也想著親上加親能成一樁好事。」凝月精心編造著故事，而易雪則聽得全神貫注。

「可姊姊不知哪裡認識了一個窮書生，還給帶到家裡來給弟弟當先生。」凝月很滿意易雪的態度，繼續說得繪聲繪色。「沒過幾日，姊姊不再理我那可憐的表哥了！也不知那先生有什麼魅力，姊姊拿了自己的錢給那先生買東西不說，還發生了月下私會這種事！」

易雪吃了一驚。「竟有這種事！」

「反正她跟先生不清不楚的，私下往來頗為密切，就連家中下人也撞到過好幾次！」

「撞到什麼？」易雪有些懵懂。

凝月故意一副害羞的模樣。「咱們是姑娘家，那些事怎麼好問清楚，總歸是醜聞罷了！」

易雪不疑有他。沒想到凝洛竟是這種水性楊花之人，那便是天仙般的容貌又怎麼配得上陸宸？

凝月看易雪信以為真，不由暗自冷笑，她正愁不能去凝洛跟前添亂，上天便把易雪送到面前，連老天爺都幫著她，她不信凝洛還能在名門望族的陸家立住腳！

陸家此時，正準備擺宴招待一些世交。京城貴族一貫常來常往，不是東家設宴就是西家賞花，陸家辦了喜事之後還沒舉行過這種小圈子聚會，因此老太太催著陸夫人操辦了起來。

凝洛原想幫忙，可陸夫人並不給她安排事情，只說讓她看著學便罷，來日方長以後有的是機會。

凝洛聽了也不急著做事，真的每日跟在婆婆身邊看著學著，偶爾看陸夫人累了便幫著捏肩捶背，對於陸夫人的各種做法不置一詞。

陸夫人對凝洛滿意得不得了，不管凝洛出身如何，這種虛心耐心學習的樣子就讓她喜愛不已。

陸家是有門第的大家，即使門當戶對的姑娘嫁過來，也不可能馬上就當家，何況又都是十幾歲的年輕人，因此到了婆家第一件事，應該是跟著婆婆學著如何理家。

而年輕人與長輩相處，難免會看不慣長輩的一些行事方法，凝洛能夠做到用心學而非指手畫腳，這一點陸夫人看在眼裡也覺得難能可貴。

到了宴請這一日，凝洛早早梳妝打扮起來，這是作為新媳婦第一次露面見陸家的世交，再不能像平日裡那般不施粉黛，必須好好收拾一下妝面，才能讓人覺得凝洛也是看重這次宴會。

陸宸則要簡單得多，他只梳洗清爽就可以了，因此在凝洛對鏡梳妝時，陸宸只坐在一旁看著。

丫鬟已為凝洛梳好髮髻，和做姑娘時的髮髻不同，凝洛如今髮髻梳得更俐落，也顯得大氣。

陸宸看著這樣的凝洛，只覺得她比從前更多了幾分韻味。就像是一顆掛在枝頭的果實，從前是青澀的，縱使帶著露珠嬌嫩欲滴，也讓人覺得欠了幾分火候。而如今那顆果子成熟了，散發著迷人的果香，叫人心生採擷的衝動。

陸宸的眼神又落在凝洛的腰上，那纖細的腰肢不盈一握，只有他知道那是如何的柔軟，觸感又是如何的細膩嫩滑。

正出著神，那楊柳細腰突然轉向了他。「這兩支簪子哪一支好看？」

陸宸看向凝洛，見她正拿了兩支釵子向他發問，然後也不等回答，又轉向銅鏡在髮間比量起來。「好像都差不多……」

陸宸起身走到凝洛身後也看向銅鏡，凝洛剛剛薄施了一層脂粉，原本就粉雕玉琢的小臉更顯肌膚勝雪。那面上黛眉如柳，雙眸似秋水含情，秀氣的鼻子宛若瓊瑤，而那小巧的鼻端之下，是小而薄的紅唇。

陸宸每次看到凝洛都像是第一次見到那般心動，每次都能發現凝洛比從前更美似的，令他只想捧在手心裡看個不停。

而這樣的一張臉，又哪裡需要更多的首飾來襯托呢？

於是，陸宸朝凝洛手中拿起沒有流蘇的那支釵子。「這一支就很好。」

凝洛心裡也是偏向那一支，畢竟她的一對耳墜已經在髮鬢前搖曳，若是頭上再戴那麼多搖來擺去的東西，叫人眼花撩亂了。

「想不到你的眼光好，還真會挑。」凝洛對著鏡中的陸宸笑道，手伸向背後想從他手中接過那支釵來。

陸宸卻微笑著將那釵為凝洛插上，口中道：「我自然眼光出挑，不然如何挑中妳？」

凝洛含羞一笑，心中卻是甜蜜的，又見陸宸那支釵戴好後，又拿起螺黛準備畫眉。本來這妝面上的事也該由丫鬟服侍著，只是陸宸幫凝洛選釵時立在她身後，丫鬟們紛紛躲到一旁，也不敢吱聲，只等主子們的吩咐。

凝洛看陸宸立在身後不走，也沒有喚丫鬟，只拿著螺黛向銅鏡湊了湊，先看起自己的眉形來。

陸宸卻走到凝洛身邊。「我來。」

凝洛聞言轉過頭。「你？」

丫鬟們屏氣凝神，方才大少爺為少奶奶戴釵她們心中已經嘖嘖稱奇，不想竟還能看到大少爺親手幫少奶奶畫眉。

陸宸聽凝洛語氣中有不信任，不由失笑。「這有何難，不過兩道柳葉眉，難道還能難過潑墨揮毫不成？」

凝洛看陸宸信心滿滿地在她身邊坐定，心想即使畫得不好也可以擦掉重來，於是轉身面向陸宸，口中卻道：「你莫小看了這兩道眉，要畫得高低相同、形狀相同、顏色相同，卻是和潑墨的隨意大不相同。」雖這麼說著，可手中的螺黛還是遞給了陸宸。

陸宸接過來笑道：「我自然是想過這些。」說完，並不著急去畫，只細細地打量起凝洛的眉形。

「這樣的一對眉，哪裡需要畫呢？」陸宸看了一會兒低聲讚嘆道，一對彎眉似新柳，眉色如遠山含黛，不畫也勝黛蛾。

凝洛面對著陸宸淺笑。「所以畫好便罷了，若是畫得不好，我可一眼能看出來了。」

陸宸只是向著凝洛一笑，拿著螺黛湊了過去。

陸宸的小指和手掌側面輕輕地貼在凝洛眉際，那種溫暖的感覺讓凝洛十分安心，她輕輕閉上眼睛，感受陸宸拿著螺黛在她眉上輕輕描畫。

丫鬟們站在一旁幾乎連大氣也不敢出，生怕稍微有點動靜就破壞了眼前的美好。女子輕閉雙眸，長而鬈翹的睫毛在男子手下輕輕顫動；男子動作輕如蝶翼，眼神專注在那柳眉之上，一張側臉英俊帥氣，但見一雙薄唇緊抿，可見主人的用心。

陸宸的臉與凝洛不過兩拳的距離，二人的呼吸交織在一起溫暖而曖昧地流動，凝洛閉著雙眼，鼻端能聞到陸宸特有的氣息，和梳洗過後那種若有若無的清香。

陸宸心無旁騖地慢慢描畫，比對著另一邊眉毛的高度和形狀，輕輕地描繪著手下這邊，順著眉毛生長的方向，隨著原有的顏色掌握著手上的力度。

「好了？」凝洛感受到陸宸停了下來。

一張開眼睛，凝洛便看到陸宸幽深而專注的眼神，心頭不覺就亂撞了一下。

陸宸向後移動了一下，打量著他剛剛畫好的一邊。

「怎麼樣？」凝洛問得有些忐忑，眉毛在妝容中太重要了，若是畫不好直接會影響整個人的容貌氣質。

陸宸正想著如何用詞，凝洛已轉過頭去望向鏡中，卻見陸宸畫好的那一邊單看雖看不出什麼特別，可半邊臉卻因為那邊的眉而生動立體起來。

凝洛懸著的心總算放下，帶了一絲驚喜看向陸宸。「竟比我自己畫得還要好！」

「自己畫總歸有顧不到的地方。」陸宸又移近，作勢要畫另一邊。

凝洛也閉上眼睛微微仰起臉，陸宸見她這副乖巧的樣子，恨不能往那紅唇上啄一口，只是礙著丫鬟們還在房裡，也只得收了心思看向凝洛另一邊的彎眉。

「以後若是我在家，由我來為妳畫眉吧！」陸宸一面輕輕描畫，一面輕聲說道。

凝洛感受著陸宸的氣息，心裡甜甜的，也輕聲答道：「好！」

丫鬟們看到陸宸離凝洛那樣近，險些要親上去的樣子，不由都羞澀起來，紛紛眼觀鼻鼻觀心地立在一旁。可眼睛不去看，耳朵還能聽到，二人溫柔甜蜜的聲音傳來，丫鬟都暗暗羨慕起這對璧人來。

當兩邊眉毛都畫好了，凝洛又轉向銅鏡正看著，陸宸又輕捏了她的下巴，將她轉向自己。

來。

「方才蹭掉些脂粉，我再幫妳補上。」說完，陸宸以指腹輕沾了香粉幫凝洛補了起來。

誰能想到平日裡舞刀弄槍的大少爺，還能在閨房中幫大少奶奶做這些呢！丫鬟們垂著眼簾暗暗想著。

補好了粉，陸宸仍是意猶未盡，可看了一眼外面的日頭，到底站起身來。「我先去外面招待賓客，妳收拾好了再歇息一會兒出去便可，今日妳少不得要應酬一番，出去早了難免乏累。」

凝洛起身送陸宸出門，再回房時心裡滿滿的全是甜蜜。那種從未有過的幸福感一直縈繞著她，而這些全是陸宸帶給她的。

丫鬟繼續幫著凝洛將妝面化完，挑起一點點胭脂轉過身，卻見凝洛兩頰正泛著粉色，比塗了胭脂還要漂亮。

「大少爺對大少奶奶真好！」丫鬟將那胭脂輕輕點在凝洛頰上，又輕輕地以指腹將胭脂暈開來。

凝洛自然聽出丫鬟話語中的情不自禁，望著鏡中面若桃花的自己，那是前世的凝洛不曾有過的模樣。看到丫鬟們個個嘴角含笑，凝洛也忍不住淺淺地笑起來。

走到待客的花廳時，不少賓客已蒞臨，凝洛款款走進去就引起廳裡一陣竊竊私語。

她今日本就特意打扮過，再加上陸宸出門前的那段甜蜜相處，整個人愈加容光煥發起來。

甫一出現在門口，眾人的目光便被吸引過來，紛紛看著她一路走到老太太面前行禮，不由都低聲稱讚起凝洛的美貌來。

凝洛向老太太行過禮，又向陸夫人行禮。

陸夫人起身拉著她認識了一下廳裡的各位貴夫人，凝洛一一見過行禮，落落大方。

「老太太這孫媳可真是萬中挑一呀！」有位侯夫人向老太太稱讚道。

眾人有跟著附和的。「侯夫人說得極是，不但這樣貌是打著燈籠也難找的，那氣度也是不凡，方才走進來的幾步，多麼端莊大氣，這正是陸家人該有的模樣啊！」

一番話說得人們連連點頭。這般長相的女子，一旦不注意儀態便有騷首弄姿之嫌，走起路來也容易帶著些許輕浮的姿態。而凝洛目視前方，面上帶著得體的微笑，雖是蓮步輕移，卻步步持重穩健，哪裡像林家那種門戶裡出來的姑娘？倒帶了幾分宮中娘娘的做派呢！

陸老太太聽了眾人的誇讚自是笑得合不攏嘴，凝洛是她的長孫媳婦，今日又是第一次出來見這些尊貴的客人，客人們認同她，自然也覺得面上有光。

陸宸是老太太頗為看重的長孫，小時候就十分懂事，如今大了也穩重，眼下娶了個媳婦也合她的心意，樣貌才情自不必說，看起來也是個能管家持事的人，她自然也對凝洛這個長孫媳婦格外看重。

鍾緋雲在離門口較近的地方坐著垂下了眼簾，她來陸府已經住了兩日，今日還是頭一次見到凝洛。

她是和母親商議過後來投奔陸家，放眼京城之中，她最好的選擇便在陸家，何況她仰慕陸宣這麼多年，就算有更好的歸宿讓她選擇，她也是不肯的。

可陸家這邊似乎不急著為陸宣說親，也並不見他們對她有特別的想法，因此她仗著一直走動的情分住了進來，即使不能和陸宣更親近，能得到陸家長輩們的喜愛也是好的。

在見到凝洛之前，鍾緋雲對於陸宣是勢在必得，因為她總覺得一起長大的情義無可替代，那些陸宣在外面認識的鶯鶯燕燕，有誰能像她那麼瞭解陸宣呢？

而這些年她在陸家長輩面前，雖不曾大放異彩、出過風頭，可好在一直中規中矩不曾出過差錯。她曾在心裡盤算過，不管是陸家還是陸宣，他們所認識的這些姑娘中，沒有比她更適合陸宣的。

所以她耐著性子等待，等待合適的時機，等待陸宣發現她才是弱水三千中的那一瓢。可是她卻等到了凝洛的出現，等到陸宣興高采烈地告訴她，他要向凝洛求親，雖然那只是一場誤會，而凝洛最後也嫁了陸宸，可鍾緋雲知道，陸宣的心已經很難拽回來了。

比如來到陸家的這兩日，她曾幾次三番去找陸宣，可陸宣卻一直不在家。所有人都說二少爺一貫如此，愛在外面玩，可她就是知道陸宣是故意不回家，故意躲著那個在一個屋簷下的大嫂——凝洛。

鍾緋雲自然是看凝洛不順眼，只是耳邊卻不斷傳來人們的誇讚聲，她冷冷一笑。不過是仗著有幾分姿色換男人寵愛的東西，有什麼了不起？

鍾緋雲又抬起眼看向陸老太太和陸夫人，二人看著凝洛都笑得很欣慰。鍾緋雲看了又忍不住冷哼一聲，怪她大意了，不過去了一趟江南，便讓這個不知道哪裡冒出來的狐狸精占了先，不然此刻老太太和夫人看重的人應該是她才對。

可是她喜歡了陸宣那麼久，陸宣卻不喜歡她。想到這一點，她心裡又難過起來，原來得不到回應的感情會讓人如此失落。

凝洛一面聽著眾人的誇讚，一面帶著得體的微笑，看在鍾緋雲眼裡就像是一根刺扎進了心裡，她並不是嫉妒凝洛的容貌氣度能得到眾人的讚嘆，她只恨凝洛勾走了陸宣的心又毫不在意地摒棄了。

鍾緋雲又看向老太太身邊的陸寧，正是集萬千寵愛於一身的模樣。小時候她曾嫉妒過陸寧，嫉妒陸寧是陸宣的親妹妹，可以日日見到陸宣。再懂事一些，她慶幸自己不是陸宣的親妹妹，並不由得有些討好陸寧。

她是希望陸寧能為她在陸宣面前說幾句話，哪怕不能，認同她也好。

無奈這兩年鍾家呈家道中落之勢，她心中也暗暗覺得陸寧待她不如從前了。不但陸寧，恐怕整個陸家都是如此，不然她今日怎麼會坐在這乏人問津的地方，遠遠地看著那片熱鬧心生豔羨呢？

正胡思亂想著，鍾緋雲又見兩個人從門口進來，定睛一看卻是易雪和她的母親。易夫人和陸夫人是手帕之交，二人尚在閨中時十分要好，後來各自成親，所嫁的夫家也是差不多的富貴人家，所以這麼多年也從未斷過走動。

兩位夫人的女兒竟也十分投緣，從小玩在一起，長大了也是彼此掛念著，常常來往。

易雪因為陸寧十分喜愛凝洛那位大嫂而心生不快，已經很久不曾到陸家來了，今日一出現，陸寧自然十分高興，從老太太身邊起身，迎著易雪走了過來。

易雪自從聽了凝月的話，覺得凝洛這人深不可測，有那樣的醜聞在身，竟還能一副柔弱無辜的模樣，想來是使了什麼手段才騙過陸宸嫁到陸家。

而凝洛既然能騙過陸宸，自然也就能騙過陸寧。一想到陸寧不過是被蒙蔽了，才對凝洛那樣好，易雪也在心裡原諒了陸寧。

陸寧自然不知道易雪這番心理變化，她只知幾次邀約易雪，對方都推說沒空，今日易雪進了廳，先對著她歉意一笑，她便將之前邀約被拒的不快全忘了。

「妳總算肯出來了！」陸寧上前拉住易雪的手。「我還以為妳是又有了別的好友把我給忘了呢！」

易夫人已走上前向陸老太太問好，易雪見了忙拍拍陸寧的手。「我先去給老太太請安。」

待易雪向老太太行過禮，打算再向陸夫人行禮時，卻見陸夫人正拉著凝洛見過自己母親。

凝洛聽陸夫人介紹易夫人是她幾十年的好友，忙向易夫人施了一禮。

易夫人笑著受了，又扶起凝洛端看道：「從前也是見過的，如今越發張開了，這般光彩照人的兒媳婦真是讓人羨慕！」

陸夫人雖心中免不了得意，口中仍是要自謙一番，又向易夫人說道：「妳的兒媳也不差，哪裡值得妳用這酸溜溜的語氣！」

易夫人聞言笑了起來，又向凝洛道：「妳婆婆這人嘴硬心軟的，有什麼事妳與她好好說，她一定會幫妳。以後跟著她多學學，早日幫著她理家，她辛苦了這許多年也該享享清福了！」

凝洛乖巧地應了，卻冷不防聽見易雪說了一句。「如今看著凝洛的性子倒是挺好的呀！」

如今？這是什麼意思？周圍的人不免有些詫異。

易雪這話一出，眾人皆是一愣。誰都聽出易雪話裡有話，只是在大家驚訝的神色裡，靠近門口的鍾緋雲卻露出一絲幸災樂禍的神色。

易夫人也是一驚，看陸夫人也是神色有異，便向女兒追問道：「這麼說是什麼意思？」

易雪像是才反應過來似的，掩口露出尷尬的神色，看在眾人眼中像是一時失言。

「聽說凝洛和林家的教書先生關係不錯。」易雪故意說得含含糊糊，像是為了遮掩先前的話特意蒙混過去，聽在眾人耳中卻剛好引起相反的效果。

易雪越是這種態度，人們就越覺得背後有事，尤其是鍾緋雲，意味深長地看了凝洛一眼，倒像是捉奸一樣。

眾人一時不知如何接這話，凝洛卻馬上就冷下臉來。「易雪姑娘從哪裡聽來的謠言？」

質問的語氣中竟帶了讓易雪無法直視的氣勢，凝洛一句話就將易雪的話定性為謠言，眾人見凝洛一臉正氣，再聽了這話都已信了半分，又紛紛望向易雪看她要怎麼回答。

易雪一怔，不知要如何回答凝洛這個問題，若是答從哪裡聽來的，那也默認了是謠言；若否認這是謠言，她又空口無憑。

「雖然我朝民風開放，但女子的貞潔何其重要！」凝洛步步緊逼。「易雪姑娘不知哪裡聽了一句風言風語，就在這裡說些捕風捉影的話，可曾想過後果？」

易雪被問得啞口無言，她又不好供出凝月，只能聽著凝洛繼續道：「今日來的都是侯門夫人和姑娘們，自然都是有教養的人家，不會在背後亂嚼舌根。可誰能保證這話不會被別人聽去？所謂『眾口鑠金』，若是真有人在外以訛傳訛毀我清譽，我又如何向人自證清白？」

易雪低下頭，心裡也對凝月的說法起了疑心。

「況且如今易雪姑娘還未出閣，大庭廣眾之下傳這種謠言，對姑娘的名聲也是不好吧！」

眾人紛紛點頭，交頭接耳說起易家這姑娘在今日場合說這種話實在是不妥。

易夫人見易雪一句辯白的話也說不出，陸夫人的臉色也實在不好看，也向易雪責怪道：「越大越沒有腦子！小小年紀怎麼學起別人搬弄是非來了？」

易雪本就因為當著眾人的面被凝洛問得說不出話而難堪，讓易夫人這麼一責備就更委屈了，眼裡盈盈的就有了淚。「母親……」

易夫人卻更氣，哪有當著主人的面揭人家兒媳短處的，莫說那事很可能是捕風捉影，即便是真的也沒有這樣不顧對方臉面說出來的道理。

「難得帶妳出門，妳卻這般口無遮攔，從前我都是怎麼教妳的？」易夫人並未因為易雪的眼淚而心軟。「妳成日跟人家陸寧在一起，怎麼就沒學到陸寧的半分懂事？」

陸夫人臉色總算緩和些，拉了拉易夫人的衣袖勸道：「算了算了，孩子還小，說兩句便罷了，何必動真氣呢！」

易夫人餘怒未消，對著易雪道：「今日回去罰妳一個月不許出門！」

「行了，」陸夫人拉著易夫人坐下。「妳倒越發起勁了！」說完又向陸寧道：「寧兒帶易雪和其他姑娘們去園子裡玩吧！」

陸寧忙應聲拉著易雪向外走，也有兩個別人家的姑娘跟著站起身。鍾緋雲看了看陸夫人身邊面色已經平靜的凝洛，從鼻腔中冷哼一聲也跟著出去了。

易夫人看易雪出去總算也鬆了一口氣，扭頭向陸夫人道：「這麼大了也不讓人省心！」

陸夫人對易夫人處理這件事的態度還算滿意，在她手背上輕拍了兩下，安撫道：

「孩子還小。」

易夫人卻搖頭。「也不小了，都差不多的年紀，妳看凝洛多懂事！」

說著，易夫人就看向凝洛。「妳別往心裡去，她也是無心的，我回去再好好說說她！」

凝洛忙向易夫人行禮。「夫人言重了！」

易夫人又轉向陸夫人。「這麼大了還沒個心眼，以後嫁了人怎麼能讓我放心啊！」

聽婆婆和易夫人又說起兒女們的事，凝洛不再插話，只靜靜地立在一旁。

陸老太太正在同別的客人聊天，方才的一幕她自然是看在眼裡，孫媳的大方應對令她很是滿意，沒失了陸家的氣度，很好。

陸家不是一般的小門小戶，也不會因為家中規矩立得好就沒有風風雨雨，遇事不慌頭腦清醒，說起話來有理有據，這都是陸老太太看重的。

家中諸事老太太早已交給陸夫人去打理，她現在不過打打牌、聽聽戲，可那不代表她在這個家說話就沒有分量，她打算找機會跟兒媳商量，可以好好培養一下凝洛。

宴席之上倒也其樂融融，賓客們不是誇凝洛就是誇陸寧，總之到主人家做客都撿好聽的說罷了。

易雪沒有再開口，只是將先前的難堪都歸咎於凝洛，對她暗暗生出恨來。

鍾緋雲在一旁冷眼打量著，再回想從前易雪見陸宸時的情形，竟也給她悟出幾分滋味來，又是暗暗地冷笑。

陸家一共就這麼兩位公子，竟都傾心於那個凝洛，活該她遭人嫉恨，這明擺著就成了一個活靶子，說不定哪天不用她出手，凝洛就被人暗箭所傷了。

第三十章　未來遠行

待到宴席結束，凝洛陪著陸夫人送完賓客便回到房中，剛進屋就聽院裡有動靜，從窗子裡望出去，卻是陸宸回來了。

陸宸走路從來都是大步流星，他的身形本就如玉樹臨風般英姿挺拔，走起路來便帶了雷厲風行之勢。

而他和凝洛在一起時會特意放慢腳步，配合著凝洛的步幅慢慢走，讓人一下就能感受到他的用心和體貼。

今日陸宸穿了一件玄青色長袍，腰間玉帶緊繫，更顯腰圓肩寬身形修長。前世凝洛也曾覺得陸宣風流倜儻、貌似潘安，此生和陸宸相識相伴才知瀟灑偉岸才是男子應有的模樣。

凝洛向窗外望著，看陸宸風姿爽朗，恍若高山流水之俊秀，又如大江大河之奔騰。

正看著，陸宸已走到廊下，他遠遠地看見凝洛透過窗子望他，因此也沒有去門口，直接來到窗前，如一棵立姿巍峨的傲松。

一時二人都無話，只是默契地相視一笑，心頭俱是甜絲絲的。

「立在這裡做什麼？」陸宸開口問道，語氣自然是面對凝洛才有的溫柔。

「也是剛進屋就聽見你回來了。」凝洛微笑著回道，聞到了淡淡的酒氣。「喝酒了？要歇息一會兒嗎？」

陸宸搖搖頭。「不妨事，只喝了一點。」

有灑掃的丫鬟從廊下走過來，見陸宸和凝洛正隔著窗子說話，忙走到廊下繞開走過去了。

小丫鬟們走遠了便低聲嘻嘻哈哈的，大少爺和少奶奶感情可真好，隔著窗子說話都讓人覺得甜，看向彼此的眼神都含情脈脈，直教她們沒來由地害羞。

凝洛看了一眼遠去的幾個丫鬟，陸宸也回頭望了一眼，然後轉回來向凝洛笑道：「出來走走？」

凝洛微笑著向陸宸點點頭，然後轉身向門口走去。走到門口時，陸宸已等在那裡，二人一對視又忍不住笑起來。

陸宸向凝洛伸出手，凝洛也大大方方地將手放在陸宸的手心裡，然後陸宸輕輕一拉，凝洛便跨過門檻站到陸宸身旁。

反正這院子中的下人都見過二人牽手的模樣，凝洛也不再顧忌許多，左右不會出這院子，也不怕被不相干的人看了去。再者說，她也很喜歡被陸宸牽住手的感覺，溫暖而踏實。

二人漫步在院中，走到鞦韆旁的小花圃停了一下。

「若是在鞦韆的另一邊，開一片同樣的花圃好不好？」陸宸看凝洛喜歡花草，總嫌這院子不夠大。

凝洛打量了一番，又想像了一下才點頭道：「不錯，之前怎麼沒想到。」

陸宸看凝洛點頭，心中一高興又接著說道：「屋後還有一片空地，從前也沒有人去，我們也可以種些花草。」

凝洛倒是不知道這件事。「屋後還有空地？」

陸宸點點頭，拉著凝洛從房前繞到屋後，確實有一片不小的空地，雖然並未鋪磚石，可也沒有長雜草，可見是常有人打理。

「這一片可以種些薔薇花，我記得妳說那花好養活。」陸宸指著一個角落說道：「各種顏色都種上一些，這片就能種滿了。」

凝洛微笑著傾聽，聽陸宸說她曾經喜歡的花，甚至是那日去農場多看了幾眼的花，都被他記在心裡。

說了許多，直到他對空地上每一片種什麼都安排了滿滿當當，才發現凝洛好像一直沒有說話。

陸宸停下來看向凝洛，卻見凝洛也正微笑地看著他。

「怎麼不說話，妳覺得這樣好嗎？」陸宸看到凝洛笑也忍不住嘴角上揚。

「你不覺得將這一片空地安排得太滿了？」凝洛忍俊不禁。「聽你說的好像連小徑也沒留一條。」

陸宸一愣不由也笑開來。「我只想著怎麼把這一整塊地的顏色和花期配好，卻忘了給賞花的人留地方了！」

笑過之後，陸宸將凝洛拉至懷中擁住，凝洛側著臉貼在陸宸胸前，二人都看向那片空地，就好像那裡已經開出無數的花朵。

良久，凝洛聽到陸宸胸腔處傳來悶悶的聲音。「我總怕給妳的不夠多。」

凝洛沒有說話，只是摟著陸宸的雙臂又緊了緊。她豈會感受不到陸宸對她的寵愛，只是突然不知道怎麼回應這種寵愛罷了。

「有空我們一起去選花吧？」

陸宸的聲音再度傳來，跟面對面時聽到的感覺不一樣，也許是在他懷中的緣故，凝洛尤愛這種倚在陸宸胸前的低沈聲音。

「好。」凝洛聽著陸宸話音落下之後的心跳聲，只是輕聲簡短地答了一個字。

陸宸還覺得有話要說，卻不想破壞二人的靜謐時光，便將到嘴邊的話嚥了回去，只是眼中卻多了些憂慮的神色。

晚飯時，桌上又是幾道凝洛愛吃的菜，陸宸沒用幾日就瞭解凝洛的大多喜好，因此飯菜都是照著凝洛的口味來安排。

「來杯桂花釀怎麼樣？」陸宸拿著一小罈酒過來。

凝洛微微一怔，然後若無其事地笑道：「好，不過我最多只能喝三杯。」

隨著陸宸看房前屋後時，凝洛就覺得陸宸好像有話要對她說，卻又不知為何忍著不開口，可既然陸宸一副粉飾太平的樣子，凝洛也不忍心拆穿他，只如往常一般閒聊些書畫，看起來二人都是輕鬆自在。

如今陸宸要與凝洛一同飲酒，凝洛便猜著陸宸是想藉機說些什麼，所以她微笑著應了，並親自為陸宸和自己斟滿了酒。

陸宸卻並不急著飲酒，只向凝洛碟中挾菜，口中道：「先吃些菜，莫要空著肚子被酒傷了腸胃。」

凝洛應聲挾菜來吃，卻見陸宸只是看著她，自己並不吃菜。

凝洛心裡隱隱不安，她猜不到陸宸的心事，也不知要如何才能寬慰他，只能幫陸宸挾菜。「你的腸胃也不是鐵打的。」

陸宸聞言笑了，二人之間的氣氛輕鬆許多。他低下頭吃了一口，可凝洛卻看出他食不知味。

凝洛又向桌上的菜色打量過去，卻不知道陸宸比較愛哪一個，好像她喜歡的他都會喜歡，卻也從未對某一道菜表現出特別的喜愛。

凝洛放下筷子，不由嘆道：「有時候真是佩服你的細緻用心，想來你若是走讀書這條路的話，也定能一鳴驚人。」

陸宸笑了笑。「人人皆說『唯有讀書高』，可保家衛國畢竟不能拿根筆去上陣殺敵。誰也不能保江山萬年太平，所以能為國上陣殺敵的人斷不可少。」

他之前想過要怎麼開口跟凝洛說心中的話，不承想這麼快就自然提到這個話題，於是打鐵趁熱道：「今日宴席之上遇到一位朋友，是從邊疆來的。」

陸宸頓了一下，凝洛感受到他情緒的變化，也猜到他接下來要說的便是他之前欲言又止的那些。

凝洛看向陸宸，卻見陸宸舉起杯來。「先乾為敬！」

說完，陸宸將酒杯湊到唇邊一仰頭，滿滿一杯酒入喉了。

凝洛端起杯看著陸宸，不由出聲勸道：「喝慢些。」說完也就著酒杯抿了一小口。

陸宸將自己的酒杯滿上，繼續說道：「那位朋友說最近邊疆不太平，有人在不斷尋釁滋事，像是背後有人指使有蓄謀的。」

凝洛沈默了，她想起上輩子邊疆是有一場戰事，陸宸也是參戰了。

從這輩子和陸宸在一起，陸宸還並未上過戰場，凝洛一想到那遙遠的邊疆，想到血流成河的戰場，她心中不捨又害怕，怕陸宸會出事。

陸宸見凝洛臉上現出憂色也是心中不忍，便勸慰道：「也許未必會起戰事。」

凝洛看向陸宸，又想到上輩子陸宸如何征戰四方每戰必捷，是以後來得了皇上重用而權傾天下。

她對著陸宸微微一笑，方才提著的心也稍稍放了下來，而後舉起杯帶了幾分俏皮向陸宸道：「我也敬夫君一杯！」

陸宸被凝洛逗笑，雖又滿飲了一杯，二人聊起其他的見聞，可他到底在心中有了一番思量。

聽了朋友的描述，陸宸直覺邊疆一戰在所難免，只是如今新婚燕爾，他又如何捨得扔下嬌妻遠赴邊疆？

可就算有這番想法，他也知道自己終究會去，習武多年為的不就是血灑疆場嗎？

二人各懷心事吃了一頓飯，凝洛不過飲了一杯酒就有些不勝酒力，陸宸怕她難受便勸住了她，又讓丫鬟煮了醒酒湯來，饒是如此，二人更衣歇息時，凝洛的臉還是紅紅的。

「以後若是我不在場，尤其是在別處，妳要少吃酒。」陸宸撫摸著凝洛微燙的臉頰輕聲說道。

凝洛乖巧地應了一聲，卻藉著酒勁追問道：「你以後會常常不在嗎？」

凝洛不過是微醺，頭腦自然是清醒的，陸宸已到了四處建功立業的時候，他能這樣躺在她身邊，這樣輕聲哄她的時日，怕是會越來越少了。

陸宸聽著凝洛似撒嬌般問了這麼一句，心裡登時酸澀了一下。他勉強笑著湊近，在凝洛額上輕吻了一下。

「我會爭取，常常在家。」陸宸將凝洛摟向自己懷中。

一旦開戰，誰也不知道多久能結束，是凱旋而歸還是馬革裹屍，這些問題誰也說不準。

凝洛窩在陸宸的懷中，頭頂能感覺到陸宸的下巴，她從未這般依戀一個人，不管是前世還是今生。

重生之後她以為自己不會再嫁人，一顆心覺得猶如被銅牆鐵壁包裹一般，也不知道怎麼在這緩緩流逝的時光裡，就被如今的枕邊人給融化了，讓她再次發現心中柔軟的地方，成為了一個會藉酒撒嬌的小女人。

「陸宸，」凝洛的手指無意識地把玩著陸宸中衣的衣領。「你想做的事，放手去做便是。我自然會照顧好自己，不用擔心。」

陸宸心頭一熱，原來凝洛一直什麼都懂，只是看他不提她也不說罷了，這種知己難逢的感覺，讓他心中都是滿滿的感動。

凝洛也不知怎麼回事就感覺自己的眼眶濕了，怕陸宸聽出她的哽咽，到嘴邊的那句「不要受傷」就沒有說出口。

她從前也喝過酒，卻不知為何今日的酒這般醉人，讓她變得那樣軟弱。明明戰事未起，明明陸宸也並未說要離開，她卻生出許多離愁別緒來。

靠在陸宸懷中也不知多久便睡著了，第二日醒來卻只有凝洛自己，看著空蕩蕩的枕邊，她又覺得失落起來。

丫鬟正在一旁整理陸宸的衣物，見凝洛醒來忙走過來。「少奶奶！」

凝洛起身，丫鬟要伸手去扶，凝洛卻搖頭道：「倒杯水過來。」

看著凝洛慢慢飲下小半杯水，丫鬟立在床前笑道：「我服侍您起來吧？大少爺一早出去買了您愛吃的水晶蝦仁包子回來，如今正在蒸屜裡熱著，我為您梳洗好了便用早飯吧！」

凝洛點點頭，卻又止不住的傷感，成親以來陸宸即使不在家，也會將她的一日三餐安排妥當，日後上了戰場，她就很難感受到這種體貼了。

一面用著早飯，凝洛一面在心中打算怎麼和陸宸好好相處，她也不記得前世邊疆打仗的具體時日，更不知道陸宸是什麼時候遠赴了邊疆，眼下唯一能做的，就是過好二人在一起的每一刻。

用過早飯，凝洛閒來無事便想著繡個香包送給陸宸。和丫鬟在庫房中選了半天布料和繡線，又挑了一會兒花樣，不覺間日頭升得高高的了。

凝洛坐在窗前細細地描著花樣，心裡那種不捨和哀傷就慢慢淡去，只剩下平靜。原來掛念著一個人是會讓人心安的，會覺得眼前的世界明亮而平和，會體會到與世無爭的美好。

針線做累了，凝洛就抬起頭從窗口望出去，鞦韆在微風中輕輕地擺動，兩側花圃中的花開得正盛，這是她與陸宸共同佈置的院子，看到就覺得甜蜜。

正一個人對著窗外笑，卻見陸寧輕巧地推門而入，院子裡有丫鬟忙迎上前，陸寧向正屋這邊一望，就朝丫鬟擺了擺手。

凝洛見陸寧已看到她，放下針線迎了出去，回想起來，進了陸家門以後還沒跟陸寧兩人好好說過話呢！

「我大哥不在吧？」陸寧第一句卻問起陸宸。

「妳找陸宸？」凝洛一時也沒反應過來陸寧問話的意思。

陸寧卻搖頭。「我找他做什麼！自然是來找我大嫂。」

凝洛一笑拉著陸寧進屋。「既是找我的，妳管他在不在家呢！」

陸寧也不敢出賣把媳婦看得跟寶貝似的大哥，只是打趣道：「我也是怕打擾你們夫妻嘛！」

進了屋，陸寧直奔凝洛方才所坐的窗前。「妳一人坐在這裡發什麼呆呢？」說完，便看見桌上一堆針線，陸寧拿起那尚未成型的香包。「妳在做針線？」

不等凝洛回答，陸寧又笑得一臉狡黠。「是給大哥做的嗎？」

凝洛大方地點頭。「消磨時間罷了。」

陸寧很喜歡看陸宸和凝洛恩愛的模樣，就好像看多了她以後也會這般甜蜜，可嘴上卻是不饒人。「都成親了，哪還需要給他做這些！」

「成親前沒做過，自然要成親後補上。」凝洛覺得越是成親後，越要將彼此放在心上，相伴的時光那樣長，難道要習慣漠視對方？

陸寧又看了看桌上的花樣。「這蘭草倒是別緻，只是不知道大哥會不會喜歡，畢竟他只是個愛舞刀弄棒的粗人。」

「粗人？」凝洛驚訝道：「妳就這樣評價妳大哥？」

陸寧掩嘴而笑，她就喜歡看大哥大嫂二人互相維護，口中卻道：「我看妳要繡個刀槍劍戟才好！」

凝洛被她的俏皮也逗得笑起來，正說笑間，卻見陸宸跨進院門，面似沈水。

都是瞭解陸宸的人，二人一見他那副表情，不由面面相覷。

凝洛見他那樣也是擔心，忙迎了出去。

陸寧也不知道誰觸了她這位大哥的逆鱗，也跟著凝洛走出門去。

「回來了？」凝洛微笑著跨出門，陸宸正在廊下。

陸宸只是應了一聲，看到凝洛身後的陸寧，就好像又想到什麼不快，質問道：「妳怎麼在這裡？」

陸寧只當是大哥嫌自己在這裡礙眼，又見陸宸一副隨時要發火的樣子，忙陪著笑道：「順路過來看看大嫂，我這就走。」

說著，就繞過陸宸向院子走去，口中兀自仍在重複「這就走」。

凝洛也不知陸寧為何今日那樣怕陸宸，正想要去送她，陸宸卻大跨步走進房中。

她回頭看了看明顯在生氣的陸宸，又看了看已經一溜煙奔向院門的陸寧，最終還是返身走回房中。

陸宸剛坐在桌邊端起茶杯，凝洛那句「涼了」還未出口，陸宸已將那杯涼茶一飲而盡。

「這是怎麼了？」凝洛在陸宸對面坐了下來。

陸宸看了看凝洛，面色有一瞬間緩和，可馬上又恢復惱怒的神色。

努力平復了一下，陸宸才沈聲道：「聽說昨日有人提起在林家執教的那位秀才。」

凝洛心裡微微一沈，謠言果然還是散開了。看陸宸強忍怒氣的樣子，想來是連他都誤會了自己。

「秀才確實是我舉薦給父親不假，」凝洛忙向陸宸解釋。「可他在家中為出塵授業時，我和他沒有半點逾矩，我……」

凝洛看陸宸舉起一隻手制止她說下去，便住了口。

陸宸再看向她，眼神又柔和許多。「妳不必向我解釋這些，我自然是信妳的，又怎麼會生妳的氣。」

凝洛一怔，陸宸並不是為她和教書先生的事生氣？

「不承想易雪竟是這種人！」陸宸憤憤不平。「她自小和陸寧一起長大，兩家又是世交，有時候甚至可以說是親如一家。她叫我一聲『大哥』，我也拿她當妹妹看，陸寧的大嫂便是她的大嫂，她怎麼能在那樣的場合胡亂編排妳？」

凝洛總算明白陸宸怒氣沖沖回來，是因為不喜易雪，繼而心中又感動非常，感動於陸宸不會被外面的謠言左右，以及他對自己無條件的信任。

凝洛不想說易雪是無心之失，雖然她確實是被人利用了，可到底是她不辨是非聽信了謠言。何況她不計後果在陸家滿堂賓客前說出來，明擺著就是要為難她。

讓陸宸看清易雪這個人也好，免得日後惹出更大的亂子來。

「人人都有自己的心思，不經歷過事情，誰又能看清誰是怎樣的呢？」凝洛輕聲嘆道。

陸宸望著凝洛，深沈的眸子帶著不易察覺的疼寵，啞聲道：「讓妳受委屈了。」

凝洛抿唇，搖頭，柔聲道：「我自己倒沒事，就是如今既已嫁給了你，我們夫婦二人便是一體，我是怕外面傳得太離譜，反倒連累了你，甚至陸家的名聲。」

她的聲音細細軟軟的，讓人心裡忍不住對她生出許多憐惜，恨不得一輩子不讓她受任何委屈。

陸宸隔著小桌拉起凝洛的手握在自己手心，她的手白淨細膩，而自己的則粗糙許多。

他低頭凝視著那黑白對比分明的兩雙手，沈聲道：「清者自清，不管是我還是陸家都不會在意那些，時間久了，人們自然能看出孰是孰非。」

凝洛看陸宸已不像先前那麼氣，有心換了別的話題，笑著起身走向窗邊道：「我正想繡個香包給你，你看著蘭草的花樣喜不喜歡？」

陸宸也有意忘掉不快，隨凝洛走過去說道：「只要妳親手做的，我什麼都喜歡。」

凝洛想起陸寧方才的話，笑著學給陸宸聽。「陸寧還說要我繡刀槍劍戟給你呢！」

陸宸聞言果然也笑了起來，笑過之後又正色道：「我得讓陸寧遠著些易雪。」

凝洛想到陸宸見到陸寧時的表現，也明白了他當時為何那樣，卻忍不住勸道：「你又何苦干涉她如何交友？她也不是小孩子了，自然有自己的決斷。」

「她成日跟易雪混在一處，不要被帶壞了才好。」陸宸卻是憂心忡忡。

凝洛有陸宸的信任就不怎麼在意別人的態度，對於小姑子她還是挺放心的，昨日陸寧打著圓場帶易雪離開時，是曾經眼含歉意地看了她一眼。

只是陸寧交友的事，陸宸或許可以干涉，她這個嫂子卻是萬萬說不得，畢竟隔著一層關係，對小姑子的閨中密友指指點點，只怕會讓人覺得是有心挑撥。

雖然陸夫人說過凝洛不必日日前去晨昏定省，可眼看著婆婆日日去老太太那邊伺候，凝洛也有心學著婆婆做個稱職的兒媳。

這一晚，凝洛在陸夫人房中等了一會兒，才見婆婆從老太太房裡下來。

看凝洛立起身迎她，陸夫人頗感欣慰，卻是笑著說道：「我這邊有的是人伺候，妳又何必一趟不落地過來？」

凝洛扶著陸夫人入座，口中道：「老太太那邊也是滿屋子下人，您還不是每日晨昏定省？母親這是以身作則，我自當向母親學著如何盡孝道。」

凝洛說完又立在陸夫人身後捶肩，陸夫人笑著拍了拍肩頭上凝洛的手。「妳過來，我有話跟妳說。」

凝洛聞言忙走到婆婆身側，見丫鬟端了茶過來又忙親自接了奉上。

陸夫人滿意地點點頭，吃了口茶又將茶杯遞與凝洛，凝洛回身將茶杯放好才向婆婆問道：「母親有何吩咐？」

陸夫人朝下手邊的椅子一指。「坐下說話。」

凝洛猜著婆婆恐怕不是要跟她聊家常這樣簡單，便應聲走過去規規矩矩地坐了。

「這些日子對陸家可熟悉了？」陸夫人笑著向凝洛問道。她也聽聞了陸宸帶著凝洛轉陸府的事，很高興看到兒子兒媳這般恩愛。

凝洛點點頭。「至少不會迷路了。」

陸夫人聞言笑起來。「這倒是妳的本事！我嫁過來一個月的時候，還不敢一個人亂走，生怕把自己給走丟了！」

「那是母親您謹慎，我不過是無知者無畏，仗著認識了兩處院子便覺得認路了。」

凝洛一聽婆婆這麼說便不敢自己托大，忙笑著向陸夫人說道。

陸夫人聽了，心中對凝洛便更加滿意，難得她年紀輕輕便懂得察言觀色，平日裡又是個肯用心學的，她越瞧越覺得陸宸挑的這個媳婦好。

「其實我今日是有一件事想和妳說說。妳是個懂事的人，又是我們家的長媳，早晚都要學著掌家，妳在家裡時，可曾學過打理家中諸事？」

凝洛聽著，略一沈吟，才道：「並不曾在家裡打理過家事，不過我有個外面的鋪子，平時也會學著看賬。」

陸夫人聽了，連連點頭，又問起凝洛鋪子的事，凝洛都一一說了，並提及如今自己的兩個丫鬟打理著那鋪子云云。

陸夫人自然是滿意，笑著道：「很好，妳能掌管鋪子，自然也能管好家裡諸事，凡事不會不怕，關鍵是要學。」陸夫人原就有這個心思，這兩日在老太太那邊又聽了些老太太對凝洛的看法，囑咐她多教教凝洛，讓凝洛管些事，陸夫人自己也好清閒清閒。

凝洛聽了，倒是有些意外，自己才進門多久，竟然要掌家，當下忙道：「媳婦只怕是年紀輕，鎮不住事，管不好。」

可陸夫人顯然是想讓凝洛歷練歷練。「先著手試著，有什麼不懂的、拿不定主意的，儘管來問我就是，誰都是這麼過來的。」

說完也不給凝洛再次推辭的機會，陸夫人又接著說道：「明早請安之後妳留下來用早飯，我將家中的事交代一下，等那些管事的來回話的時候，我將妳管家的事宣告與他們知曉。」

凝洛見婆婆已打定主意，也不再推辭，只說道：「以後少不了要母親費心了。」

陸夫人笑著點點頭。「行了，妳回去歇著吧，有什麼事明早再說！」

凝洛起身。「母親也請早些歇息！」

翌日一早，凝洛起床梳洗後，一心急著去陸夫人那邊。

陸宸見了不由笑道：「今日妳管起家來，是不是我也要歸妳調度了？」

凝洛選了件端莊典雅的衣裙，正由丫鬟服侍著穿上，聽陸宸打趣她，不由正色道：「母親還沒把家交給我呢，況且如今我只答應幫著母親做事，不敢說我從此以後就管家了。」

「母親早就想有人替她管家，好讓她只管種花餵鳥，怎奈我遲遲沒有成親，前兩年沒少聽她指責我不孝，如今妳來了，她定會將管家之事慢慢交與妳，左右妳是逃不掉了。」

凝洛已穿好衣服準備出門，聽陸宸這麼說到底有些底氣不足，她是因為前世有了些眼下這個年紀不會有的見識，可真真正正打理一個家卻是從未有過的。

「我怕我做得不好。」凝洛向陸宸說出心底的擔憂。

陸宸卻是一笑上前擁住她。「我相信妳，如果妳不好去問母親，我也可以給妳出出主意的。」

陸宸的擁抱總是能給凝洛帶來力量，她其實是心中對自己要求太高，所以才會擔心做得不夠好，如今有陸宸這句話，她多了幾分信心。

「我過去母親那邊了。」凝洛輕輕推開陸宸。

「不必跟母親客氣，多吃些她房裡的早飯。」陸宸看著嬌妻開玩笑。「妳吃多些她才高興。」

凝洛嗔笑著向陸宸肩頭輕輕捶了一下便轉身離開了，倒是陸宸看著她的背影久久收不回眼。

凝洛不過剛走到陸夫人院子門口，就見陸夫人剛剛從老太太那邊回來，她迎上去攙扶婆婆往回走。

陸夫人笑著拍了拍凝洛挽在她胳膊上的手。「管家的事我跟老太太說了，她贊同得很，說要是有人不聽妳的，直接去跟她說，她親自修理他們！」

凝洛感動婆婆和老太太對她的維護，從小缺失的親情，曾讓她對婆家這邊的各種關係不抱什麼希望，只要陸宸疼愛她，她也就心滿意足了，不承想陸家人竟都那樣看重她，和陸宸的夫妻情都不曾帶給她這種感動。

剛擺上早飯，丫鬟通報說管事的都來了，凝洛知道婆婆以往都是一邊用飯一邊聽管事們的回話，如今聽了丫鬟的通報，不由望向了陸夫人。

望著陸夫人那慈愛的樣子，有一刻她甚至覺得，這就像是自己的母親一般，她對她的好，是凝洛活了兩輩子，從未有過的。

陸夫人卻彷彿沒發生什麼，示意布菜的丫鬟幫凝洛挾菜，並向通報的丫鬟說道：「今日讓他們在外邊等上一等吧，我們娘兒倆吃頓安生飯再說。」

那丫鬟領命出去了，陸夫人這才向凝洛笑道：「我從前的習慣不好，一面吃飯一面聽他們回話，難免有時候吃不痛快，以後妳不要學我，或早些或晚些都可以，用飯時還是安安靜靜的好。」

凝洛點頭。「兒媳記下了。」

只是陸夫人也是操心慣了，雖然口上說著要安安生生地吃飯，可到底忍不住向凝洛交代起家裡的事來。

「這些管事的都在陸家做了許多年，仗著有點功勞便有些不把主子放在眼裡了，」陸夫人先將管家最大的權力交給凝洛。「妳若是覺得哪個不好，用著不順手，或換人或攆人，都不必考慮太多。」

凝洛心中總算踏實許多，她也是憂心管事的會欺她年輕、不肯聽她的，如今婆婆將這用人的大權給了她，她就有法子與那些人制衡了。

「其實陸家說大不大，說小也不小，家中事項無非就那些，最主要是公中收支，下面管著各項事務，說起來有人情往來的一項，各房月例一項，廚房一項，園子裡的花草一項……」

凝洛聽著也無心用飯，忙將陸夫人說的各項一一記在心中。

直到將家中各項說了個遍，陸夫人才發現二人的飯菜不過吃了幾口。

「一說起來又顧不得吃飯了，不說了！」陸夫人無奈地笑笑。「多吃些！」

好歹又吃了幾口飯，凝洛看婆婆吃得慢下來，忙放下筷子。

陸夫人見狀，笑著勸道：「再陪我吃一會兒，妳吃得太少！」

凝洛知道那是陸夫人為了勸她多吃些的說詞，便笑著推辭了，陸夫人也放下筷子，向凝洛伸出手笑道：「那咱們出去見見他們！」

凝洛忙起身上前攙扶陸夫人起身，二人這才慢慢走到屋外。

一走到屋外，竟見滿滿站了十多個管事的，而她和婆婆在裡屋用飯竟不聞外面有一聲咳嗽或其他聲音，陸家的規矩由此可見一斑。

凝洛扶陸夫人入座，自己則立在一旁。

陸夫人清了清嗓子道：「今兒個原本無事來回我，可我讓人把你們叫來了，是因為有件大事要知會你們一聲。」

當眾人屏氣凝神地聽著時，凝洛也暗暗打量著那些人，大多是稍有些年紀的婆子，也有幾個年輕的媳婦，卻不見曾經去林府提親的周嬤嬤，聽說也是因為年紀大，不願管事了，老太太心疼她，便將她叫到了那邊，每日陪著老太太打打牌、說說舊年間的事。

「大少奶奶到咱們家也有段時日了，原本這長媳一嫁過來就該掌家，可凝洛謙恭審慎，一直只是暗暗學著不肯接管。這兩日我瞧著凝洛心中對家中上下也都有了眉目，今日起便由她來管家！」

陸夫人話音剛落，先前眾人的平靜無波終於有了鬆動，只見他們面面相覷了一番，有幾個膽大的人湊近了竊竊私語起來。

凝洛到底太年輕，這些嬤嬤們有為陸家著想的人，便擔心凝洛壓不住場子；有慣會鑽營討好的人，則暗暗揣測凝洛的喜好，一時眾人們都各懷了心思。

陸夫人又豈會猜不透眾人的想法，只是她既然已經決定放手，大小事讓凝洛親自去處理，不管是收買人心還是要嚴管立威，那都是凝洛該思量的問題。

「如今凝洛接了手，你們也要本分各司其職。從前我管著的時候什麼樣，至少現在還是什麼樣，只能比從前做得更好，不許有一絲一毫的怠慢，你們可都聽到了？」

眾人聞言紛紛應聲點頭，陸夫人又看向凝洛道：「妳也說幾句。」

凝洛微微一點頭，向前走了半步說道：「我才來不久，年紀也輕，以後家中諸事還要仰仗各位。如今我對各項還不瞭解，請各位把自己分管的事務帳簿先交予我，我看過之後再做打算。」

眾人紛紛應了，然後下意識地看向陸夫人。

陸夫人見狀皺眉道：「看我做什麼？有話就向少奶奶回，沒事問問少奶奶還有沒有吩咐。」

於是眾人又紛紛看向凝洛，凝洛朗聲道：「回去準備帳簿，稍後送到我那邊院子裡。」

一時眾人紛紛告退，只是出了門卻有人私下議論起來，少奶奶管家先看帳簿自然是常規路數，只是這麼年輕的一位姑娘，怕是看也看不懂呢！

陸夫人見眾人散了，向凝洛笑道：「這兩日妳怕是有得忙了！」

從婆婆房裡退下來回到屋中，已有管事的抱著帳簿等著，見凝洛回來忙堆著笑迎上前請安。

凝洛問了問那兩個人都分管著什麼事，又見二人都帶了好幾本帳簿，接著問道：「這都是今年以來的帳目？」

那二人對視了一眼，管著廚房的那位趙管事便向凝洛開口。「回少奶奶的話，這些是最近五年的帳目，怕您只看這半年的賬看不出什麼，所以我們多拿了幾年的。」

凝洛向那人面上打量了一眼，卻見那人眼中精光四射，不像個好相與的人。

「我也不是會翻舊賬的人，今年的帳簿留下，其他的抱走吧！」凝洛淡淡地說道，面上也冷了下來。

那趙管事一愣，立馬又假笑著說道：「少奶奶沒說要哪年的帳簿，我也是怕來回跑誤事，所以這才多拿了。」

凝洛冷冷一笑。「這是怪我話沒說清楚？」

趙管事被凝洛的語氣驚了一下，她沒想到大少奶奶這般年紀，說起話來竟有這樣的氣勢，慌忙解釋道：「沒有沒有！是我們沒腦子，拿了這麼多來給少奶奶添亂了！」

「該留的留下，其餘的妳們原樣拿回去吧！」

凝洛也不想和那管事多做計較，開口將她們打發了。「有什麼事我自會讓人去叫妳們。」

待到那兩位管事離開，陸續又有管事的拿帳簿過來，凝洛不再親自問話，只讓丫鬟把帳簿留下，放人回去先忙了。

凝洛獨自在裡屋窗前翻看帳簿，若不是出嫁前惡補一番，只怕她還真看不懂這帳簿中的門道。

她並未奢望過嫁到陸家能被委以重任，只是想著萬一有什麼事用得上，自己也不能什麼都不清不楚。

這些原應是娘家母親教給女兒的，教導如何侍奉公婆、如何打理家事諸如此類，然而，有杜氏在，林成川覺得凝洛是有母親的人，他不必為女兒操心，可杜氏哪裡會教凝洛這些？就連跟凝月說些管家的門道時，她都是避著凝洛的。

好在這些也並非多麼高深的學問，凝洛自己用心看著、琢磨著，竟也無師自通，總歸不過是用人和用錢，理出個頭緒來也就不難了。

凝洛翻看廚房的帳簿，雖然心中已有些考量，可像陸家這樣的門第開支還是遠遠超出她的想像。

莫說老太太、夫人房裡的飯菜，連少爺和姑娘們房裡每月用在吃食上的也是一大筆開支，更不要說府上的下人是主子的幾倍，就算下人們吃得尋常些，加起來也是很可觀。

只是那趙管事提供的帳簿看起來卻不大對勁，凝洛雖然不曾接觸過柴米油鹽的採買，可市面上的價格大底也瞭解過一些，尤其是一些有進補功效的食物和野味山珍，凝洛也是關注過價格的，而那帳簿上的價格和數量卻頗耐人尋味。

像柴米油鹽這些尋常之物，價格倒是與市面上相差無幾，可數量卻龐大得很，凝洛在心中算著，縱使陸家人眾消耗多，也不至於用到這些。

這點先放下過後細算，更引人注目的是那些山珍海味、珍稀補品的價格，遠遠高出凝洛瞭解的價格。

而這些價格高昂的東西，帳簿上所寫的數量倒是合理，至少是陸家主子們能消耗的，尤其是前幾日陸家擺宴所用的珍貴食材，算起來宴席上差不多就是用了那些，只是那採購的價格未免太高了。

凝洛越是翻那本帳簿，心中的疑問就越多，她提筆在紙上寫寫畫畫一番，終於決定直接將那趙管事叫過來問話。

——未完，待續，請看文創風807《良宸吉嫁》3（完）

2019年10月出版

棄女翻身記

文創風 788~790

記得小時候，司徒昊會注意到柳葉，就是看中她的直率不做作，
她不像端方賢淑的大家閨秀，她潑辣調皮，卻待人真誠，
最難能可貴的是，她總能想到各種新奇點子，為彼此的人生增添多采多姿。
所以，就算他肩負重任、兩人未來荊棘滿布，他也不想錯過她，
因為這世上最浪漫的事，就是兩人攜手慢慢變老……

最浪漫的事　就是和你一起慢慢變老／慕伊

前世的柳葉身體欠佳，美好歲月都在醫院度過，
最大願望就是能像所有芳華少女一樣恣意揮灑青春，
這不，老天似是聽見她的心聲，讓她穿越到古代的小女娃身上，
她不會辜負老天餽贈，會努力活出嶄新的人生！
誰知大戶人家是非多，她老爹是頗有聲望的富商，卻瀟灑風流，拋棄糟糠妻，
又上演古代版家暴，小妾吹幾句枕頭風，就把她們母女倆趕到鄉下，
母親已懷了弟弟，從此一家三口相依為命，她得想著如何謀生才是長久之計！
好在現代生活給了她靈感，獨門蛋糕鋪經營得有聲有色，
但人一紅，麻煩也跟著來，好端端走在路上還會被人販子拐走，
要不是一個貴公子拔刀相助，還不知會淪落到哪裡！
豈知這恩情一欠，根本沒完沒了，
這貴公子閒著沒事就到她身邊晃，還說他們曾有過幾面之緣，
不怪她沒認出，是因為男大十八變啊！
誰想得到以前曾纏著她的高傲小胖子，如今會長成美男子，
但是……他說他姓「司徒」，這、這不是皇姓嗎？難道她惹到不該惹的人了？!

淚濕羅衣脂粉滿　惜別傷離方寸亂／桐心

2019年10月出版

夫人拈花惹草

自個兒男人的性子她是知道的，
雖然他去了封地後行事十分低調，京裡少有他的消息，
但她曉得，他其實不像表面上那般簡單，
若當今聖上是個明君，他自是願當一世忠臣，
可偏偏，這天下內憂外患不斷，實在不甚太平啊……

文創風 791 1

滿京城誰不知道她雲五娘是個愛拈花惹草的？
她把這個愛好宣揚得到處都是，每到送禮時，就拿這些果菜走禮，
時間一長，府裡眾人也都習慣了，且沒人覺得她不出銀子是小氣，
拿最愛的寶貝送人，大家只會說她有赤子之心，誰還會用銀子衡量？
何況誰還能白吃了她的菜？大夥兒都是十分有禮的，講究個禮尚往來，
這就相當於高價把菜賣給人了，根本就是自產自銷一條龍，
所以說，她也就安心地攢著銀子，做一個只進不出的貔貅啦！

文創風 792 2

在肅國公府裡，雲五娘這個世子庶女絕對是六姊妹中最有錢的，
而她住的院子在府裡的位置算不上最好，占地卻最大，只因她極得寵，
平日裡她風吹不動、雨打不退，處事再圓滑不過，臉上總帶著笑，
跟她接觸過的人，就沒有不喜歡她的，因為她總是知道怎麼討大家喜歡，
然而，只有極少數人曉得，這些全都是裝出來的，她的個性其實稜角分明，
且與其說長輩們寵著她，倒不如說是忌憚她，可她一個小姑娘有啥好怕？
那麼，他們怕的就只能是她從小到大不曾謀面過的親娘和兄長了！

文創風 793 3

據說，當年世子夫婦在上香回來的路上遇到了山匪，
她那個官宦人家出身的親娘替懷著身孕的嫡母擋了數刀，差點沒命，
而她爹不顧男女大防，親自為她娘上藥，她娘才不得不委身成了妾，
自從知道這故事後，雲五娘只覺得……滿頭都是狗血！
別的不說，誰會為了一個陌生人不要命地挺身擋刀啊？
再者，世子夫婦出門不帶丫頭、婆子嗎？上藥這事輪不到他吧？
這整個故事實在破綻百出、極不合理，她定要查出真相來！

文創風 794 4

世人都道「金家一諾，萬世不改」，
金家先祖東海王是和太祖皇帝一起打江山的，有當世范蠡之稱，
傳聞金家財富驚人，先帝為奪其財，幾乎殺光金家人卻未搜得一文，
而雲五娘的生母金夫人便是當初僥倖逃生的活口之一。
和母兄相見後，她得知了娘親為妾的真相，也知曉金家的事，
金家確實富可敵國、勢力龐大，想取代龍椅上那位亦是輕而易舉，
為了不成為威脅親娘的軟肋，她得努力鍛鍊自己，變得更強大才行……

文創風 795 5 完

在各方勢力當中，遼王看著是最弱的，但他卻擁有動員金家人的海王令，
然而，求娶她或是讓金氏一族相幫，他只能二擇一。
說真的，這問題連想都不用想吧？三歲娃兒都曉得當然要選她啊！
她雲五娘有勇有謀有臉蛋，又有娘親及哥哥罩著，娶了她可不虧，
這不，敵國來犯，她不費一兵一卒就拿下了對方三千匹戰馬，
緊接著，她又在天寒地凍的遼東種出稻米，解了糧食之困，
有了她這個幫夫運強的賢內助，他想做啥可不是輕而易舉、手到擒來？

真愛不請自來　真心只待有情人／頡之

2019年9月出版

賴上皇商妻

穿越醒來變成農村女童，加上便宜老爹、軟弱姊姊與半路後娘，
這一家子嗷嗷待哺的該怎樣才能活下去？她只好拿出本事，
把平凡食物經營成「在地」名產，創造「外銷」機會！

文創風 784 1

怎麼一睜眼醒來，眼前就是一群男女老少吵鬧不休，烏煙瘴氣的，
還有個瘦弱的女孩正挨打，而自己竟然變成個十一歲的小女孩？!
原來是穿到這個荒涼的古代小農村，成了名叫蘇木的農村女，
那瘦弱的女孩便是自己親姊姊，至於親娘呢，早已難產而逝，
留下兩姊妹跟著孝順又耳根子軟的親爹，還有一家子重男輕女的親戚，
怎麼感覺這新生命似乎比前生更苦難呢……
才剛摸清楚自己該怎麼活在蘇家，親爹就馬上為她找了個後娘？!

文創風 785 2

平凡的油燜筍讓蘇家人體驗了發家致富的美夢，
卻也嘗到一夕跌落的殘酷現實，蘇木更明白自己無權無勢，
這點小利只為一家人引來麻煩，甚至欠下更多的人情與債務……
但她一個小姑娘有什麼法子能快速還清二百兩的欠債呢？
不如開店做生意，而且要越有創意越好，憑她的手藝開不了茶樓、菜館，
乾脆在這個古代郡城開間涼水鋪，什麼冰塊、珍珠、奶茶、汽水……啥的，
再導入現代行銷手法，她的「蘇記冷飲」果真一炮而紅，
她也因此結識貴人、找好靠山，唉呀，這日子真的舒坦多了～～

文創風 786 3

為了讓蘇記冷飲能開得長久，並且掌握更大更穩的生財管道，
蘇木把主意打到了茶葉上，開始從買茶到找地、種茶葉；
可光是產茶也不夠，這朝代的茶業並非私營，茶葉都得賣給官府，
既然如此，他們蘇家不但要賣好茶，更要成為皇商！
而這唐大少爺不但纏她纏得緊，更登堂入室在蘇家蹭吃蹭喝，
哄得一家老小開心服貼，簡直把他當成自家人，這下怕是甩不了他了吧？

文創風 787 4 完

鋒頭越盛，越接近皇家，也越步入更驚險狡詐的權力鬥爭，
原本以為的權勢巔峰，竟是烈火烹油，稍有不慎便是粉身碎骨，
連奉皇命出京的唐相予都遭了黑手，落了個通敵賣國之罪！
唐家被抄、一夕顛覆，想這男人曾為了她，幾次出手相救蘇家，
這次換成她要為他護好家人，周旋打點，即便旁人都說他恐已遭不測，
但她活要見人、死要見屍，才不枉這一世相愛一場……

文創風 806

良宸吉嫁 2

國家圖書館出版品預行編目資料

良宸吉嫁 / 葉沫沫著. --
初版. -- 臺北市 : 狗屋, 2019.12
冊 ; 公分. --(文創風)
ISBN 978-986-509-063-0(第1冊 : 平裝). --

857.7　　108018110

著作者　葉沫沫
編輯　黃鈺菁
校對　周貝桂
發行所　狗屋出版社有限公司
地址　台北市104中山區龍江路71巷15號1樓
電話　02-2776-5889～0
發行字號　局版台業字845號
法律顧問　蕭雄淋律師
總經銷　知遠文化事業有限公司
電話　02-2664-8800
初版　2019年12月
國際書碼　ISBN-13　978-986-509-063-0

本著作物由北京晉江原創網絡科技有限公司授權出版

定價250元
狗屋劃撥帳號：19001626
網址：love.doghouse.com.tw　E-mail：love@doghouse.com.tw